어른이 동화
어린이와 아이들

어른이 동화
어린이와 아이들

박충훈 소설집

도화

아이와 어린이

'아이'와 '어린이'는 같은 말인가? 국어사전에는, [아이: 어린 사람. 미혼자의 낮춤말]이라고 했다. [어린이: 어린아이를 귀엽게 높이는 말]이라고 했다. '어린이'를 '미혼자'의 낮춤말이라고 할 수 없으니 '아이'와 '어린이'는 말도 다르고 나이도 다르다. 아기는 엄마 품에서 젖을 먹으며 자란다.

사람은 누구나 아기와 어린이를 거쳐 아이가 되고, 청년이 되고, 장년이 되면서 늙어간다. 사람은 누구나 아기, 어린이 시절 기억은 없다. 아니, 없는 것이 아니라 기억하지 못한다. 반면에 뇌는 기억할 수 없지만 몸은 그 시기를 생생하게 인지하여 간직하며 늙어간다. '세 살 버릇이 여든 간다'는 속담은 헛말이 아니다.

나는 소설을 쓰면서 아이들과 어린이에게 관심이 많았다. 하여 아이들과 청소년을 다룬 단편소설을 많이 썼다. 그중에서 몇 편을 골라 단행본으로 엮어 본다. 엮어놓고 보니 바로 현대 우리 시대의 단면들이다. 자라나는 아이와 청소년들의 단면들이 곧 우리 시대의 생활상이라는 것을 알게 된다. 아기는 부모 품속에서 자라고, 어린이와 아이는 어른이 사는 세상에서 자라며 배운다. 어린이와 아이들이 어른의 거울이라는 말은 그래서 바뀔 수 없는 진리다.

어린이와 아이들은 어른들 속에서 특히 부모를 보고 배우며 인격이 형성되고 성장한다. 성격은 부모로부터 받고 태어났으므로 변하지 않는다. 그러나 부모도 자식의 성격을 제대로 파악하지 못한다. 가정이 화목하고 경제적으로 궁핍하지 않다면 자녀는 비교적 안정적으로 잘 자랄 것이다. 반면에 가정이 불안하고 생활이 궁핍하다면 자녀는 안정적으로 자라지 못한다는 사실이 사회적 문제로 드러나기도 한다. 이혼가정, 재혼가정의 어린이나 아이들이 비교적 안정적으로 자랄 수 없다는 경우다. 물론 개천에서 용이 나는 경우도 있다.

가정은 부부관계로부터 이루어진다. 삶이 어렵더라도 부부관계가 조화로우면 자녀도 조화롭게 자랄 것이다. 근래에 들어 어린이 학대와 어른들의 어린이 폭력이 무참하게 일어나고 있음을 보고 듣는다. 너무 무서워 소름이 돋는다. 아기를 낳아 품속에서 기르고, 가르치고 계도하여 어른으로 성장시켜야 할 어른들이 어찌 이럴 수가 있는가! 참담하고 부끄럽다. 내가 어린이와 아이로 자라던 시절에는 비록 굶주리며 헐벗었지만 따뜻한 인정이 있었다.

이 소설을 읽는 독자들이 좀 더 어린이와 아이들을 보는 눈과 마음이 맑아졌으면 싶은 간절한 마음으로 책을 엮었다.

차 례

밀레니엄 축제

아까부터 누가 줄곧 꼬나보는 것 같이 찜찜하게 이마가 스멀거려 두리번거리던 나는 마침내 맞은편에 앉은 어떤 아이와 눈이 마주쳤다. 엉뚱하게도 여남은 살이나 먹었을까 싶은 남자아이였는데, 나와 눈이 마주치자 마치 기다렸다는 듯 의자에서 벌떡 일어나더니 내 앞으로 성큼성큼 걸어왔다.

나는 순간적으로 가슴이 서늘해지는 느낌이 들어 고개를 치켜들었다. 아이가 걸으면서도 내 눈을 계속 쏘아보았기 때문에 그런 느낌이 들었던지, 어쨌든지 간에 고개를 치켜들었는데, 찻간 천장에 장치된 전광판에는 다음 역이 수유역이라는 것을 알리고 있었다.

"아저씨!"

누군가를 부르는 잔뜩 시먹은 말투였지만, 나는 전혀 모르는 아이였으므로 왼쪽 사람을 힐끔 돌아보았다. 오른쪽에는 여자가 앉아 있었기에 자연스레 왼쪽을 보았다. 예순 고개를 넘었을 듯싶은 수염이 텁수룩한 남자는 나와 눈이 마주치자 끄덕 턱짓을 했다. 그 턱짓의 뜻을 미처 깨닫기도 전에 아이가 또 불렀다.

"아저씨!"

아까보다 더 퉁명스럽고 버릇없는 말투에 우선 신경이 거슬린 나는 갈퀴눈으로 아이를 쳐다보았다. 아이는 바로 내 앞에 서 있다가, 내가 바라보자 무릎이 맞닿을 정도로 성큼 다가서며 주먹을 불쑥 내밀 듯이 내쏘았다.

"아저씨, 우리엄마 어딨어요?"

"……?"

"우리엄마 어딨냐니까요?"

나는 하도 생뚱맞은 말이라서 잠시 무르춤하다가 물었다.

"너…… 지금, 나보고 하는 말이니?"

"그럼, 아저씨 말고 또 누구요?"

"너네, 엄마가 어디 있는지 그걸 내가 어떻게 아니?"

"어떻게 알긴요. 아저씬 알잖아요."

나는 하도 기가차서 냅다 쏘았다.

"뭐야, 이 녀석아. 난 너네 엄마두 모르구, 너두 지금 처음 보는데?"

녀석은 같잖지도 않다는 듯 고개를 오른쪽 어깨에다 삐딱하게 얹고는 꼭 어른처럼 '피식피식!' 웃으며 대꾸했다.

"암만 그래두 소용없어요. 난 아저씨를 찾으려고 사흘 동안이나 이 전철을 탔걸랑요. 우리 엄마 아빠를 빨랑 찾아내란 말예요."

"뭐야, 아빠까지?"

"그래요. 엄마가 없어지자 아빠는 엄마 찾는다고 나갔걸랑요."

나는 뭇 사람들의 눈총을 온몸으로 느끼며 주위를 둘러보았다. 종점이 가까워지고 시간도 자정이 다가오는지라, 서 있는 사람들은 성깃하고 앉아 있는 사람도 듬성한데, 모두 나를 바라보다가 눈이 마주치면 비죽이 웃거나 고개를 돌리거나, 나이 지긋한 어떤 사람들은 아예 몹쓸 인간을 대하는 듯한 눈초리로 마주 보고 있었다. 사람들의 노골적인 적대행위에 울컥 화가 치밀어 녀석을 쳐다보았다.

녀석은 언뜻 보아서는 모르겠더니, 눈여겨볼수록 입성이며 얼굴이 꾀죄죄한 데다, 심술이 그득그득한 표정이며 그 생김생김이 매우 불량스러워 보였다. 덩치는 웬만한 어른만큼이나 성숙하지만 행위나 말투로 보아 나이는 여남은 살이 넘지 않을 것 같은데, 되바라지기는 어른 볼 줴지르고도 남을 아이였다.

나는 난데없는 돌부리에 툭 걸려 넘어진 듯이 께적지근하여 쓰디쓴 입맛을 '쩍!' 다시고는, 자못 근엄한 얼굴을 하고 목소리도 깔았다.

"애야, 나는 너네 엄마 아빠를 정말로 몰라. 니가 사람을 잘못 본 것 같구나."

녀석은 여전하게 고개를 어깨에다 삐딱하게 얹고는 양손을 바지 주머니에 찔러 넣은 채 비아냥거렸다.

"잘못 보기는요. 박 사장님 때문에 우리 엄마가 집을 나갔잖아요. 그러니까 당연히 박 사장님이 찾아 주셔야죠."

"……!"

나는 순간적으로 큰 짐을 벗어 내던진 듯 홀가분한 기분이 되어 얼른 받았다.

"그것 봐, 이 녀석아. 난 박 사장이 아니란 말야."

그동안에 전철은 쌍문역을 막 출발하고 있었는데, 주변에 있던 승객들 몇몇이 짝짜그르 웃었다. 녀석은 웃는 사람들을 매서운 눈길로 쓰윽 훑어보더니 내 옆에 착 붙어 앉으며 오른팔을 덥석 거머잡았다. 나는 움찔 놀라며 녀석을 보았는데, 그 행위와 표정이 다시는 내 팔에서 떨어질 것 같지 않음에 덜컥 겁이 났다.

내 팔을 거듭 단단히 거머잡은 녀석은 빠른 말로 대들었다.

"맞아요. 아저씨가 박 사장이 아니면 오 사장이 틀림없어요. 우리 아빠가 그랬어요. 박 사장보다, 오 사장이 더 나쁜 놈이라구요."

나는 순간적으로 얼굴이 화끈하도록 울화통이 치밀었다. 미친 개에 쫓겨 막다른 골목으로 몰리는 것 같이 황당스러워 잡힌 팔을 확 뿌리쳤지만, 워낙 다부지게 잡혀 옴나위도 할 수 없어 입으로만 냅다 쏘았다.

"야, 인마. 니 엄마가 집을 나갔건 없어졌건 그걸 내가 어떻게 알아. 녀석이 보자보자하니까……, 난 다음에 내리니까, 이 팔 놔 인마."

"나두 알아요. 아저씨가 노원역에서 내리는 거까지 다 안다구요. 우리 엄마를 찾아 줄 때까지 난 절대로 이 팔 놓을 수 없어요."

녀석이 야죽거리며 내 팔을 더욱 감아 매달리자, 옆에서 내도록 빠꼼한 눈으로 들여다보던 늙수그레한 여자가 반지빠르게 끼어들었다.

"얘, 그러니까, 이 아저씨가 오 사장이란 말이니?"

녀석은 지옥에서 관음보살을 만난 듯 반색을 하며 받았다.

"그렇다니까요, 할머니. 박 사장이랑, 오 사장이랑 둘이서 우리 엄마를 못살게 굴었걸랑요. 이 아저씨가 바로 상계동에 사는 오 사장님이라구요."

여자가 끼어들자 그러잖아도 솔깃하던 사람들이 기웃기웃 모여들었다. 나는 졸지에 구경거리가 되는 것이 너무나 황당해서 빙 둘러선 사람들은 휘둘러보았다. 남녀 아울러 여나 명이나 되었는데, 모두가 나이 지긋한 사람들이었고, 젊은 축들은 멀찌감치서 비죽비죽 웃거나 은근히 귀를 기울이는 눈치였다. 그중 오지랖께나 넓어 보이는 마흔 안팎의 얄쌍스러운 여편네가 눈을 희번덕거리며 나섰다.

"그러니까, 그 뭐예요. 아저씨가 오 사장이란 사람이 맞긴 맞아요?"

나는 불끈 열이 치밀었지만 애써 꺾어 누르며 받았다.

"글쎄, 오 사장이건 박 사장이건 간에 얘네 엄마 집 나간 걸 내가 어떻게 안단 말이오. 나 참, 답답해 미치겠네."

"어—머, 것봐. 오 사장이 맞긴 맞네 뭐. 얘, 너 아주 잡긴 바루 잡았구나. 어머머, 차 뜨네, 차 떠. 창동에서 내려야 하는데 이를 어째……."

여편네가 발을 동동 구르며 오두방정을 떨자, 승객들 몇이 키득키득 웃고 있었다.

여편네는 이제 아주 내 앞으로 버썩 다가서며 대들었다.

"아저씨 때문에 못 내렸잖아요. 이걸 어쩌면 좋아, 우리 신랑이 역전에 마중 나와 기다릴 텐데, 어쩌면 좋아……."

나는 뻘때추니 같은 여편네가 하도 아니꼬워 냅다 쏘아붙였다.

"나 때문이라니, 그러게 왜 알지도 못하면서 남에 일에 참견이에요."

여편네는 아주 팔을 걷어붙이고 대들었다.

"참견이라니요? 이 아이 꼴을 좀 보세요. 집 나간 엄마 찾으려고 얼마나 애를 썼으면 이 꼴이 됐겠어요. 척하면 삼척이라고, 내 봐하니 단박 훤하네요, 뭐. 저 주먹코 하며……. 너 이 아저씨 단단히 잡아야 된다. 이 사람이 너네 엄마 빼돌린 게 틀림없다, 얘. 가정파괴범이 따로 없다니까."

뻘때추니 여편네는 저 혼자 열이 올라 침을 튀기며 지껄여대고는 휭허케 걸어가더니, 옆 칸 문 앞에서 힐끔 돌아보며 입을 삣쭉하고는 사라졌다.

나는 졸지에 천하의 무뢰한이 되어 뭇 사람들의 노골적인 눈총을 한 몸에 받아야 했다. 노원역에서 내릴 사람들은 자리에 앉은 나를 힐금힐금 돌아보며 모두 출입문 앞에 모여서고 이제 자리에 앉은 사람도 성깃했다. 사람들을 모두 불러 모아서 그런 게 아니라고 해명이라도 했으면 싶은데, 그건 어림없는 내 생각일 뿐이고 나도 이번에 내려야 한다.

찰거머리처럼 팔에 달라붙은 녀석에게 야무지게 꿀밤을 먹이며 말했다.

"이 팔 놔 인마. 나두 내려야 돼."

"왜 때려요! 못 놔요, 우리 엄마 찾아 줄 때까지 절대로 못 놔요."

일부러 악을 쓰는 녀석이 민망스러워 사람들 눈치를 살피던 나는 순간적으로 묘안이 떠올라 어깨를 다독이며 구슬렸다.

"그래, 알았다. 내가 전화번호를 줄 테니 내일 아침에 우리 집으로 전화를 해라. 그래서 내일 나와 함께 엄마를 찾아보자."

명함을 찾는 척 팔을 빼보지만, 녀석은 더욱 완강하게 움켜잡으며 종알거렸다.

"싫어요. 아저씰 어떻게 믿어요. 그리구, 난 지금 갈 데가 없다구요."

"아니, 뭐야? 그럼……"

열차는 노원역에 정차하였고, 사람들이 내렸다. 하도 기가 막혀 멍하니 서 있자, 녀석이 팔을 당기며 재촉했다.

"빨리 내려요, 아저씨. 노원역이란 말예요."

엉겁결에 끌려나온 나는 당장 이러지도 저러지도 못한 채 우두커니 서 있어야 했다. 열차에서 내린 사람들은 나를 힐금거리며 게

단을 내려갔다. 나는 열차를 볼 때마다 늘 다족류의 벌레가 연상되곤 했었는데, 그 다족류의 꼬리가 굼실굼실 점점 멀어지고 굽이를 돌아 사라질 때까지 지켜보다가 팔에 매달린 녀석을 질질 끌다시피 의자에 가서 앉았다. 의자에 앉아서도 여전하게 내 팔에 매달려 있는 녀석을 한참 꼬나보다가 물었다.

"너, 대체 어디 사는 애니?"

"중계동 대창 아파트에 살았잖아요. 아저씨도 알면서……"

"알긴 인마, 내가 너를 어떻게 알아. 그래, 이름은 뭐니?"

"정태수요."

"뭐야, 정태수? 허허…… 허허허……."

덩달아 배시시 웃던 녀석이 덧붙였다.

"원래 이름은 정태준대요. 애들이 정태수라고 불러요."

정태주든 태수든 간에 귀에 더뎅이가 앉도록 들었던 어떤 사람이 떠올라 웃었지만, 속은 웃고만 있을 속이 아니었다. 그리고 보니 표정이 없던 어떤 사람처럼 이 아이도 당초부터 표정이 없고, 아이답지 않게 능청스러웠음을 비로소 깨달았다. 아무리 아이들이지만 별명을 참 잘도 갖다 붙였다고 생각하자 쓴웃음이 저절로 나왔다. 그러나 이렇게 웃고 앉아 있을 수만도 없어 또 물었다.

"그럼, 너네 아빠 이름은 뭐니?"

"우리 아빠 이름은 아저씨도 알잖아요."

나는 그만 울컥 약이 올라 냅다 꿀밤을 먹이며 소리쳤다.

"야, 인마! 내가 너네 아빠 이름을 어떻게 알아. 이 놈이 보자보자 하니까……."

벌떡 일어서며 팔을 내두르자 거머리 같은 녀석이 떨어졌다. 나는 '어마뜨거라!' 하고 내 뛰었지만 단 세 걸음도 못 가서 그만 덜퍼덕 코방아를 찧고 말았다. 녀석이 바짓가랑이를 낚아채는 바람에 공중제비를 당한 나는 잠시 정신을 차릴 수 없다. 그나마 코가 깨지지 않은 게 천만다행이지만 팔꿈치와 가슴이 뻐근하고 얼얼하게 아팠다. 은근히 열이 치밀어 일어서려 했지만, 녀석이 내 양다리를 죽어라고 껴안은 채 엎어져 있어 일어설 수가 없다. 와락 달려들어 녀석을 마구 짓밟아 주고 싶었는데, 전철을 타려는 사람들 대여섯이 모여들어 엎어진 우리를 내려다보며 키득거리고 있었다.

녀석이 먼저 부스스 일어나 내 다리를 더듬고 올라와서는 오른팔에 찰거머리처럼 달라붙었고, 나는 하릴없이 꾸무럭대며 일어났다. 녀석의 머리에 야무진 꿀밤을 먹이고는, 매달린 녀석을 끌고 비척비척 걸으며 아무리 생각해도 녀석을 떼어버릴 방법이 없고, 도대체 내가 어쩌다 이 지경으로 걸려들었는지 그저 기가 막힐 뿐이었다. 계단을 내려와서 개찰구 앞에 서자 녀석이 내 얼굴을 빤히 쳐다보더니 밉살맞게 배시시 웃으며 말했다.

"아저씨, 넘어지게 해서 미안해요. 그치만, 아저씨가 도망을 치니까 할 수 없잖아요."

"뭐 인마, 도망을 쳐……."

불쑥 되받고 나서 생각하니, 말인즉슨 옳은 말이라 달리 대꾸할 수도 없어 허공을 쳐다보며 피식 웃고는 차표를 꺼내들었다. 그 순간, 나는 또 묘안이 떠올랐다. 개찰구를 빠져나가자면 녀석은 어쩔 수 없이 내 팔을 놓아야 할 것이다. 어떻게든 녀석을 떼어버리는 것만이 상책이었다. 다행으로 주변에 사람도 없다.

나는 얼른 차표를 흔들며 말했다.

"이제 이 팔 놔 인마. 둘이 붙어서는 나갈 수가 없잖아."

녀석은 잠시 난감한 표정을 짓더니, 내 팔을 당겨 개찰구 앞으로 끌었다. 내가 어쩔 수 없이 주춤주춤 끌려가자, 녀석은 팔소매를 두 손으로 아금받게 거머쥐더니 납작하게 주저앉아 가재 새끼처럼 뒷걸음질로 엉금엉금 개폐기 밑을 빠져나갔다. 앙큼한 녀석이 너무 얄미워 혀를 차면서도 어쩔 수 없이 엉거주춤 개폐기에 걸려 있다가 에멜무지로 팔을 당겨 보았지만, 어림없는 수작이었다.

녀석은 얼굴이 벌게지도록 용을 쓰며 내 팔을 잡은 채 재촉했다.

"아저씨, 빨리 표딱지를 찍어요."

나는 녀석의 명령에 하릴없이 따르며 개찰구를 빠져나왔다. 나오기는 했지만 참으로 암담했다. 녀석은 어서 가자는 듯 팔을 당겼지만, 나는 녀석을 매달고는 집에 들어갈 수 없는 형편이었다. 팔을 들어 시계를 보았다. 열한 시 삼십 분이다.

녀석이 빤히 쳐다보며 물었다.

"열두 시 다 됐지요? 빨랑 가요, 아저씨."

마치 제집에 가자는 듯 보채는 녀석이 착살맞게 얄미워 주먹으로 사정없이 머리통을 갈기며 소리쳤다.

"가긴 어딜 가 인마. 너 이눔, 이리 좀 와 봐."

죽어라고 버팅기는 녀석을 질질 끌고 대합실 의자에 가서 앉았다. 앉자마자 녀석은 내 어깨에 머리를 기대며 쿨쩍쿨쩍 울기 시작했다. 나는 더욱 약이 올라 녀석의 머리를 냅다 쥐어박으며 윽박질렀다.

"울긴 왜 울어 인마. 너 도대체 어쩌자는 거니?"

녀석은 잠시 더 쿨쩍거리고 나서 손등으로 눈물은 쓱쓱 문지르며 늦대답을 했다.

"아저씨, 미안해요. 그렇지만, 저두 어쩔 수가 없어요."

"어쩔 수가 없다니? 뭐가 어쩔 수 없다는 거야?"

"우리 아빠를 찾아야 한다니까요."

"뭐, 아까는 엄마를 찾아야 한다더니, 이젠 또 아빠야?"

"엄마 아빠 둘 다라니까요."

"그런데 왜 아까는 엄마를 찾아달라고 생떼를 썼니?"

녀석은 혓바닥을 널름 내밀고는 받았다.

"그야, 엄마가 더 보고 싶으니까요."

"나 이거야 원……. 야, 인마. 사람들은 내가 너네 엄마를 후려낸 개망나니로 알았잖아, 이 망할 자식아."

"어쨌든 나는 엄마를 먼저 찾고 싶었걸랑요."

"흐이구, 속터져……. 그래, 엄마든 아빠든 찾는 건 니사정인데, 나한테 이렇게 무작정 매달리면 낸들 어쩌란 말이냐?"

"아저씨가 그때 우리 집에 왔다 가신 이틀 뒤에 우리 엄마가 없어졌어요. 아빠는 또 사흘 뒤에 누나랑 나를 이모네 집에 데려다 놓구는 엄마를 찾으러 간다며 없어졌구요."

나는 비로소 뭔가 알 것도 같아 고개를 끄덕였지만 그래도 미심쩍어 물었다.

"글쎄, 그런 얘기는 내가 알바 아니고, 니 아빠 이름이나 말 해 봐."

"우리 아빠가 정선구잖아요. 포그니 침구 사장님, '정 선 구'요."

짐작대로 녀석은 터무니없이 내게 매달린 것이 아니었다. 녀석의 아빠는 동대문시장과 평화시장에서 침구 도매상을 두 군데나 했었는데, 내가 생산하는 침구를 절반 가까이 팔아주던 큰 거래처였다. 이불이라는 것이 워낙 여자들 장사라서 남자들은 죽어라고 일만 하는 명색뿐인 사장이고, 돈을 주무르는 진짜 사업은 여자들이 도맡아 하기 마련이었다.

수단이 좋고 통이 큰 녀석의 엄마는 시장 상인들과 생산업자들을 끌어모아 거액의 돈 계까지 하다가, 결국 50억대의 부도를 내고는 도망을 쳤었다. 우리 역시 그 사건에 휘말려 5억이 넘는 돈을 떼이고 결국은 방 두 칸짜리 반지하 월세방으로 쫓겨난 신세였다. 그 사건이 벌써 반년 전이었는데, 녀석이 어디서 천둥벌거숭이로 나타나 내게 달라붙은 것이다.

나는 어쩔 수 없이 고개를 끄덕이며 말했다.

"그렇구나, 그렇지만 말이다. 난 정말 니 아빠를 찾을 수 없어, 오히려 내가 너네 아빠 엄마를 찾기만 하면 잡아 죽이려고 하는 사람이야. 너 그걸 알기나 하니?"

"난 그런 거 몰라요. 아저씨가 그날 박 사장님이랑 둘이서 우리 아빠를 코피가 터지도록 때렸잖아요. 그리구 엄마를 깜방에 집어넣겠다고 공갈쳤잖아요. 그래서 우리 엄마는 겁이 나서 도망간거라구요."

"그거야 인마, 니 엄마 아빠가 우리 돈을 수십억씩이나 떼먹었으니까 그렇지. 너두 생각해 봐라, 내가 겁나서 도망간 사람을 나더러 찾으라구? 그게 대체 말이나 되니?"

멍해서 눈을 껌벅거리는 녀석 머리를 쥐어박고는 다그쳤다.

"야, 인마. 말 해봐, 그게 말이 되냐구?"

"그치만, 난 어쩔 수가 없어요. 내가 아는 사람이라고는 인제 아저씨밖에 없으니까요."

"나 이거야 원⋯⋯"

아무리 생각해도 막무가내로 매달리는 녀석을 떼어 낼 방법이 없다. 한참 멀거니 앉았다가 마지막 희망을 걸고 타이르듯이 말했다.

"나는 정말 너를 어떻게 할 수가 없고, 니 엄마 아빠도 찾을 수가 없어. 그러니까 어서 이모네 집으로 가거라, 알겠니?"

"아저씨는 참, 이모네 집에도 갈 수 없으니까 그렇지요. 아저씨, 나 배고파 죽겠어요. 짜장면 한 그릇만 사주세요, 네?"

"아니, 이모네 집엔 왜 갈 수 없니?"

"이모네도 빚쟁이들한테 쫓겨나서 도망갔걸랑요. 이모네 동생들도 모두 보육원에 있어요."

"이모라면, 너네 엄마하구 같이 장사하던 그 부사장이란 여자 말이니?"

"그렇다니까요. 아저씨, 나 배고파 죽겠어요."

남의 돈을 수십억씩 떼어먹은 두 자매는 결국 그 지경이 되고 말았다. 생각만 해도 속이 뒤집히는 인간들이었지만, 허기가 졌는지 울상을 하고 매달리는 녀석이 안쓰러워 얼결에 머리를 쓰다듬었다. 녀석은 고개를 타려 메고 또 쿨럭쿨럭 울기 시작했다.

녀석은 포장마차 우동 두 그릇을 도대체 어떻게 먹어 치웠는지, 내가 소주 석 잔을 마셨을 때, 벌써 그릇을 핥고는 입맛을 쩝쩝 다시며 마치 강아지처럼 나를 빤히 쳐다보고 있었다. 하도 기가 차서 멀거니 마주보자, 녀석은 내 앞에 놓인 당근 두 조각을 한꺼번에 집어 널름 입에 넣으며 말했다.

"아저씬 안주도 없이 소주를 마셔요?"

대꾸할 말도 없어 입맛을 쩝 다시며 술잔을 비우자 주인 여자가 당근 서너 조각을 접시에 얹으며 나섰다.

"아저씨라니, 난 아들인 줄 알았더니 아니었어요?"

"아들을 오밤중까지 왜 데리구 다닙니까."

"왜라니요? 오늘은 밀레니엄 대축제 날이잖아요. 지금 시내는 시끌벅적 난리가 나는 모양이던데."

나는 주인 여자와 녀석을 번갈아 바라보다가 퉁명스레 받았다.

"남들은 호화찬란한 밀레니엄 축제지만, 난 혹 덩어리가 달라붙은 개떡같이 재수 옴 붙은 밀레니엄이 되고 말았소."

여자는 멋도 모르면서 까르르 웃었다. 재수 옴 붙기는 나나 이여자나 마찬가지였는지, 손님이 한창 바글거릴 연말의 자정이었는데도 포장마차에 손님이라고는 나와 녀석이 전부였다. 하긴 골목마다 포장마차가 진을 치고 있기는 하지만, 이런 한갓진 골목 입구에 자리를 잡았으니 장사가 될 턱이 없을 것이다. 들으나 마나 뻔한 여자의 신세타령을 체면치레로 잠시 들어주고는 포장마차를 나섰다.

짜장면은 늦어서 못 먹였지만, 따끈한 우동을 두 그릇이나 사먹였으니 이제는 떨어지겠거니 했다. 그런데 웬걸, 녀석은 여전하게 내 팔에 매달렸다.

나는 은근히 부아가 치밀어 녀석의 머리통을 냅다 줴지르며 쏘아붙였다.

"먹었으면 됐지, 왜 또 달라붙어 인마?"

녀석은 왼손으로 얻어맞은 머리통을 쓱쓱 문지르며 외려 당연하다는 듯 받아쳤다.

"아저씨는 참, 우리 아빠 찾아 달라니까요?"

나는 이제 구태여 맞상대하기도 귀찮아 하릴없이 발걸음을 내디디며 말했다.

"그래, 가자 인마."

녀석을 매달고 건널목을 건너 파출소가 있는 골목으로 들어섰다. 나는 잠시 파출소를 바라보다가 시계를 보았다. 열두 시가 막 넘고 있었다. 이제는 내가 녀석을 거머잡다시피 하고는 성큼성큼 걸어가서 파출소 앞에 섰다. 파출소 안팎은 대낮같이 밝았다.

녀석이 빤히 쳐다보며 물었다.

"아저씨네 집이 여기예요?"

"그래, 여기다 인마. 어서 들어가자."

겁에 질린 녀석이 끌려가는 개처럼 엉덩이를 뺐지만, 나는 완강하게 당겼다. 파출소 안은 열댓 명이 복작거리고 있었다. 취객 두 사람은 알아들을 수도 없는 말을 홍알거리고 있었고, 싸움판에서 끌려온 듯싶은 네댓 사람들은 서로 삿대질을 하며 시비를 가리고 있었다. 파출소 차석을 장대고 오긴 왔는데, 때가 때니만큼 마침 자리에 있었다. 차석인 임 경장은 나를 가볍게 대할 수 없는 처지였다.

"아니, 오 사장이 웬일이시오?"

"수고하십니다. 혹이 하나 매달려서 좀 떼어주십사, 하고 왔습니다."

"혹이라니…… ."

사람들이 하도 와글거려 저간의 사정을 대강 말했더니, 임 경장은 혀를 끌끌 차며 말했다.

"오 사장 말마따나 귀찮은 혹이긴 한데 어쩌겠소. 집에 데리고 가서 하룻밤 재워 보내시오. 보다시피 밀레니엄 연말이라 우리도 죽을 맛이오. 미우나 고우나 아는 사람 자식인데, 어린애를 이런 북새통에 어디다 재우겠소. 그럼 이만 실례……."

임 경장은 제 할 말만 잔뜩 쏟아놓고는 무전기를 들고 뛰어나갔다. 이거야말로 혹 떼려다 하나 더 붙인 꼴이 되고 말았다. 녀석은 그것 보라는 듯 내 팔을 흔들며 어서 이 북새통에서 빠져나가자고 재촉했다. 나는 들어 올 때와는 달리 녀석의 손에 매달려 나가며 생각해도 참 난감한 노릇이었다. 파출소를 나와 우두망찰하여 서 있던 나는 녀석을 조용한 골목으로 끌어들였다. 눈을 동그랗게 뜨고 쳐다보는 녀석의 어깨죽지를 주먹으로 갈기며 엄포를 놓았다.

"너 정말 내 팔 안 놓을 거야?"

짐짓 험악한 얼굴을 하고 윽박질렀지만, 녀석은 눈도 깜박 않고 되받았다.

"경찰 아저씨도 말했잖아요, 집에 데려가라구요. 난 우리 아빠 찾아주기 전에는 절대로 아저씨를 놓을 수 없어요."

나는 이제 정말로 화가 나서 녀석의 따귀를 사정없이 갈겼다. 오른팔에 매달린 녀석을 왼손으로 갈겼으니, 아무리 사정이 없었어도 별로이었을 것이지만, 녀석은 왈칵 울더니 이를 악물고 대들었다.

"좋아요. 때리든 죽이든 아저씨 맘 대로예요. 그치만 난 죽어두 아저씨 팔에 매달려 죽을 테니까요."

나는 그만 온몸에 맥이 빠져 털썩 주저앉고 싶었다. 하릴없이 우두커니 서 있다가, 쿨쩍쿨쩍 우는 녀석을 끌고 파출소 골목을 되짚어 나오며 생각해도 녀석을 달고 무작정 집에 들어갈 수는 없는 노릇이었다. 공중전화부스 앞에서 녀석을 당기며 말했다.

"전화 좀 걸게 이 팔 놔 인마."

녀석은 내가 공중전화부스 안으로 들어설 때까지 팔을 잡고 있다가 놓고는 밖에 지키고 서서 문을 닫았다. 나는 징그럽도록 맹랑한 녀석을 잠시 내다보다가 번호를 찍었다. 아내는 전화를 받자마자, 뭘 하는데 이 시간까지 전화질이냐고 냅다 쏘았다. 자초지종을 들은 아내는 펄쩍 뛰며 말했다. 두 집구석이 애들을 모두 고아원에 보내고 도망갔다는 말을 들었는데, 그 애를 도대체 어디서 만났냐고 되물었다.

녀석네 집 사정을 대충 알고 있는 아내의 말인즉, 집을 알면 계속 귀찮을지도 모르니 아예 데려오지 말라고 못을 박았다. 녀석을 볼모로 아비 어미를 잡을 수도 있지 않겠냐는 내 말에 아내는 또 펄쩍 뛰었다. 그 집구석은 이미 풍비박산이 나서 어미는 어미대로, 아비는 아비대로 갈라져 잡아도 헛일이라고 했다. 나는 난생처음 아내로부터 외박 허가를 받고는 공중전화부스를 나왔다.

밖에 나서자마자 녀석은 잽싸게 팔에 매달렸다. 나는 이제 자연스레 한쪽 팔을 내맡겼지만, 속은 속이 아니었다. 내 수중에 돈이라고는 여관비도 안 되는 만팔천 원이 전부였다. 그 돈으로 녀석과 하룻밤 묵을 곳이라고는 여인숙뿐이었다. 우리 동네 단독주택단지 안에 있는 여인숙을 생각하고는 녀석을 달고 잰걸음을 쳤다. 걸어서 십 분쯤 가야 한다.

〈정화여인숙〉이라는 땟국에 얼룩진 흐릿한 간판 앞에 서자, 녀석이 아기똥하게 쳐다보며 물었다.

"아저씨, 우리 여기서 잘 거예요?"

"그래, 인마. 니 아빠가 내 돈을 5억이나 떼먹구 도망가는 바람에 나두 알거지가 되었다."

녀석은 고개를 떨구고 서서 코를 훌쩍거리고 있었다. 내가 여인숙 문을 밀자 녀석은 그제서야 내 팔을 놓고 뒤따라 들어왔다. 녀석을 확 밀치고 내 뜰 수도 있었지만, 나는 소름이 돋도록 맹랑한 녀석을 두 번 다시 만나고 싶지 않아 참기로 했다. 녀석이 보육원에서 도망친 것이 분명하니, 어떻게든 타일러서 날이 밝는 대로 보육원에 넘기라는 아내의 밀명을 받은 터였다.

밀레니엄 축제에다 새천년을 맞는 날이어서 그랬던지, 찌든 담배 냄새와 군내가 풀풀 나는 여인숙일망정 이미 방이 동났고, 골방 같은 방이 하나 남았는데 쓸 테면 쓰라고 했다. 나는 그나마 감지덕지해서 녀석을 앞세워 들어갔다. 주인 말마따나 골방이어서 두 사람이 누우면 딱 알맞을 만큼 옹색했다.

주인 여자가 물주전자와 수건 두 장이 얹힌 쟁반을 들고 들어와 만오천 원을 내라고 말했다. 됫박만 한 방도 제값을 받느냐고 했지만, 여자는 들은 체도 않고 버티고 서서 측은한 눈길로 녀석을 어루더듬다가 '쯧쯧!' 혀를 차더니 비죽이 웃으며 늦대답을 했다.

"그래도 둘이잖아요."

중씰한 여자의 삐뚜름한 웃음이며 그 행위가 영락없는 떠돌이 홀아비 취급인지라 울화통이 확 치밀어 얼른 돈을 주고 말았다. 여자는 나가면서 말했다. 이 방은 화장실과 욕실이 따로 없으니, 이 문으로 나와서 옆에 있는 내실의 화장실을 사용하라고 했다.

나는 속이 욱하고 치밀어 돈을 되뺏고 싶었지만, 여자는 이미 사라졌다. 가죽점퍼를 벗어 벽에 걸고 덜퍽 주저앉아 생각해도 계속 울화가 치밀었다. 남들은 밀레니엄이다, 새천년이다 온통 들떠서 축제를 벌이는 판에 이 한심한 꼴이라니……. 분을 못 삭여 식식거리며 녀석을 노려보았다.

녀석은 무릎을 모아 끌어안고 오도카니 앉아 빠꼼한 눈으로 나를 보고 있었다. 그 모습이 하도 앙증맞아 그만 '픽!' 웃고 말았다. 덩달아 배시시 웃는 녀석 앞에 천 원짜리 두 장을 휙 던지며 말했다.

"야 인마, 정태수. 가게에 가서 빨간딱지 진로 이십오도 하나 하구, 새우깡 작은 봉지 하나만 사와."

녀석은 벌쭉 웃으며 돈을 집어 들고 일어서서 물었다.

"꼭 빨간딱지 이십오도야 돼요?"

"그래, 이십오도."

"알았어요."

녀석이 팽이처럼 굴러 나간 뒤에 나는 아무렇게나 개켜진 꾀죄죄한 이불 더미를 베개 삼아 벌렁 누웠다. 그제서 보니 벽 귀퉁이 선반 위에 컴퓨터 모니터만 한 TV가 얹혀 있었다. 무릎걸음으로 다가가서 버튼을 누르자, 칙칙거리며 화면이 뜨더니 난데없이 불꽃이 펑펑튀었다. 나는 그만 기겁을 하고는 뒤로 물러섰는데, 펑펑 튀는 불꽃은 거대한 불꽃놀이의 불꽃이었다.

"이런 빌어먹을……!"

쓰디쓰게 내뱉으며 물러나 앉을 때, 녀석이 불쑥 들어섰다.

"야, 테레비잖아! 우—와, 신난다."

녀석은 문 앞에서 입이 째지게 웃으며 양손에 새우깡 한 봉지씩을 달랑거리고 있었다. 폭죽이 터질 때마다 오두방정을 떨며 탄성을 질러대는 녀석을 멀거니 바라보다가 소리쳤다.

"인마, 소주는?"

녀석은 여전하게 텔레비전만 바라보며 야죽거렸다.

"미성년자한테는 술을 안 판다잖아요. 그러니까 새우깡만 아저씨 한 봉지, 나두 한 봉지……"

"흐이구……, 내가 그냥 미친대니까."

나는 소태 씹은 상으로 앙가슴을 탕탕 두드리고는 벌떡 일어서며 손을 내밀었다.

"돈 내놔, 인마."

녀석은 지전 한 장만 달랑 내밀었다. 차마 백동전 두 닢마저 내란 말을 못하고 꿀밤만 하나 먹이고는 밖으로 나갔다.

밀레니엄 대축제는 과연 장관이었다. 거대한 황금빛 시계불알이 허공에서 우아하게 흔들거리고, 펑펑 터지는 폭죽이 그야말로 불야성이었다. 시퍼런 전자불줄기가 별이라도 쏘아 맞힐 듯이 밤하늘을 이리저리 쫙쫙 갈라댔고, 정말 수많은 별들이 떨어지는 듯

허공과 땅이며 온 천지가 휘황찬란한 불바다였다. 화면에 양념 삼아 종종 나오는 프로 진행자는, 이 장엄한 장면이 생방송으로 전 세계로 생중계되고 있다며 분위기를 띄우기도 했다.

녀석은 엉덩이를 들썩거리며, 연방 새우깡을 집어먹으며 탄성을 질러댔고, 나는 씁쓸한 소주를 더욱 씁쓸하게 삼키면서도 화면에서 눈을 떼지 못했다.

녀석이 빈 봉지를 탈탈 털면서 말했다.

"와, 불딱총 한 방도 이 새우깡 한 봉지 값인데, 아저씨, 저런 폭죽은 한 방에 십만 원도 넘겠다, 그치요?"

"뭐, 십만 원? 야, 인마. 한 방에 몇 백만, 몇 천만 원짜리야, 이 멍청한 녀석아."

"우─와! 몇 천만⋯⋯, 그럼 돈을 저렇게 막 뿌려 내버리는 거잖아요. 에이, 저거 한 방만 날 주면 우리 엄마 아빠 찾을 수 있을 텐데⋯⋯."

나는 괜스레 밑이 무주룩하고 근질거려 녀석을 흘겨보다가 얼른 일어나 텔레비전 화면을 바꾸었다. 그러나 거기가 거기였고, 이리저리 돌려보아도 화면마다 온통 광란의 춤판에다 축제판 뿐이었다. 새천년을 저렇게 맞이하면, 금시발복이라도 하여 만백성이 세세년년 태평가를 부르게 될 것 같은 밀레니엄 맞이를 온 나라가 들고일어나 휘황찬란하게 축제 판을 벌이고 있었다. 불현듯이 나 혼자 왕따라도 당한 듯하여 신경질적으로 화면을 죽이고 말았다. 속으로 시부렁거리며 덜퍽 주저앉자마자, 녀석이 발딱 일어서며 신경질을 부렸다.

"왜 꺼요! 난 사람도 아네요?"

시름없이 늘어진 나를 올롱한 눈으로 노려보던 녀석은 텔레비전 앞에 서더니 채널을 마구 돌려대기 시작했다. 이미 새로 한 시가 넘었는데도 화면마다 온통 춤판에 축제판이 계속되고 있었다. 녀석은 마침내 금방 숨넘어갈까 싶게 몸을 흔들어대는 춤판에다 시선을 고정 시키고는 덩달아 펄쩍펄쩍 뛰며 흉내를 내고 있었다.

나는 잠시 지켜보다가 하도 부산스러워 그만 소리를 꽥질렀다.

"야, 인마. 가만 좀 못 있어? 그러잖아도 어지러워 죽겠는데……."

녀석은 그동안에 벌써 거친 숨을 색색 몰아쉬며 털썩 주저앉았다.

"아저씬 우리 아빠보다 더한 이기주의야."

"뭐야, 이기주의! 너 그게 무슨 뜻인지 알기나 하니?"

"모르긴 왜 몰라요. 자기밖에 모르는 사람이지. 아까부터 아저씬 전부 다 자기 맘대로 했잖아요. 짜장면 사달랬더니, 불어터진 우동이고, 난 알사탕이 먹고 싶은데, 짜디짠 새우깡만 사오라 하고……."

"그거야 인마……, 암튼 그건 이기주의가 아니야. 그건 어쨌든 지끔 세상은 개나 소나 모두가 제 맘대로구, 제멋대로야. 그래서 세상이 맨 개판인 게야, 인마. 너네 아빠 엄마처럼 남의 돈을 몇 십억씩 떼먹어도 그만이고, 자식들을 걸레처럼 내버려도 그만인 것이 이기주의야 인마. 쥐뿔도 모르는 녀석이……"

내가 해놓고 봐도 어린애에게 맞지 않는 빙충맞은 말이라서 얼른 소주를 한 모금 삼키고는 새우깡 봉지를 더듬었다.

"아저씨, 새우깡 없어요."

분명 한 봉지씩 따로 뜯었고, 나는 고작 대여섯 개를 먹었을 뿐인데 봉지는 비어 있었다. 하도 같잖아 빤히 들여다보자, 녀석은 두 손바닥을 발딱 뒤집어 보이며 싱긋 웃었다.

"다 먹었잖아요. 또 사올까요?"

"그래, 너 돈 있어?"

"예, 있어요. 여기."

녀석은 배시시 웃으며 백동전 두 닢을 내밀었다.

나는 동전을 확 낚아챘다.

"인마, 이게 니 돈이냐?"

바지 주머니에 달랑 한 장 남은 지전을 꺼내 동전과 함께 녀석에게 내밀었다. 천이백 원이면 딱 소주 한 병, 새우깡 한 봉지 값이었다.

"가서 이십 오도 하나, 새우깡 하나."

"에-이, 아저씨는 참, 미성년자한테는 술 안 판다니까요. 더군다나 여인숙에서 묵는 애들한테는 술을 안 판다고 쥔아저씨가 막 야단쳤어요."

야죽거리면서도 손을 내미는 녀석이 착살맞게 얄미워 머리통을 쥐어박고는 밖으로 나가며 구시렁거리지 않을 수 없다.

"참, 법 잘 지키는 백성이다 이래저래 나만 개망신 당하는구나."

그 흔한 슈퍼 축에도 못 끼는 구멍가게 주인 놈은 아까 잔뜩 거드름을 피우며 내게 말했었다. '알 만한 사람이 오밤중에 아들놈한테 술 심부름을 시키느냐?'고 빈정거렸었다. 밤바람이 매 발톱보다 날카롭게 볼을 할퀸다. 새천년이 되자마자 본때를 보이는지, 아까보다 바람이 한결 매워진 듯싶다. 마음 같아서는 다른 가게로 가고 싶었지만, 밤바람이 워낙 매서워 어깨를 잔뜩 웅크리고는 한걸음에 구멍가게로 들어섰다. 나는 벌겋게 단 난로에 잠시 손을 쬐다가 소주 한 병과 새우깡 한 봉을 집어 들고 돈을 내밀었다.

주인은 돈을 받아 들여다보더니 불쑥 도로 내밀며 말했다.

"2백 원 더 주쇼."

"예?"

"더 내라니까요."

"아니, 아까는……."

주인은 기가 찬다는 듯 삐딱하게 웃으며 덧붙였다.

"아까는 아까고, 지금은 2000년 1월 1일 아니오. 새천년부터 소주값 오른다는 거 모르고 있었수?"

나는 그만 코가 뭉툭해졌다. 새천년은 이렇게 어이없이 내게 성큼 다가와 있었다. 무안하기도 해서 무르춤하니 섰다가 말했다.

"그럼, 다음에 마저 드릴 테니 외상을 주시오."

"내가 아저씰 언제 봤다구 외상이오?"

나는 참담했다. 단돈 두 푼이 인간을 이토록 비참하게 만들 수도 있다는 사실에 전율했다. 수중에 돈이 떨어지면 인간이 곧 개가 된다는 사실에 치가 떨렸다. 적어도 종업원을 열댓 명이나 거느린 명색이 사장인 내 외양이, 구멍가게 주인 놈에게 어떻게 비쳤기에 이런 수모를 당하나 싶어 차라리 서글퍼졌다.

따지고 보면 이 모두가 녀석 때문이었다. 이래저래 불같이 화가 치밀었다. 마음 같아서는 술병으로 놈의 면상을 후려갈기고 싶지만, 나는 지금 이 술이 없으면 밤새도록 잠을 이룰 수 없을 것이다. 오십 평생 별별짓 다하며 모은 내 돈을 통째로 먹고 달아난 놈의 자식을 옆에 눕히고, 엉망이 돼버린 이런 정신 상태로 어찌 잠을 잘 수 있을까. 술에 곯아떨어져 잠들지 않는다면, 나는 녀석의 목을 사정없이 조를지도 모른다. 아니, 설령 목을 졸라 죽이지는 않더라도, 녀석이 반 주검이 되도록 두들겨 팰지도 모른다. 그래, 좋다. 기왕 당하는 거 철저하게 당해보자. 자존심과 오기를 버리자 그나마 위안이 되는 듯싶었다.

"갖고 나온 돈이 이게 다라서 그렇소. 내일 갚으리다."

주인은 한심하다는 표정으로 내 아래위를 꼬나보다가 크나큰 은전이라도 베푸는 듯 거만을 떨었다.

"됐수다. 새천년 꼭두새벽부터 외상 놓으면 천년 재수 없으니 그냥 가시우."

나는 부르르 진저리를 치며 마흔 줄에 들었을 주인 놈을 노려보다가 하릴없이 돌아섰다. 미닫이문을 거칠게 닫고 나서며 울분이 섞인 한숨을 길게 내쉬었다. 난롯가에 둘러앉아 양미리를 구워 소주를 마시던 서넛 인간들이 등 뒤에서 따그르르 웃고 있었다.

나는 골목에 나서서 하늘을 쳐다보았다. 흐렸는지 개였는지, 나와는 아무런 상관도 없는 새천년 하늘은 늘상 그저 그렇게 어둑신할 뿐이었다. 새천년의 지상은 혹시 달라진 게 있나 싶어 휘둘러보았다. 과연 있기는 있었다. 여기저기 눈에 띄는 술집마다 불을 대낮같이 밝히고는, 먹고 마시고 와자하게 웃고 떠들며 밀레니엄 축제를 즐기고 있었다. 그 속에 이 도리 없는 궁민窮民 또한 이렇게 한자리 끼어 2백 원이나 깎아먹은 소주병을 들고 서서 대망의 새천년을 맞이하는 것이다.

칼바람을 온몸으로 받으며 우두커니 서 있던 나는 술병 모가지를 사정없이 비틀었다. 술병을 새천년 허공에 치켜들고 철천지원수 대하듯 노려보다가 달디단 소주를 꿀꺽꿀꺽 마시고는 안주 삼아 외쳤다.

"새천년, 대한궁민 만세!"

민선이

민선이는 오늘도 어김없이 그 자리에서 울기 시작한다. 민선이의 울음소리가 차츰 리듬을 타면서 나는 또 어떤 화끈한 장면이 떠오르며 몸이 서서히 달아오르곤 하지만, 오늘은 아내가 외출을 했으므로 어쩔 수가 없다.

다섯 살이라는 민선이가 우리 대문 문턱에 앉아 저렇게 우는 지가 열흘이 넘었을 것이다. 민선이가 집을 나와서 우는 것은 매일이 아니라 하루나 이틀 걸러인데, 꼭 이맘때인 열한 시 경이다. 그러니까 민선이의 울음소리를 나는 오늘로써 다섯 번인가 듣는 셈이다.

민선이의 울음소리를 가만히 들어보면, 슬프다거나 어디가 아파서 우는 울음소리가 아니다. 그저 외롭고 심심해서 칭얼대듯이 매가리 없이 앵-앵 울다 말다 하면서 막대사탕을 빨아 먹거나, 어떤 날은 말뚝 아이스크림을 요리조리 아껴가며 핥아먹다가는 생각난 듯이 또 앵―앵 울고는 한다. 앵―앵 울다 말다 하면서 막대사탕이나 아이스크림을 다 핥아먹은 민선이는 조금 더 큰 소리로 앙―앙 울면서 골목을 걸어 나가 울음소리가 점점 작아지며 내 귓가에서 멀어지곤 한다.

민선이는 오늘도 막대사탕이나 아이스크림을 다 빨아 먹었는지, 좀 더 큰소리로 앙―앙 울면서 골목을 걸어 나가는 모양이다. 오늘은 울음소리가 골목을 나와 오른쪽으로 돌아 내방 창문 밑을 지나가는 것을 보면, 성문슈퍼 옆의 해동문방구점으로 가는 게 틀림없다.

민선이는 문방구점 밖에 나란히 내놓은 장난감 게임기나 오락기 앞에 앉아 제멋대로 움직이는 화면을 들여다보거나, 손잡이를 이리저리 당겨보기도 할 것이다. 그러다 싫증이 나면 주먹만한 여러 모양의 동물인형이 엎어지고 자빠지고 옆으로 쓰러져 엉겨있는 네모진 인형 뽑기 상자를 들여다보기도 한다. 어른들 흉내를 내며 손잡이를 당기고 밀어보지만, 동전을 먹지 않은 손잡이가 움직일 리가 없다.

지나가던 할 일 없는 어른들이 어쩌다 달려들기도 하고, 인형 뽑기에 중독이 되어버린 동네 어른들이 심심찮게 오게 마련이다. 의외로 그런 어른들이 꽤 많은데, 나는 그런 어른들을 볼 때마다 도대체 이해할 수가 없어 그들이 하는 짓이며 얼굴을 심각하게 관찰하거니와, 이해가 되지 않기는 매번 마찬가지다.

어쨌든 그런 어른들이 오면 민선이는 신바람이 난다. 200원짜리 동전을 넣고 여러 가지 동물 인형을 건져 올리는 진지한 모습을 지켜보며 손뼉을 치기도 하고, 거의 다 집혀 올라오던 인형이 떨어지면 앙앙대며 팔짝팔짝 뛰기도 한다.

그럴라치면 심심하던 어른은 민선이에 덩달아 신바람이 나서 한두 번만 하고 말 것을 1천 원짜리 지폐를 넣고 여섯 번을 뽑는다. 천 원짜리 지폐를 넣으면 보너스로 한 번 더 뽑을 수 있는 것이다. 기술이 좋은 어른이라면 여섯 번 중에 한두 개나 또는 세 개 정도는 건지게 마련인데, 그중 한 개는 열심히 응원을 해준 민선이게 제일 못생긴 것으로 골라 인심을 쓴다.

민선이가 인형을 받아들고 좋아라고 팔짝팔짝 뛰는 것은 너무나 당연하다. 그럴라치면 어른은 자기가 생각해도 멋쩍은지 죄 없는 민선이의 머리에 꿀밤을 '콩!' 먹이고는 인형을 주머니에 아무렇게나 쑤셔 넣고 휘적휘적 걸어간다.

그럴 때쯤이면 민선이 엄마가 민선이를 찾아 나가게 마련이다. 아니나 다를까. 오늘도 우리 골목 입구에 서서 민선이를 큰 소리로 부른다.

"민선아, 민선아―아!"

민선이 엄마는 팔짱을 끼고 서서 부르다가 벌컥 짜증을 내며 더 큰 소리로 부른다. 저 여자는 오늘도 큼직한 쇼핑백에 10리터짜리 까만 쓰레기봉지를 넣고 나와 우리 담벼락 밑에 슬쩍 꺼내놓았을 것이다. 그 비닐봉지에는 쓰레기가 가득한데, 언제나 쇼핑백에 숨거 들고 나와 이리저리 살피다가 사람이 없으면 쓰레기 봉지를 꺼내 슬쩍 우리 담벼락 밑에 놓고는 빈 쇼핑백을 들고 시침을 똑 뗀 채 민선이를 불러댄다.

"민선아, 민선아—아! 요게 그새 또 어디로 갔어."

문방구점 앞에 있을 민선이가 엄마 목소리를 들을 수 없는 것은 너무나 당연하다. 어떤 때 민선이는 엄마가 옆에서 불러도 들은 체도 않고 어른이 인형 뽑는 스릴 있는 광경을 정신없이 들여다보며 그 자리에서 쪼그려 앉아 숨기도 한다.

민선이 엄마는 부르다 지쳤는지 골목 왼쪽으로 돌아간다. 왼쪽으로 돌아 대여섯 집을 지나가면 왼쪽에 승리교회가 있는데, 교회 마당 한구석에 미끄럼틀이며 구름다리, 홈통 등 놀이기구가 있다. 민선이는 텅 빈 놀이터에서 미끄럼도 타고 구름다리를 출렁이며 혼자서도 잘 논다. 민선이가 갈 데라고는 교회 놀이터와 문방구점 앞뿐이다. 민선이 엄마는 이내 되짚어 오며 민선이를 부르다가 아는 사람이라도 만나면 한참 수다를 떨기도 하다가 문방구점 앞으로 갈 것이다.

민선이가 맨 처음 우리 대문 문턱에 앉아 울 때, 나는 어떤 아이가 길을 잃었거나, 잠깐 낮잠 든 사이에 엄마가 어디 나가서 찾으러 나와 우는 줄만 알았다. 그런데 당황하거나 슬퍼서 우는 울음소리도 아닌, 높낮이도 없는 매가리 없이 단조로운 울음소리가 한자리에서 10여 분이나 계속되었다.

지루한 울음소리를 듣다못해 나는 방에서 나가 거실 창문을 열고 내다보았다. 2층인 우리 집 거실 창문을 열면 바로 대문인데, 대문 문턱에 앉아 울던 네댓 살이나 먹었을까 싶은 여자아이가 문소리에 놀랐는지 울다 말고 발딱 일어나 힐끔 쳐다보더니, 다 먹은 브라보콘 아이스크림 껍데기를 우리 대문 문살 틈새에 야무지게 꽂아놓고는 깜박 잊었다는 듯이 앙—앙 울며 골목 밖으로 나가고 있었다.

양쪽 어깨까지 닿게 땋아 묶은 갈래머리에 빨갛고 노란 가로줄 무늬의 티셔츠에다, 하늘색 반바지를 입은 아이는 걸음을 옮겨 디딜 때마다 뽕—뽕 소리가 나는 신발을 신었는데, 분명 일부러 소리를 크게 내려고 발걸음에 힘을 주고 있음을 여실히 느낄 수 있는 걸음걸이로 사라지고 있었다.

나는 아이에게 왜 우느냐고 물어볼 참이었지만, 아이가 갔으므로 다시 방으로 들어와 하던 일을 계속했다. 한참 작업에 빠져있을 때였다. 누군가를 부르는 여자의 목소리에 소리에 나는 정신이 번쩍 들었다. 여자의 목소리가 들리는 곳은 내방 창문 바로 밑, 그러니까 우리 골목 입구였다. 처음에는 무슨 말인가를 못 알아들어 귀를 기울이고 있었는데, 여자가 다시 누군가를 큰 소리로 부르고 있었다.

"민선아, 민선아—아!"

그런데 여자의 목소리가 듣기에 참 묘했다. 촉촉하게 젖은 듯한 목소리에 콧소리까지 섞여 듣기에 좋은 듯싶으면서도 마음이 간질거려 잔 소름이 돋을 듯싶은 참으로 묘한 목소리였다. 여자는 같은 목소리로 연달아 부르면서 왼쪽으로 돌아가는 듯싶었다.

　그리고 이틀인가 사흘 뒤에 나는 또 그 아이의 울음소리를 들었다. 여전히 우리 대문 앞에서 우는 소리였는데, 무심코 벽에 걸린 시계를 쳐다보니 열한 시 십 분이었다. 나는 의자 등받이에 머리를 기대며 눈을 감았다. 작업에 열중했던 내 머릿속은 주체할 수 없이 산만해져 도무지 정리가 되지 않았다. 10월 말까지 탈고해서 출판사에 넘겨야 할 장편소설이 여름내 진척이 없다가 9월에 접어든 요즈음 한참 잘 풀리고 있던 참이었다.

　졸음이 올 듯이 단조로운 아이의 울음소리를 듣다못해 벌떡 일어나 나가서 거실 창문을 열어젖혔다. 문소리에 놀란 아이가 발딱 일어나 대문 문살 틈새로 나를 빤히 쳐다보더니, 막대사탕을 입에 물고는 앙-앙 울며 골목을 빠져나갔다. 옷차림도 여전했고, 뽕- 뽕 소리가 나는 발걸음도 여전했다. 나는 하릴없이 창문을 닫고 들어와 의자에 앉았다.

　다 식어버린 차를 마시고 얼크러진 머리를 정리하여 작업에 한창 빠져들었을 때였다.

　"민선아, 민선아-아!"

　이런 빌어먹을……, 또 그 여자의 목소리였다. 여전히 끈적끈적하게 코 먹은 목소리였는데, 오늘은 골목 입구에 서서 오늘따라 큰 목소리로 불러대고 있었다.

"민선아, 민선아―아! 요년이 그새 어디루 내뺐어 그래. 민선아, 민선아―아!"

나는 열린 창문의 방충망까지 열고 내다보았지만, 왼쪽 담벼락 밑에 서 있을 여자가 보일 턱이 없다. 요년 조년 하는 걸 보면 분명 딸아이를 부르는 모양인데, 울컥 약이 올라 후다닥 뛰어나가 대문을 열었다. 대문 소리에 놀랐는지, 여자가 힐끔 돌아보더니 여전한 목소리로 아이를 부르며 오른쪽으로 힝허케 걸어갔다.

우리 골목 안쪽 어느 집에 사는 여자인 것 같은데 생판 처음 보는 여자였다. 며칠 전 골목에 이삿짐 차가 들어왔던 것으로 보아 그때 이사를 온 여자일 것이다. 얼핏 본 여자의 얼굴은 목소리만큼이나 예쁘장했는데, 나는 왠지 기분이 몹시 께끄름했다. 기름기 많은 음식을 잔뜩 먹은 듯한 그런 거북스러움이었다.

하릴없이 돌아서던 나는 우리 담벼락 밑에 있는 까만 비닐봉지를 보았다. 10리터짜리 비닐봉지가 빵빵한 것으로 보아 쓰레기가 가득 담겼음이 분명했다. 우리 집은 10미터 골목의 도로변 건물인데, 대문이 북향으로 앞 골목이 6미터로 제법 넓은 골목이다.

그러니까 우리 집은 10미터와 6미터 골목을 끼고 있는 흔히 말하는 카도 집이다. 6미터 골목 양쪽으로는 비슷한 평수의 집들이 네 채씩 나란히 있다. 골목 끝이 교회의 담벼락으로 막혀있는 ㄷ자형인데, 우리 집이 골목 입구이기 때문에 쓰레기로 늘 골머리를 앓고 있는 터였다.

골목 안쪽에 사는 열댓 가구의 사람들이 들며 나며 쓰레기 봉지를 던지고 가는지, 아니면 큰길을 오가는 사람들이 버리고 가는지 늘 쓰레기가 쌓이곤 하는데, 없을 때는 없다가도 쌓이기 시작하면 금방 수북하게 쌓여 쓰레기장이 되곤 하였다.

그렇게 몰래 던지고 가는 쓰레기 봉지는 수거용 봉지가 아니기 때문에 진개 수거원들이 걷어가지 않는다. 게다가 몰래 버린 쓰레기는 분리가 제대로 되었을 리가 없다. 음식물 찌꺼기며 깨진 유리, 형광등, 못 쓰는 그릇 등 그 더러운 온갖 쓰레기를 결국은 우리 돈으로 분리수거 봉투를 사서 분리하여 쓸어 담아 놓아야 하는데, 그 고역과 분노가 참으로 말로는 표현하기 어렵다.

작년만 해도 쓰레기가 쌓이기는 해도 요즈음 같지는 않았는데, 음식물 쓰레기 분리수거제도가 시행되면서부터 날이 갈수록 쓰레기 불법 투기가 더 심해지는 상황이 되고 있었다. 먹고 살기가 어려워지면서 쓰레기 봉지값을 아끼자는 수작인지, 쓰레기 분리가 귀찮아서인지는 모르겠지만, 아무튼 몰래 버리는 사람들은 돈 안 들고 편해서 더욱 좋겠지만, 한두 집도 아닌 남의 쓰레기를 거의 매일이다시피 치워야 하는 사람은 차라리 죽어버리고 싶은 심정이다.

겨울에는 쓰레기가 썩지 않아 그래도 견딜만하지만 봄이 되면서부터는 음식물 쓰레기가 하루만 지나도 썩기 시작한다. 쓰레기가 쌓이는 골목 입구는 우리 집 지하 계단 입구인데. 지하 소파공장 직원들이 냄새가 난다면서 매일 쓰레기를 치워줄 것을 강력히 요구하는 바람에 쌓이는 쓰레기를 그냥 둘 수도 없는 노릇이다.

때로는 아내와 둘이 교대로 2층 베란다에 걸상을 놓고 앉아 지키기도 했었다. 그러나 지키고 있다는 것을 용케도 아는지 쓰레기를 버리는 사람을 잡지 못한다. 하루 온종일 밤까지 지키다 보면 서너 사람 잡기도 하지만, 으레 싸움이 붙기 마련이었다. 그러다보니 아내는 동네 사람들과 거의 한 번씩은 싸운 사이가 되어 아이들 말마따나 왕따를 당한 꼴이 되고 말았다.

쓰레기를 버리다가 우리 부부에게 들켜 한 번씩 싸운 사람들일수록 오기로 일부러 한밤중에 내다버릴 것이 뻔하지만, 밤새도록 지킬 수도 없을뿐더러, 그렇게 스트레스를 받으니 차라리 우리가 치우고 말자고 아내를 구슬러 놓아 그래도 내가 심적으로 좀 편해진 셈이었다. 그렇더라도 내가 이 집에서 25년을 살아온 동네 터줏대감 격이기에 망정이지, 금방 이사를 온 집이라면 동네 사람들 등쌀에 못 살고 쫓겨 갔을 것이다.

그래도 견디다 못해 지난 5월에는 지하 소파공장 직원들의 양해를 얻고는 어떻게 되나 보려고 일주일간 쌓이는 쓰레기를 그대로 두고 보았다. 자동차 폐타이어며 부서진 의자 등 온갖 쓰레기가 거의 한 리어카 정도 되었을 때, 동사무소에 신고를 했다.

동직원이 나와 보았지만 뾰족한 수가 있을 리가 없고, 청소과 직원이 쓰레기를 수거해 가는 것이 고작이었다. 그렇다고 동사무소 직원이 매주 한 번씩 수거하도록 쓰레기를 방치할 형편이 못 되다 보니 고스란히 우리 차지가 되고 만다.

쓰레기 더미에 묻혀 헤어나지 못하는 아내는 집을 팔고 아파트로 이사를 가자고 못 살게 졸라댄다. 그러나 집을 팔 수 없음을 본인이 더 잘 안다. 집에서 2백여 만원의 임대료가 나오기 때문에 옴치고 뛸 수도 없는 형편이다.

돈이 들더라도 감시 카메라를 설치하자는 아내의 강력한 제의를 나는 요즈음 심각하게 생각하고 있다. 아침에 말끔하게 치운 담벼락 밑에 또 버려진 저 쓰레기는 그 여자가 버린 것이 분명하지만 보지 못한 이상 우리 쓰레기가 되고 말았다.

쓰레기 처리는 늘 아내의 몫이라 또 펄펄 뛰겠지만, 지금 나로서는 어찌할 도리가 없다. 그렇더라도 그냥 두면 또 계속 쌓일 것이므로 쓰레기봉지를 들고 들어와 대문 기둥 밑에 던지고는 방으로 들어왔다.

사람의 심리란 참 묘하다. 양심을 아예 헌신짝처럼 버리고 생활 쓰레기를 무단 불법 투기하는 개만도 못한 인간들은 말할 여지도 없는 예외지만. 어지간한 사람들은 그래도 빈 담뱃갑이나 음료수통이라도 들고 가다가 쓰레기가 몇 점이라도 있는 곳에 휙 던지게 마련이다. 그런 사람들은 그래도 말끔한 곳에 쓰레기를 버리기에는 양심이 허락지 않는 착한 사람들 축에 들것이고, 어디까지든 들고 가서 쓰레기통에 버리는 사람은 양심단련 기능보유자로 지정해서 장려금이라도 주고 보호해야 할 사람들이다.

나와 아내는 사람들의 그러한 심보를 그나마 알기에 우리 담벼락 밑에 쓰레기가 버려지는 족족 대문 안으로 모아 들이는 참으로 서글픈 현상이 계속되는 실정이었다. 생활 쓰레기를 불법 투기하는 사람들을 잡아 보면 그 이유가 누구나 한결같다.

"이봐요! 왜 쓰레기를 거기다 버리는 거요?"

"여기 많이 버려져 있기에 버렸잖아요."

"뭐요, 아니 그럼 수거용 봉지에라도 넣어서 버려야 수거원들이 쳐가잖아요?"

"그럴려면 뭣하러 여기까지 들고 와요. 우리 대문 앞에 내놓으면 되지."

"분리도 안 된 생활쓰레기를 버리는 것이 불법투기라는 걸 몰라요?"

"도로 가져가면 되잖아요. 남들은 다 버렸는데 왜 나만 잡고 난리야, 참 별꼴이네. 에—이 제수없어."

생활쓰레기를 불법 투기하는 사람은 거의가 여자들인데, 이런 경우는 내가 여자들을 상대 했을 때이고, 아내가 상대했을 때는 거의 머리채를 잡을 정도까지 상황이 악화 되고, 112에 신고해 경찰이 출동 하는 경우도 더러 있었다.

컴퓨터 앞에 앉았지만 온갖 잡념으로 작업이 될 리가 없다. 하릴없이 방안을 서성이다가 안방으로 들어가 창문을 열어놓고 내다보았다. 울던 아이가 그 여자의 딸아이일 것이 틀림없지만, 내 눈으로 확인을 하고 싶었다. 창틀에 팔을 얹고 엉거주춤 서서 20여 분 내다보자, 과연 그 여자가 아이의 손을 잡고 재잘거리며 걸어오고 있었다.

두 모녀는 똑같은 말뚝 아이스크림을 핥고 있었는데, 여자치고는 제법 큰 키에 가슴이 풍만하고 푸짐한 몸매에다 눈이 가늘고 입이 큰 편인 직사각형의 얼굴이었다. 자세히 보니 아까 흘깃 보고 느꼈던 그만큼 예쁜 여자는 아니었다.

그리고 이틀 뒤에 나는 민선이라는 아이의 매가리 없는 울음소리를 침대 위에서 들었다. 시간은 역시 열한 시 경이었는데, 새벽까지 술을 마셨던 나는 숙취에 시달리며 비몽사몽간에 아이의 울음소리를 듣다가 얼마 뒤에 그 여자의 코 먹은 부름 소리를 또 들었다.

"민선아, 민선아—아!"

나는 아이의 울음소리와 저 부름 소리를 듣고 처음부터 아무리 생각해도 그 원인과 내용을 도대체 이해할 수 없었다. 아이는 왜 똑같은 그 시간에 우리 대문 문턱에 앉아 울고, 엄마는 왜 꼭 40십여 분 뒤에 쓰레기 봉지를 쇼핑백에 숨겨 들고 나와 몰래 버리고 아이를 부르는 것일까? 그날도 나는 그 생각을 하며 그대로 누웠다가 숙취에 못 이겨 잠이 들고 말았었다.

그리고 또 이틀 뒤였다. 그날은 아예 작업할 생각을 접고 시계를 보며 열한 시를 기다렸다. 십 분 전 열한 시, 어김없이 아이의 울음소리가 들렸는데, 앙—앙 소리가 크고 잦은 것으로 보아 분명 어딘가를 얻어맞아 아프고 분해서 우는 울음소리였다.

나는 부리나케 3층 베란다로 뛰어 올라가 골목을 내려다보았다. 아이는 골목 건너편 맨 끝 집 반 지하방 앞에 서서 울고 있었는데, '꽈당!' 하는 문짝 부딪히는 소리에 이어 그 여자의 찢어지는 듯한 고함 소리가 들렸다.

"요년, 저만큼 나가서 못 놀아?"

아이는 울음을 뚝 그치더니 턱을 들어 혀를 낼름 내밀어 보이고는 어슬렁어슬렁 걸어와 우리 대문 문턱에 털썩 주저앉아 에의 그 매가리 없는 소리로 앵—앵 울기 시작했다. 아이는 입으로 막대사탕을 빨며 코로 앵—앵 울면서 왼손으로 눈물을 훔치고 있었다.

나는 더이상 궁금증을 참을 수 없어 오늘은 그 내막을 알아내겠다고 생각하며 3층에서 내려갔다. 대문을 열고 나가자 아이가 앉은 체 빤히 쳐다보았다. 나는 그 아이가 나온 반지하 방을 잠시 바라보다가 아이 앞에 앉으며 작은 목소리로 물었다.

"네가 민선이니?"

엄마를 닮았는지 얼굴이 네모지고 눈이 가늘고 긴 아이는 여전히 막대사탕을 빨며 고개만 끄덕였다. 나는 등산할 때 간식으로 먹던 초콜릿 '자유시간'을 아이의 손에 쥐어주고는 아이를 일으켜 세우며 달랬다.

"민선아, 이리와 봐. 아저씨가 이거 또 줄게."

자유시간 또 하나를 들고 어르자 아이가 방긋 웃으며 내 뒤를 따랐다. 우리 옆 옆집 일층 점포 하나는 카페여서 오후 늦게 문을 연다. 나는 카페 출입문 앞에 아이를 앉히고 그 옆에 앉았다. 아이는 빨아먹던 막대사탕 손잡이를 출입문 틈에 야무지게 꽂아 놓더니, 자유시간 껍데기를 이빨로 물어뜯고 있었다. 껍질을 벗긴 아이는 초콜릿을 한입 베어 물고는 나를 쳐다보며 방그레 웃었다. 나는 덩달아 싱긋 웃어주고는 벼르고 별렀던 궁금증을 물었다.

"민선아, 너 몇 살이니?"

아이는 초콜릿을 씹으며 손바닥을 펴 보였다.

"다섯 살? 그런데, 왜 맨날 우리 대문 앞에 앉아 우니?"

아이는 말없이 방그레 웃기만 했고, 나는 조금전에 들은 귀가 있어 물었다.

"엄마가 밖에 나가서 놀라구 하니?"

아이는 고개만 끄덕였다.

"그런데 왜 울어?"

"혼자 넘넘 심심해서."

"넘넘 심심해? 그러면 엄마하고 놀면 되잖아."

"엄마는 아빠하구 사랑하잖아."

나는 순간적으로 온몸에 화끈한 전율이 일어 멈칫했다.

"엄마 아빠가 사랑을 한다구?"

아이는 방그레 웃으며 머리만 끄덕였다.

"엄마 아빠가 어떻게 사랑을 하는데, 대낮에 너를 내쫓니?"

아이는 초콜릿을 다 먹고 손가락을 빨았고, 나는 얼른 자유시간 껍질을 벗겨 아이의 손에 쥐어주며 물었다.

"민선아, 엄마 아빠가 어떻게 사랑을 하는데에?"

아이는 초콜릿을 한입 씹어 삼키고 말했다.

"아빠가 엄마 젖두 만지구, 뽀뽀두 하구, 엄마를 막 간지럼 태워 울게 해."

나는 순간적으로 아랫도리가 뿌듯해지는 것을 어찌할 수 없어 벌떡 일어섰다가 다시 앉으며 물었다.

"민선아, 아빠는 대낮인데 회사 안 나가니?"

"밤에만 나가."

더이상 알 것도 없었지만, 그새 친해진 아이가 종알종알 말대꾸를 곧잘 해서 시답잖은 소소한 것들까지 알아낼 수 있었다. 마침내 아이를 부르는 엄마의 목소리가 들렸다. 얼른 일어나 아이를 일으켜 등을 밀었다. 아이는 쪼르르 달려갔고, 나는 반대쪽으로 큰길까지 헛걸음을 치다가 되짚어 돌아왔다.

아니나 다를까. 우리 담벼락 밑에 쓰레기가 가득 담긴 검은 비닐봉지가 놓여있었다. 쓰레기 봉지를 물끄러미 들여다보던 나는 꼭 그 여자처럼 골목을 휘둘러보고는 도둑질을 하듯이 슬그머니 쓰레기 봉지를 집어 들고 들어와 대문 기둥 옆에 쭈그리고 앉아 비닐봉지 풀었다. 과일 껍데기며 음식 쓰레기 등 온갖 쓰레기 중에서 하얀 휴지뭉치를 골라 들고 떨리는 손으로 펴 보았다. 그러면 그렇지, 휴지에는 꼬불꼬불한 체모가 몇 올 붙어 있었고, 아직도 온기가 남아 있을 듯싶은 체액에서 비릿한 밤꽃 냄새가 풍겼다.

나는 그날부터 이상하게도 일이 손에 걸리지 않았다. 작업을 하려고 컴퓨터를 켜면, 한 번도 본적이 없는 민선이 아빠와 해반드레

한 얼굴의 그 여자가 알몸으로 뒤엉켜있는 환상이 모니터에 어른거렸고, 민선이의 울음소리만 애타게 기다려졌다.

그렇게 사흘이 지난날 드디어 민선이의 울음소리가 들렸다. 나는 순간적으로 온몸이 화끈해지며 가슴이 쿵쿵 뛰기 시작했다. 아랫도리에 뿌듯하게 힘이 실리고 이내 불끈불끈 힘이 솟구쳤다. 저절로 눈이 감기고 어두운 망막에 두 남녀의 화끈한 정사 장면이 뚜렷이 보이기 시작했다.

나는 솟구치는 아랫도리를 움켜쥐고 쩔쩔매다가 끝내 참지 못하고 안방으로 뛰어 들어갔다. 빨래를 개키는 아내를 덥석 끌어안고 몸이 터지게 안아주고는 가슴을 풀어헤쳤다. 기겁을 한 아내가 앙탈을 했지만 어림없는 수작이었다. 우리 부부는 오랜만에, 실로 오랜만에 화끈한 정사를 즐겼다.

내 이마에 땀을 닦아주며 아내가 말했다.

"아니, 도대체 갑자기 웬일이래여?"

나는 아내를 와락 끌어안으며 자신만만하게 대꾸했다.

"앞으로 종종 이렇게 할 거야. 기대하라구."

오십 중반에 접어든 뒤부터 우리 부부는 현저하게 달라지는 몸의 상태를 그저 그러려니 여기고 체념하던 참이었다.

나른한 후희를 즐기던 나는 벌떡 일어나 주섬주섬 옷을 챙겨입었다. 그 여자가 민선이를 부르고 있었다. 아내가 침대에 엎드려 아무래도 이상하다는 듯 뭐라고 했지만 내 귀에는 들어오지 않았다.

대문을 열고 나가보니 쓰레기가 빵빵하게 담긴 10리터짜리 검은 봉지가 우리 담벼락 밑이 아닌 건너집 벽 밑에 놓여있었고, 골목 입구에 섰던 그 여자는 나를 힐긋 돌아보더니 민선이를 부르며 문방구점 쪽으로 가고 있었다.

건너집 1층은 철물점인데, 주인 부부가 워낙 앙칼지고 부지런해서 늘 드나들기 때문에 누구든 감히 쓰레기를 버리지 못한다. 어쩌다 쓰레기가 버려지면 우리 담벼락 밑에다 슬쩍 던지곤 하는 것을 우리는 알지만 앞뒷집 간에 싸우기도 뭣해서 참고 있는 터였다.

나는 그 쓰레기 봉지를 풀어보고 싶었지만, 남의 집 벽 밑에 버려진 남의 쓰레기를 들고 와서 우리 쓰레기를 만들어서까지 풀어볼 만큼의 궁금증은 아니어서 그냥 들어오고 말았다. 보나마나 온갖 쓰레기와 체액을 닦은 휴지뭉치가 있을 것이다.

그런데 사건은 30여 분 뒤에 터졌다. 내가 샤워를 하고 막 컴퓨터 앞에 앉을 때, 앞집 여자가 요란하게 초인종을 누르며 아내를 부르고 있었다. 나는 사태가 대강 짐작이 되어 비죽이 웃으며 귀를 기울였다. 아니나 다르랴, 그 쓰레기 봉지 사건이었다.

"지연엄마, 이것 좀 봐. 이 쓰레기 봉지를 늘 지연이네 담 밑에 버리더니, 오늘은 우리 쪽에 버렸다니까. 우리 오늘은 어느 년이 버렸는지 꼭 잡아냅시다."

"에이, 소용없어요. 그렇잖아도 내가 엊그제 풀어보았는데, 온갖 쓰레기 외에는 아무 근거도 없었다니까요."

"그래도 모르잖아, 우리 확인해 봅시다."

"그래요. 한번 풀어 보자구요."

두 여자의 대화에 호기심이 동한 나는 3층 베란다로 올라가서 내려다보았다. 두 여자는 골목에 쪼그려 앉아 검은 비닐봉지에 담긴 쓰레기를 쏟았다. 악취가 진동하는지, 두 여자는 오만상을 쓰며 한 손으로 입과 코를 막고는 나무꼬챙이로 쓰레기를 뒤적거리기 시작했다. 음식쓰레기를 따로 골라내고 종이쪼가리는 일일이 펴가며 확인을 해도 그 흔한 우편물 쪼가리는커녕 단서가 될만한 쓰레기는 나오지 않았다.

앞집 여자가 말했다.

"어떤 년인지 아주 지능적이야. 쓰레기를 몰래 버리려고 계획적으로 하는 짓이라구."

일부러 누구든 들으라는 듯이 큰 소리로 떠들어대던 앞집 여자가 마침내 하얀 휴지뭉치를 골라내더니, 이상하다는 듯 고개를 갸웃거리며 살살 펴기 시작했다.

나는 잔뜩 호기심이 일어 베란다 난간에 엎드리며 내려다보았다. 앞집 여자가 흠칫하는 몸짓을 하더니, 아내가 들고 있던 꼬챙이를 빼앗아 양손으로 휴지뭉치를 폈고, 두 여자가 머리를 맞대고 들여다보다가 이내 얼굴이 발갛게 달아올라 깔깔거리며 웃었다. 3층에서 내려다보아도 하얀 휴지에 꼬불꼬불한 검은 체모 몇 올이 뚜렷이 보였고, 누리끼리한 체액이 보였다.

여전히 낄낄거리며 체액을 꼬챙이로 쑤석거리던 앞집 여자가 정색을 하고 말했다.

"지연엄마, 이것 좀 봐. 금방 하고 닦은 거야. 아직 휴지에 배지도 않았어."

아내도 호기심이 일어 꼬챙이를 빼앗아 들고 체액을 끼적거리며 받았다.

"그러게, 아직 그대로 있어. 누가 대낮에 그 짓을 했을까?"

나는 불과 30여 분 전을 떠올리며 능청스러운 아내의 얼굴을 보았다. 역시 아내의 얼굴이 발갛게 달아올라 있었다.

끈덕지게 서너 뭉치의 휴지를 풀어헤치던 앞집 여자가 말했다.

"남자가 닦은 게 하나고 여자가 닦은 게 두 뭉치야. 이 골목에 낮에도 남자가 출근 안 하는 집을 찾으면 범인을 잡을 수 있겠어."

"그렇긴 하지만, 그렇다고 이 휴지뭉치만 들고 가서 당신들 것이 아니냐고 따질 수는 없잖아요?"

앞집 여자는 자지러지게 한바탕 웃고 나서 웃음기를 입가에 물고 설쳐댔다.

"아니, 왜 못 따져요. 이 휴지와 그 집에 있는 휴지가 같은 것이면 틀림없잖아."

"그건 그렇더라도 이런 걸 들고 가서 따진다는 게 좀……."

앞집 여자는 팔을 걷어붙이며 말했다.

"왜 못 따져! 싸우다 안 되면 경찰을 불러 정액감정을 해보자고 우리가 강하게 나가면, 그것들이 꼬리를 내리게 돼 있다구."

"그렇긴 하겠지만……."

"지연엄마두 참, 동네 쓰레기 혼자 치우면서 허구한 날 푸념을 하더니 왜 그래요? 언제까지 그 짓을 할 거야?"

아내도 그예 당차게 나왔다.

"알았어요, 합시다. 우선 반장한테 물어서 어느 집 남자가 대낮에 집에 있는지 알아두었다가, 쓰레기봉지가 또 나오면 그대로 쳐들어갑시다."

"그래요. 이참에 아주 쓰레기 불법 투기하는 년들 버르장머릴 고쳐야 해요."

마침내 의기투합한 두 여자는 수거용 봉지에 쓰레기를 쓸어 담아놓고는 즉시 반장네 집으로 달려갔다.

나는 3층에서 내려와 컴퓨터 앞에 앉았지만 일을 할 수 없다. 내가 펴보았던 휴지뭉치와 민선이 엄마의 얼굴이 아른거려 모니터의 글자도 보이지 않았고, 아무 생각도 할 수 없다. 그 쓰레기가 골목 건너 맨 끝집 반 지하방에서 나왔다고 두 여자에게 고해바치면, 당장 골목 안이 발칵 뒤집힐 것이다.

야간작업을 하고 들어와 아침 식사를 한 뒤에, 딸아이를 내쫓고 화끈한 정사를 즐긴 민선이 아빠는 지금쯤 단잠에 빠져있을 것이다. 그 화목한 젊은 부부에게 자기들이 체액을 닦아 버린 휴지뭉치를 들고 두 여자가 쳐들어간다면, 과연 일이 어떻게 벌어질 것인가? 나는 그예 컴퓨터를 끄고는 말았다.

의자에 기대앉아 곰곰이 생각해도 내 입으로 고해바칠 수는 없겠다 싶었다. 그 사건에 나까지 끼어들고 싶지 않았고, 될 수만 있다면 사건이 되지 않게 조용히 끝내고 싶었다. 나는 마침내 생각이 정리되었다. 우선 민선이 아빠가 어떤 사람인지 알아보는 것이 순서일 터였다. 이사 온지 아직 한 달이 안 되지만, 어째서 밤에만 출근을 하는 지도 궁금중의 하나였다.

오늘은 거실 창 앞에 지키고 앉아 민선이 아빠가 출근하는 것을 지켜보리라고 생각했다. 그 남자가 밤에만 일을 나간다고 했으니 오후 다섯 시경부터 두어 시간만 지켜보면 볼 수 있을 것이다.

건성으로 책을 읽는 둥 마는 둥 시간이 흐르기만 기다리다가 마침내 다섯 시가 되었을 때, 거실 창문 앞에 의자를 놓고 앉아 책을 펴들었다. 책을 펴들기는 했지만, 책은 아내의 잔소리를 막아내자는 방패용일 뿐 신경과 눈은 대문 밖에 가 있었다.

그러면 그렇지, 안하던 엉뚱한 짓에 아내의 잔소리가 시작되었다.

"아니, 왜 여기 나와 책을 봐요?"

나는 미리 생각해 두었던 대답을 주저 없이 했다.

"방이 갑갑해서 그래."

"방이 갑갑하다니, 만날 방문까지 닫고 들어앉을 땐 언제구⋯⋯."

더 대꾸하기 귀찮아 벌컥 짜증을 부렸다.

"그만 시끄러, 책 좀 보게 저리루 가."

아내는 아무래도 이상하다는 표정으로 돌아서며 중얼거렸다.

"거참 이상하네. 왜 안하던 짓을 할까?"

나는 속으로 픽 픽 웃으며 건성으로 시사월간지 책장을 넘겼다.

벽에 걸린 시계와 책을 번갈아 두리번거리며 지루하게 한 시간이 흘러 여섯 시가 되었을 때, 마침내 그 여자의 목소리가 들렸다.

"퇴근하면 바루 삼양동으로 와. 난 오늘 밤에 갈 테니까. 알았지?"

마치 동생이나 아들에게 하는 말투를 들으며 나는 후다닥 일어나 내다보았다.

남자는 구두끈을 매는지 골목에 엎드렸다가 일어서 한 걸음을 내딛는데, 나는 그만 깜짝 놀라고 말았다. 남자의 상체가 오른쪽 뒤로 30도 정도로 벌떡 젖혀졌다. 남자가 두 번 상체를 젖히고는 오른발 발끝으로 땅을 딛고 섰는데, 여자가 남편의 점퍼 등에 붙은 먼지를 터는지 양 손바닥으로 등을 터는 것을 보다가 나는 또 깜짝 놀랐다. 여자의 오른손이 엄지 손가락뿐인 텅 빈 반쪽 손이었다.

남자가 뒤뚝뒤뚝 걸음을 옮기며 말했다.

"처남들한테 욕 안 먹게 쓸만한 선물을 사, 장모님한테 물어서 필요한 걸루 사든지……."

나는 눈을 감고 말았다. 눈을 감아도 상체가 뒤로 히뜩 젖혀지던 남자와, 여자의 텅 빈 반쪽 오른손이 눈앞에 아른거려 양 손바닥으로 눈을 가려야 했다. 내가 눈을 떴을 때, 그들 부부는 골목에 없었다.

나는 3층 베란다로 뛰어 올라가 내려다보았다. 남자가 상체를 오른쪽으로 뒤뚝뒤뚝 젖히며 저만큼 걸어가고 있었고, 여자는 우리 골목 입구에 서서 오른손을 바지주머니에 찔러 넣은 채 애잔한 눈길로 지켜보고 있었다.

나는 그 시간 이후부터 이튿날 오후 두 시까지 친정엄마 생일을 먹으러 갔던 그들 부부가 민선이 손을 잡고 우리 골목으로 들어설 때까지 작업은 물론 책도 읽을 수 없이 온통 그들 부부 생각만 머리에 빼곡히 들어차 있었다.

어제는 남자의 얼굴을 미처 자세히 볼 수 없었는데, 절름절름 걸어오는 남자의 얼굴을 보고 나는 또 한 번 놀랐다. 비록 다리를 절기는 하지만, 30대 초반으로 보이는 남자는 180cm는 될 키에 건장한 체격이었고 얼굴도 영화배우 장동건이 연상될 만큼 잘생긴 사내였다.

재잘거리는 딸아이 손을 양쪽에서 잡고 뒤뚱뒤뚱 걸어오는 장애인 부부를 보며 나는 가슴이 싸하게 안쓰러웠다. 저렇게 해맑고 귀여운 민선이에게 막대사탕과 아이스크림을 사주려면 쓰레기 봉짓값이라도 아껴야 할 것이다. 그러나 그 집 사정이 아무리 그렇더라도 쓰레기 봉지를 계속 버린다면, 민선이 엄마는 두 여자에게 호되게 당할 것은 뻔하다. 거듭거듭 생각해도 착한 민선이 엄마가 그 악스러운 앞집 여자와 아내에게 망신을 당하는 꼴을 차마 볼 수 없다고 생각했다.

그들 부부가 민선이 손을 잡고 반지하 자기들 집으로 들어간 뒤부터 나는 거실 창문 앞에 의자를 놓고 앉아 책을 읽으며 민선이가 나오기를 기다렸다. 워낙 읽고 싶었던 책이라 정신없이 책에 빠져들었던 나는 마침내 민선이의 뿅뿅거리는 발걸음 소리를 들었다. 그들 부부가 대낮 정사를 즐기기 위하여 민선이 발에 뿅뿅 소리가 나는 신발을 신긴 것을 나도 요긴하게 한번 써먹은 것이다.

부리나케 일어나 책장 서랍에서 초콜릿 자유시간 두 개를 꺼내들고 밖으로 나갔다. 민선이는 막대사탕을 빨며 뿅뿅뿅 문방구점 쪽으로 가고 있었다. 부지런히 걸어가 민선이 앞을 막아서서 자유시간 두 개를 내밀었다. 민선이는 발갛게 웃으며 두 손으로 초콜릿을 낚아챘다.

나는 마치 아빠라도 되는 양 자연스레 민선이 손을 잡고 문방구점 맞은편 골목으로 들어가서 민선이 앞에 앉으며 말했다.

"민선아, 아저씨 말 잘 들어라."

돌연한 내 행위가 이상했던지 민선이는 눈을 동그랗게 뜨고 잠시 마주 보다가 고개를 끄덕였다.

"민선아, 엄마한테 쓰레기 봉지를 우리 담벼락 밑에 버리지 말라고 말해, 알겠지?"

민선이는 당황하는 표정이 역력하더니 이내 얼굴이 발갛게 달아오르며 고개를 숙였다. 엄마가 몰래 쓰레기를 버린다는 것을 알고 있는 영악한 아이였다. 나는 양손에 자유시간이 하나씩 쥐어진 두 주먹을 모아 꼭 잡아주며 부드러운 목소리로 말했다.

"민선아, 엄마가 쓰레기 봉지를 또 몰래 버리면, 동네 아줌마들한테 혼난다고 엄마한테 꼭 말해야 한다. 알겠지?"

민선이는 금방 울상이 되어 모로 돌아섰다.

나는 가슴이 싸하게 안쓰러워 민선이 앞으로 다가앉으며 거듭 말했다.

"괜찮아 민선아. 엄마가 쓰레기를 버리지 않으면 되는 거야. 그러니까, 지금 가서 엄마한테 꼭 말해야 한다. 알았니?"

민선이는 약간 밝아진 얼굴이지만 여전히 시무룩해서 머리만 끄덕였다.

그래도 마음이 안 놓인 나는 비록 어린아이지만 민망함을 무릅쓰고 묻지 않을 수 없었다. 그들 부부가 지금 또 정사를 즐기고, 여자가 쓰레기봉지를 들고 나와 민선이를 부른다면, 지금까지의 내심적인 노고가 말짱 물거품이 되고 마는 것이다.

"민선아, 엄마가 또 나가서 놀라고 했니?"

민선이는 초콜릿을 벗겨 먹으며 도리질을 쳤다.

나는 비로소 안심이 되어 빙긋 웃어주고는 또 물었다.

"그럼, 엄마는 뭘 하는데?"

"다림질 해."

"그럼, 아빠는 자는구나."

민선이가 눈을 동그랗게 뜨고 나를 빤히 마주보다가 말했다.

"아저씨가 어떻게 알아요?"

"어떻게 알긴, 아빠는 밤일을 했잖아."

민선이는 초콜릿을 씹으며 발갛게 웃더니 문방구점을 향하여 쪼르르 뛰어갔다. 문방구점 앞에 있는 인형 뽑기 상자에 어른 둘이 붙어 온갖 정성을 들여 동물인형을 건지고 있었다.

할머니의 손자

선풍기를 강풍으로 틀어놓고 마루에 벌렁 누워 내동 뒹굴다가 막 낮잠이 들던 원기는 요란한 전화벨 소리에 기겁을 하여 일어났다. 내심 눈이 빠지도록 기다리는 전화가 있기는 하지만 선뜻 전화를 받기도 내키지 않아 입을 실룩거리며 전화기를 노려본다.

　가는귀먹은 할머니 때문에 전화기 볼륨을 한껏 올려놓은 터라 원기는 전화가 걸려올 때마다 귀가 따가워 신경질을 부리는 터이기도 하다. 그도 그렇거니와 걸려오는 전화마다 할머니를 바꿔야 하는 것이 더 신경질이 나서 심통을 부리곤 한다.

　송수화기를 들어 귀에 대자, 역시 아랫마을 이모할머니다.

　"할메 바까라."

　전에 없이 퉁명스런 말투에 원기는 송수화기를 귀에서 떼어 시부렁거리며 한참 노려보다가 대꾸한다.

"울 할메 막걸리 한 병 쌔리 까구서리 디비 자니더."

"일마 새끼야, 오죽 답답하믄 대낮에 막걸리 쌔리 묵고 디비 자 겠나. 급한 일이니께네 퍼떡 깨비라."

"깨비먼 쌩 지랄할낀데예."

"급하다 안 카나. 퍼떡 깨비라 카이."

"할메요. 억수루 지랄할낀데예."

"일마야, 급하다 안 카나. 글고, 니 꼼짝 말고 집에 있그래이."

원기는 금방 얼굴이 벌게지며 송화기를 입에다 대고 버럭 내 쏟 는다.

"할메요. 누구 맞어 죽는 꼴 볼라카능교? 내는 인제 열두 살 배 끼 몬 살았니더."

송수화기를 처박고 일어선 원기는 분이 안 풀려 식식거리다가 슬리퍼를 꿰고는 마당으로 나섰다. 할머니가 낮잠이 든 안방을 꼬 나보다가 금방 소나기가 쏟아질 듯싶은 어두컴컴한 하늘을 쳐다보 며 구시렁거린다.

"비는 쌔리 쏟아질 판인데 여시같은 가시나는 또 어디 갔노."

동생 솔이는 아침 먹은 설거지를 안 한다고 할머니한테 등짝을 네댓 대나 얻어맞고는 울며 뛰쳐나갔었다. 결국 설거지는 원기가 했지만 먹다 남은 된장찌개를 버렸다고 찌개 냄비로 머리통을 세 대나 맞았다. 이들 남매가 가장 싫어하는 반찬이 된장찌개다. 원기 는 대문간에서 처박힌 찌그러진 우산을 집어 들고 대문을 나섰지 만 궂은 날씨에 마땅히 갈만한 데가 있을 턱이 없다.

원기 남매가 할머니 집에 얹혀사는지도 벌써 한 해가 넘었다. 대구 서문시장에서 해장국집을 경영하던 원기 아빠 김상원은 식당을 연 지 3년 만에 쫄딱 망했다. 장사는 그런대로 되었지만, 아내 유미경이 네 살이나 연하인 노총각 놈과 눈이 맞아 돈을 빼돌리고, 종당엔 점포 보증금마저 빼서 감쪽같이 사라졌다.

속절없이 알거지가 된 상원은 두 남매를 고향 어머니에게 맡기고는 도망간 아내를 찾겠다며 한 해가 넘도록 전국을 뒤지고 다닌다. 가끔 돈이 떨어지면 고향 집에 와서 어머니를 졸라 여비를 마련하여 또 나가곤 하였지만, 이제는 노모도 아들에게 여비를 대줄 여지가 없는 형편이다.

상원의 아버지 김윤길은 1966년 군에 입대하여 18개월간 월남전에 참전했다가 고엽제 후유증으로 10년 전에 죽었다. 아버지의 강요로 농사를 짓던 상원은 아버지가 죽자 이태 만에 농토 서른 마지기를 팔아 대구로 나가 아파트를 사고 두 부부가 직장생활을 했었다. 그렇게 4년을 살던 상원은 아내의 강요로 식당을 운영하다가 그 꼴을 당하고, 경상북도 지보면의 땅 6천여 평을 한 놈팽이의 아가리에 처넣고 말았던 것이다.

상원은 몸이 약해 군대도 방위병으로 때웠다. 어수룩한데다 몸도 허약했던 상원은 고향을 떠난 뒤부터 아내의 손에 휘둘리며 살아야 했다. 해장국집 주방 일을 하던 유미경은 아파트를 팔아 그 식당을 넘겨받아 운영했는데, 그때부터 남편을 주방에 처박아두고는 운영권을 독차지했다.

식당을 하고부터 유미경은 남편이 약하고 부실한 것이 고엽제 환자의 아들이기 때문이라고 우겨 직접 보훈병원에 검사를 신청하여 두 번이나 정밀검사를 받았지만 '고엽제 2세 환자'가 아니라는 판정을 받았다. 그러나 유미경은 남편을 고엽제 환자로 몰아 공공연히 소문을 퍼뜨렸고, 결국 자기 자식 두 남매까지 고엽제 병자의 새끼라며 헌신짝처럼 버리고 도주했던 터였다.

아들이 도시로 나간 뒤 8년간 혼자 살며 텃밭을 가꾸어 삼남매 부식 치다꺼리를 하던 상원의 모친 조순자 노인은 졸지에 손자 남매를 떠안고 망연자실했다. 전 재산을 며느리의 한 아가리에 처넣은 것도 치가 떨릴 일이지만, 손주 남매를 키울 일이 더욱 난감했다. 몸도 부실한 데다, 술 중독에 걸렸는지 하루도 술 없이는 못 사는 아들이 돈을 벌어들인다는 것은 애초에 절망적이었다. 그런데다 늘그막에 두 손자 양육까지 떠맡게 된 것이 더 큰 슬픔이고 태산 같은 짐이었다.

남편이 고엽제후유증 국가유공자였으므로 연금이 매달 80여만 원씩 나오는 것이 그나마 큰 보탬이고 삶의 희망이었다. 하지만, 그것이 혼자 살 때는 남부럽지 않게 쓰고도 남았지만 두 아이를 떠맡고 보니 생활비가 절반도 모자랄 지경이었다. 나이 일흔에 품팔이도 어렵고 생활에 쪼들리다 보니 노인에게 늘어나는 것은 신경질이었고, 시시때때로 치미는 울화를 분풀이할 데라곤 그나마 두 손자였다.

아이들이라도 고분고분 할머니를 따르고 잔심부름이라도 거들어 주면 좋으련만, 연년생으로 열두 살, 열한 살이나 먹은 두 아이는 할머니 보기를 벌레 보듯 한다. 처음 할머니 집에 왔을 때는 할머니가 만드는 음식이 더럽고 맛이 없다며 먹지 않고 버티기 일쑤였고, 끝내 할머니 지갑에서 돈을 훔쳐 라면을 박스로 사다 놓고 저들끼리 끓여 먹기도 했었다. 부모가 식당을 할 때 고기를 매일 먹어서인지 두 아이는 고기가 없는 밥상에 앉을 적마다 할머니 속을 홀랑 뒤집어놓곤 했다.

그렇게 두 손자는 처음부터 할머니 눈 밖에 났고, 그에 따라 돌아오는 것은 역정과 매타작이었다. 그 어미가 집안의 전 재산을 통째로 말아 사내놈과 눈이 맞아 도망갔으니 그 새끼들이 애초부터 귀여울 턱이 없음은 인지상정일 터였다. 게다가 두 아이는 할머니 말대로라면, 제 어미를 빼닮아 누가 봐도 얄미울 정도로 반지빠르고 고집과 심통이 어른 볼 줴지르고도 남는다.

밥 먹은 설거지도 매를 맞아야 하고, 신발이 찌들다 못해 고린내가 코를 찔러도 빨아 신을 줄 모른다. 아침마다 할머니가 빗자루를 휘두르며 깨워도 늦잠을 자다가 제시간에 맞춰 오는 통학버스를 놓쳐 결석을 하기 일쑤였고, 그렇게 학교에 가지 않는 날은 두 남매가 동네를 돌아다니며 식구들이 들일 나간 빈집에 들어가 제 집처럼 음식을 먹기도 하고, 안방을 뒤져 잔돈푼을 훔치기도 하여 동네 말썽꾸러기가 되었다.

아랫마을 중샘골 원기의 이모할머니 조순예 노인이 그예 관절염 걸린 다리를 절룩거리며 동생네 집에 올라왔다. 조순예와 조순자는 사촌간이다. 일월면에서 지보면으로 시집온 조순예는 자치동갑인 사촌 동생을 남편의 친구인 김윤길에게 중매하여 올해로 48년째 한 마을에 살고 있다.

낮잠에서 깬 순자 노인은 비를 맞고 온 언니를 맞이했다.

"언니, 비는 오는데 우짠 일이여?

순예 노인은 마루에 덜퍼덕 주저앉으며 역정부터 내었다.

"일마새끼 어디 갔노?"

손자가 또 뭔 일을 저질렀나 싶어 울화가 치받은 노인이 뜨악하게 물었다.

"와, 글마가 또 뭔 일 냈능교?"

"일내다마다. 한시가 급해 즌화를 걸어 할메 바까라 카이 일마가 뭐라 캤는 줄 아나? 할메 막걸리 쌔리 처묵고 디비 자는데, 깨비먼 쌩 지랄한다 카더라."

"하이고, 언니 그건 약과여. 눈 까뒤집고 서서 할메는 왜 맨날 내를 개 잡드끼 잡느냐 캄서 대가릴 박고 대들어 내 몬살겠다 카이."

순예 노인은 혀를 끌끌 차며 듣고는 팔을 걷어부치며 설쳤다.

"그런 개망나니 새끼가 세상에 어딨노? 일마 어디 갔노, 퍼뜩 찾으라 카이."

"내사 우찌 안다꼬. 집구석에 가마이 처박히나 있으믄 천행이게. 글메 방학은 대체 은제 끝나노. 낮 동안 맹이래도 두 새끼들 안 보면 내사 먹은 기 살로 갈 것이구마."

순예 노인은 동생의 푸념을 듣다가 한무릎 다가앉으며 정색을 하고 말했다.

"이 사람아, 그나저나 큰일났데이. 이 일을 우째면 좋겠노?"

순자 노인은 언니가 전에 없이 정색을 하고 대들자 가슴이 덜컥하여 다그쳤다.

"언니야, 대체 뭔 일인데 그게 놀래 법석이고?"

"하이고, 내 복장이 뒤비진다. 시원한 물 한 대접 묵고 얘기하자."

동생이 냉장고에서 내온 냉수를 한 대접 마신 순예 노인은 큰 숨을 내쉬고는 단호히 말했다.

"내 말 단다이 듣거래이. 글마새끼 내쫓아라."

순자 노인은 대체 뭔 일인가 싶어 지물지물 눈곱이 끼는 눈을 손등으로 문지르고는 되물었다.

"내쫓아라……. 원기를 말이가?"

"그래, 글마새끼 아니면 누굴. 고 싸가지 없는 아새끼가 그예 일 저질렀다 카이. 나뒀다간 큰일 난다. 당장 쫓아내거래이."

"대체 말을 해야 알아묵제. 글마가 우쨌는데?"

순예 노인이 동생에게 털어놓은 원기가 저지른 사건의 내용은 이러하다.

조순예 노인은 남편 이강우와의 사이에 4남매를 두었다. 그 자식들 모두 잘 자라 큰아들과 막내아들은 서울에 살고, 딸 하나는 대구로 시집가서 잘 산다. 그러나 둘째 아들이 구미에서 시청 공무원을 하다가 5년 전 서른여덟 살에 교통사고 죽었다. 서른일곱 살에 혼자되어 어린 두 남매를 키우던 며느리는 이태 만에 재가를 했는데, 네 살배기인 아들은 데리고 갔지만 여덟 살인 딸은 데리고 갈 수 없다며 시부모에게 맡겼다.

여덟 살에 엄마와 떨어져 할머니 손에 자란 미란이는 올해 열두 살이다. 엄마가 양육비를 보태주고 가끔 찾아와 정을 주고 가는 덕에 미란이는 잘 자라 공부도 잘하여 늘 반에서 일등을 한다. 그 미란이가 원기와 어울리며 금년 봄부터 달라지기 시작했다.

5학년이 2개 반인 학교에서 같은 반이 된 원기는 미란이보다 생일이 빨라 오빠 행세를 톡톡히 하며 학교에서도 으스대곤 한다. 소지개 마을에는 미란이와 원기 남매, 한우 목장집 딸 효란이와 일학년짜리 남동생 등 초등학생이 다섯이고 중학생이 둘이다. 아이들은 늘 같은 버스를 타고 통학을 한다.

대구에서 초등학교 4학년에 다니다 시골로 온 원기는 학교에서도 아이들을 휘어잡고 으스대기 일쑤였고, 공부는 못해도 오기와 심술 불뚝성은 심해서 깔보는 아이들이 없을 지경이다.

원기는 봄이 되면서부터 동생 솔이와 미란이를 데리고 다니며 개울에서 가재를 잡기도 하고, 산딸기를 따먹기도 하며 놔먹이는 염소 새끼들처럼 온 들판을 헤집고 다니며 놀았다.

원기가 오기 전에는 오직 공부에만 전념하던 미란이는 점차 원기에게 빠져들게 되고, 그에 따라 공부 성적은 떨어져 5학년 중간고사 시험에서 중위권을 넘지 못하게 되었다. 그래도 미란이는 하교만 하면 원기와 붙어 다녔다.

이를 보다 못한 할아버지와 할머니가 닦달을 하지만, 같이 공부를 한다는 핑계로 세 아이들은 밤낮으로 붙어 다녔다. 이상한 기미를 눈치 챈 할아버지는 '남녀 칠세 부동석'이라며 두 아이가 매일 어울리는 것을 극구 말렸지만, 그것도 하루 이틀이지 아이들 뒤를 졸졸 따라다닐 수도 없는 일이라 이내 등한시하게 되었다.

어른들의 간섭이 뜸해지자 원기와 미란이는 초여름으로 접어들며 급기야 변하기 시작했다. 손을 잡기는 예사였고, 서로 껴안고 장난을 치기도 하며 동생 솔이가 안 보는 틈틈이 얼굴을 부비며 입술을 마주대기도 했다. 그런 행위는 누가 보아도 아이들의 장난이 아니었다.

산골에서 4년 간 할아버지 할머니 밑에서 외롭게 자란 미란이는 도시에서 살다 온 원기에게서 새로운 세상을 보았다. 원기 남매의 공부방에는 그토록 갖고 싶었던 컴퓨터도 있었고, 솔이에게는 동화책이며 위인전기 등 읽고 싶었던 책들도 많았다. 원기 남매가 마을에 들어온 뒤에 미란이는 저녁만 먹으면 이모할머니 집에 올라와 원기로부터 컴퓨터를 배우고 책을 읽으며 밤이 늦으면 같은 방에서 자는 날도 많아졌다.

순예 노인은 늘 컴퓨터를 사달라고 조르던 손녀가 동생네 집에 가서 그걸 배우겠다는 것을 말릴 수도 없었지만, 잘 때는 솔이와 둘만 재우라고 동생에게 신신당부를 하기도 했었다. 하지만 하루 내 들일에 지친 노인이 아이들 잠잘 때까지 지켜 앉았을 수도 없는 일이었다.

게다가 동갑내기인 원기와 미란이는 열두 살이 되면서 춘기발동기에 접어들었다. 혼자 외롭게 자라며 사춘기에 접어들던 미란이에게 원기의 등장은 곧 환희였다.

원기는 할머니가 늘 말하듯이 할아버지를 닮아 골격이 큰 데다 뚝심이 대단했고, 그에 따라 먹성도 좋았다. 오죽하면 할머니는 사람 새끼가 아니라 소 새끼라며, '내 열흘 먹을 꺼 절마가 하루에 먹어치운다'고 푸념하며 더욱 미워한다.

두 아이들 간의 문제는 여름방학이 되면서 불거졌다. 원초적인 본능이기도 하지만, 원기는 이미 예닐곱 살부터 남녀 간의 관계를 적나라하게 알고 있었다. 유난히 남자를 밝히던 엄마 유미경은 아이들이 잠들기 전에 부부관계를 즐겼고, 해장국집을 경영할 때는 노총각 애인을 안방으로 끌어들여 대낮에도 정사를 즐기는 적이 잦았다. 원기는 그러한 광경을 수없이 목격하기도 했었고, 그 괴성(?)을 수없이 들으며 열한 살까지 자랐다.

소지개마을 한가운데로는 제법 큰 개울이 흐른다. 여름에 비가 오면 곳곳에 소가 생기고 웅덩이가 형성된다. 남자 어른들은 들일을 하다가도 더우면 개울에 나가 목욕을 하곤 한다.

여름방학이 되면서 마을의 초등학생 다섯 아이들도 해가 중천에 오르면 개울에 모여 미역을 감으며 하루 종일 물장난을 치며 놀곤 했다. 아이들의 그런 행위는 원기가 마을에 온 금년 여름부터였다.

처음에는 옷을 입은 채로 물에 들어가 놀았지만, 며칠이 지나면서 원기는 팬티만 입은 채 미역을 감기 시작했다. 그에 따라 목장 집 여덟 살배기 아들 태산이도 원기를 따라 하자, 솔이와 열 살배기 태산이 누나 효란이도 팬티만 입은 채 미역을 감으며 서로 물장난을 치게 되었다.

해서는 아니 될 일들이 습관화되면 더욱 과감해지는 것은 어른이나 애들도 마찬가지다. 아이들은 하루 이틀 지나면서부터 개울에만 나오면 으레 홀홀 옷을 벗어 내던지고 물로 뛰어들곤 했다. 그 광경을 동네 어른들이 보았고, 목장집에 알려지며 사단이 벌어졌다.

효란이 아빠 이광우는 아이들이 미역 감는 현장에 나와 원기의 따귀를 때리며 혼찌검을 내고는 두 남매를 데리고 들어가 다시는 원기와 어울리지 못하게 잡도리를 하게 되었다.

그날 할머니에게 종아리를 흠씬 맞은 원기는 이튿날부터 동생 솔이와 미란이를 데리고 인적이 없는 산골짜기로 올라가 한적한 웅덩이에서 미역을 감으며 놀게 되었다. 보는 사람이 없게 되자 세 아이들은 대담해졌다. 마침내 원기의 제의로 미란이도 팬티만 입은 채 미역을 감으며 놀게 되었다.

미란이는 처음에 망설였다. 가슴이 이미 불거져 생식기능이 초기단계에 이르던 터라 주저했지만, 솔이가 거침없이 윗도리를 벗어젖히고 깔깔거리며 달려들어 옷을 벗기자 마지 못하는 듯이 벗고는 어울려 놀았다.

그러나 원기는 이미 어린아이가 아니었다. 속으로 은근히 그러기를 바랐었고, 그렇게 유도했던 터였으므로 물장난을 치며 의도적으로 서로 안고 뒹굴기에 이르렀다. 한낮이 기울도록 놀기에 정신이 없던 세 아이들은 배가 고팠다. 두 여자아이들을 데리고 노는 재미에 빠진 원기는 마침내 음흉한 꾀를 생각해 내었다.

"솔이야, 너 옷 입고 집에 갔다 오니라."

솔이는 눈을 동그랗게 뜨고 물었다.

"오빠야, 와?"

"니는 배 안고프나? 집에 가서 찐 강냉이하고, 감자 갖고 오니라."

솔이는 토라져 반항하며 미란이에게 구원을 청했다.

"내사 싫다. 언니야, 그만 집에 가자. 볕에 타서 등도 따굽고 배도 고프다. 언니야, 우리 집에 가자."

원기는 눈을 부라리며 엄포를 놓았다.

"가시내야, 퍼뜩 갔다오라 카이. 지끔 집에 가믄 더버서 못 산다. 강냉이 갔다 묵고 더 놀다가 해거름에 가자. 미란아, 니두 좋제?"

미란이는 물에 목만 내놓고 앉은 채 받았다.

"오빠 맘대루 하그라. 솔이야, 내캉 같이 갈까?"

솔이는 반색을 했지만 원기가 벌컥 뺏성을 내었다.

"머한데 둘씩이나 가노. 가시내야 퍼뜩 몬가나?"

원기가 주먹을 울러 메자, 솔이는 샐쭉하여 울상을 하며 물에서 나와 옷을 입고는 마을로 내려갔다. 솔이가 모퉁이를 돌아가도록 지켜본 원기는 물에 뛰어들어 미란을 덥석 안았다. 아담과 이브가 된 두 아이는 서로 안고 뒹굴며 까르르 까르르 천진난만하게 물장난질을 쳤다.

그러나 원기는 장난이 아니었다. 어느 틈에 알몸이 된 원기는 미란을 안고 입을 맞추었다. 얼굴이 발갛게 달아오른 미란이는 원기를 밀어냈지만 밀려날 아이가 아니었다. 완강하게 그러안고 어른스레 입을 맞추자, 미란이도 마침내 원기의 등을 안았다.

원기는 엄마의 애인이 엄마에게 하듯이 미란이의 가슴을 탐하기 시작했다. 급기야 알몸이 된 미란을 안고 물가로 나온 원기가 어른 흉내를 내려하자, 미란은 거칠게 반항했다. 그러나 이미 한 마리 수컷이 된 원기를 당할 수는 없었다.

솔이가 찐 강냉이와 감자를 싸들고 왔을 때, 원기는 나무그늘에 누워 있었고, 미란은 반바지와 티셔츠를 입은 차림으로 개울가 그늘에 멍하니 앉아 있었다.

솔이는 잠든 오빠 곁에 앉으며 깨웠다.

"오빠야, 내를 땡볕에 심부름 시키고 니는 디비 자나? 고마 일어나 감자나 묵자. 미란 언니야, 뭐하나 파뜩 오니라."

잠든 척했던 원기는 부스스 일어나 언제 잤더냐싶게 옥수수 통을 집어 들고는 게걸스레 뜯었다. 배가 잔뜩 고팠던 미란이도 다가와 새촘한 표정으로 감자를 먹었는데, 둘의 눈치가 아무래도 이상했던지, 솔이도 새치름하게 물었다.

"언니야, 니들 싸웠나?"

미란이는 드러나게 흠칫 놀라며 눈을 흘기고는 딴에는 겸연쩍게 대꾸했다.

"싸우긴, 머한다꼬 싸우노."

"오빠야, 니들 싸웠지? 내 다 안다."

원기는 그새 다 뜯어먹은 옥수수 빈 통을 휙 던지고는 짐짓 눈을 부라렸다.

"가시나야, 싸우긴 멀라고 싸우노, 배고퍼 죽겠구마 어여 처먹기나 해라."

솔이도 열한 살이라 알 것은 알고 눈치가 빠하다. 두 아이들 눈치를 살피며 야무지게 일침을 놓았다.

"아니기는, 내 다 안다. 니들 뭔 일 저질렀제? 오빠야, 내 니 그럴 줄 알았다."

원기는 뜯던 먹던 옥수수를 내팽개치고 솔이의 따귀를 사정없이 갈기고는 성난 고양이처럼 등을 말아 올리며 으르렁거렸다.

"이눔 가시나야, 일은 뭔 일이라꼬 조둥일 놀리노? 니 고딴 소리 다시 했다간 쥐이뻴란다. 알겠나?"

솔이는 벌겋게 손자국이 난 볼을 어루만지며 자지러지게 울었고, 미란이는 솔이의 어깨를 안고 악을 썼다.

"왜 때리노. 머를 잘했다꼬 가시나를 때리노? 솔이야, 가자. 내 다시는 오빠야 니하고 안 논다."

솔이의 어깨를 껴잡고 개울을 건너는 미란이를 원기는 허리를 짚고 서서 식닥거리며 지켜보았다.

무엇이든 무슨 일이든 시작이 어렵지 나중은 저절로 쉬워진다. 더 나아가 길이 들고 습관이 되면 즐거워진다. 남녀 간의 애정 관계란 더욱 그러할진대, 아직은 미성년으로 상황판단과 자신들의 처지를 깨닫지 못하는 두 아이는 오직 불장난인 쾌락에 몰입하게 되었다.

첫 경험을 한 미란이는 원기의 손을 뿌리칠 수 없었고, 하루 이틀 지날수록 그의 부름과 만남을 은근히 기다리게 되었다. 두 아이는 매일 만나 솔이를 대놓고 따돌리며 불장난을 계속했다. 미란이는 솔이의 입을 막기 위하여 엄마가 올 때마다 푼푼이 주어서 모아놓았던 용돈을 아낌없이 내주었다.

그렇게 20일이 지나갔다. 방학이 끝나가고 개학을 며칠 앞둔 8월 중순, 전날부터 그날 오전 내내 비가 오다가 정오 무렵부터 개이기 시작하며 불볕이 났다. 원기는 기다렸다는 듯 미란이를 불러내어 늘 가던 산골짜기 웅덩이로 올라갔다. 이틀간 내린 비로 계곡

물은 넘쳐흐르고 늘 미역을 감던 웅덩이는 키가 넘을 만치 깊어져 있었다.

원기는 마치 어른처럼 옷을 훌훌 벗어 던지고 웅덩이로 들어가 한바탕 자맥질을 하고는 미란이를 손짓으로 불렀다. 물가에 섰던 미란이는 마치 부르기를 기다리고 있었던 듯이 거침없이 옷을 벗고 물에 들어가 팔을 벌린 원기의 품에 안겼다.

처음부터 두 아이의 어른스러운 거침없는 행위를 바위 뒤에 숨어서 지켜보는 중년의 아낙이 있었다. 두 아이가 마을을 벗어날 때부터 멀찍이 뒤를 따르던 목장집 효란이 엄마였다. 갓 마흔이 된 아낙은 두 아이의 거침없이 능숙한 정사 장면을 처음부터 끝까지 숨을 몰아쉬며 지켜보았다.

비가 와서 이틀간 만나지 못했던 두 아이는 해가 설핏하도록 떨어질 줄 모르고 행위에 몰두했는데, 지켜보던 아낙이 지레지쳐 먼저 내려와 그 길로 미란이네 집으로 달려갔다.

집은 비어 있었다. 아낙은 하릴없이 돌아섰지만, 방금 본 두 아이의 행위가 눈에 선하고 귀에 쟁쟁하여 여적 가슴이 뛰고 얼굴이 달아올랐다. 어떻게든 당장 어른들에게 알려야 한다는 조급한 마음에 헉헉거리며 담 모퉁이를 돌아설 때, 미란이 할아버지와 맞닥뜨렸다.

미란이 할아버지와 효란이 아빠는 집안 팔촌간이다. 나이 많은 시숙을 만난 아낙은 자기가 무슨 큰 죄라도 진 듯이 얼굴이 화끈하여 그만 숨이 컥 막히고 말았다. 얼결에 꾸벅 인사를 하고는 늙은 시숙을 쳐다보며 생각을 궁굴렸다. 그러나 아무리 급해도 바깥 노인에게 그 사실을 고할 용기는 나지 않아 잠시 무르춤하다가 물었다.

"형님은 안 계시데에. 오데 가셨능교?"

노인은 젊은 제수씨가 그래도 어려워 비스듬히 모로 서서 받았다.

"오늘 아침에 친정 오래비 팔순 잔치에 가서 낼이나 올끼구마요. 와, 먼 일이라도 있능교?"

아낙은 잠시 아쩔했다. 그러나 아무리 급해도 늙은 시숙에게 미주알고주알 밑두리 콧두리 고하기에는 너무 낯 뜨거워 얼버무려 대꾸했다.

"아, 아니구마요. 일은 일이지만서도 낼 형님 오시면 말씀드릴 일이라예. 그럼 지는 올라갑니더."

이상우 노인은 종종걸음을 치는 제수씨 뒷모습을 잠시 바라보다가 돌아섰다.

이튿날, 순예 노인이 친정 오라비 팔순잔치를 먹고 집에 온 것이 오후 두시 경이었다. 아침에 지보면 장에 간다는 영감의 전화를 받았던 터라, 빈집에 들어서자 기다렸다는 듯이 전화가 걸려왔다. 윗말 목장집 동서였는데, 급히 할 말이 있어 내려갈 테니 기다리라는 마치 명령 같은 전화였다.

노인이 옷을 갈아입고 하루 비운 집안을 돌아볼 때, 동서가 들이닥쳤다. 젊은 동서는 다짜고짜 늙은 형님을 주질러 앉혀 무릎을 맞대고 앉아 어제 보았던 끔찍한 상황을 미주알고주알 일러바쳤다.

젊은 동서가 얼굴을 붉히며 생동감 있게 고하는 말을 들으며 노인은 좌불안석이었고, 시쳇말로 방방 뛸 지경이었다. 자초지종을 듣고 난 노인은 삭신이 늘어져 눈까지 멍해졌다.

이내 정신을 차리고는 소리소리 질러 손녀를 찾다가 할아버지와 장에 갔다는 생각이 났다. 개학이 되므로 신발이며 옷가지를 사준다고 영감이 데리고 장에 간다는 전화를 받았었다. 순예 노인은 그 자리에서 당장 동생에게 전화를 걸었던 것인데, 원기가 받아 포악을 떨며 전화를 끊었던 것이다.

언니로부터 사건의 자초지종을 들은 순자 노인은 얼굴이 하얗게 질려 입까지 얼어붙었는지 뻥하니 벌린 체 석고상이 되어버렸다. 노인은 아득한 절벽 앞에 선 듯이 아무 생각도 나지 않았다. 대가리에 피도 안 마른 천방지축 어린애로만 알았더니……! 도무지 믿기지 않는 허무맹랑한 일이었다.

언니가 동생의 무릎을 치며 닦달했다.

"정신 줌 차리그라, 자네도 기가 매키제? 미란이 고년 올해버텀 달거리 한데이. 그 가시나 애새끼라도 배면 우짤끼고? 그 생각하든 내사 고마 앞이 캄캄하데이."

눈물이 어려 지물지물한 눈을 크게 뜨고 듣던 순자 노인은 그예 황소 영각켜는 소리로 울기 시작했다. 아무 말도 할 수가 없고, 꽉 막혔던 속이 울음으로 터져 나왔다.

"어―허이구, 나죽네. 미치고 환장허겠네……. 언니야, 내가 뭔 죄가 많아 이 지경을 당하노. 내가 죽어야지, 차라리 내가 죽고 말지……."

울기라도 해서 꽉 막혔던 복장이 풀리기를 기다리던 순에 노인이 끝내 퉁바리를 먹었다.

"고만 울거라. 운다꼬 결판날 일도 아인기라. 대체 이 일을 우짜면 좋노. 내사 앞이 캄캄하구마."

눈물 콧물을 치마폭으로 쥐어 짠 노인이 정색을 하고 물었다.

"언니, 내사 믿을 수 없다. 어린 것들이 설마 그런 짓을……. 언니, 동세를 부르거라. 내 맞대면해서 들어봐야 안 카겠나?"

늙은 언니는 그만 왈칵 짜증을 부렸다.

"고마 시끄럽다. 그러잖어 내도 그런 말을 했더만, 낯 뜨거 두 번 다시 말하기 싫다면서 횡허니 가더라."

"당사자가 그런 말이 어딨노. 당장 즌화 걸라카이."

듣고 보니 그도 그래서 언니는 마지못해 전화를 걸었다.

두 노인이 설왕설래 대책을 논할 때 아낙이 내려왔다.

순자 노인이 손을 끄잡아 앉히며 물었다.

"보이소, 사돈. 사돈댁은 대체 우째다 그 꼴을 봤능교?"

아낙은 잠시 쭈볏거리다가 대꾸했다.

"사돈어른 참말로 미안쿠마요. 내사 따라가지 말았어야 했지만

서도, 아무래도 심상찮아서 뒤따라 갔구마요."

순자 노인은 벌컥 역정을 내었다.

"으른이 봤으면 혼찌검을 냈어야지, 우째자꼬 보구만 있었능가 그 말이구마."

아낙은 잠시 할 말이 없다. 두 아이가 알몸이 되어 서로 그러안을 때만 해도 아낙은 뛰는 가슴과 달아오른 얼굴로 다음 행위를 기대하고 있었던 것이 솔직한 심정이었다. 그러나 한편으로는 소리를 쳐서 말려야 한다는 안타까운 마음도 있었지만, 두 아이의 행위가 갑자기 본격적이 되자 그만 차마 소리를 지를 용기도 사그라지고 호기심이 더 발동하여 한 시간이 넘도록 지켜보았던 것이다.

아낙은 그 상황을 세세히 고하고는 덧붙였다.

"사돈어른, 갸들은 하마 오래 전부터 그 짓거리를 해왔던 것이 틀림없어예. 하는 행위가 어른 뺨 쥐 지르겠더라니까예. 암튼 말리지 못한 것은 지도 잘못이지만서도……. 우이됐든동 죄송하네예."

순자 노인은 너무 허탈하여 대꾸할 기력도 없어졌다. 다만 자신의 치부를 들어 보인 듯이 낯부끄럽고 죄스러워 쥐구멍을 찾을 심정이었다. 그나저나 대체 이 일이 마을에 알려지면 그 뒷일을 어찌 감당해야 할지 그저 앞이 캄캄할 뿐이었다.

점점 침침해지는 눈을 비비며 '우찌할꼬……'만 연신 되뇌는 동생을 안타깝게 지켜보던 순예 노인이 동서에게 다짐을 두었다.

"이보시게, 동서. 이 소문이 퍼지면 절대 안 되네. 조신한 자네가 그럴 리는 없겠지만서도 조심해 주시게."

아낙은 정색을 하며 받았다.

"하무요. 형님, 내사 낯 뜨거워 그 말 두 번 다시 몬하지예. 더군다나 집안 망신인데, 뭔 자랑이라꼬 소문을 내니껴. 그나저나 하마 알꺼 다 아는 갸들을 앞으로도 무슨 수로 말리능교."

순예 노인이 발칵했다.

"말리기는 뭘 말리노. 원기 글마새끼 다리몽댕이 분질러 내 쫓아야제."

순자 노인은 큰 숨을 내쉬고는 푸념했다.

"참말로 이 일을 우째면 좋노. 쥑일 수도 없고, 살릴 수도 없고 우찌할끼고 말이다."

"내사 그 말이다. 가시나 애라도 배면 우쩰끼고? 내 고마 복장이 뒤비진다. 대체 두 머시마 가시나는 어데 갔노?"

"솔이는 미란이 따라 장에 간다캤고, 일마새끼는 어델 까질러 댕기는지 내사 우찌 아노."

순예 노인은 잠시 생각을 궁굴리다가 말했다.

"우찌 됐든동 그 아새끼 들어오더라도 우선 가만 둬야 할끼다. 장에 간 즈 할베 올때까지는 가만 둬야 한데이. 섣불리 건드렸다가는 뭔 일 저지르고도 남을 아새끼 아니가. 우리 두 늙인이 뭔 힘으로 장정만한 아새끼를 당하겠노?"

아낙이 기겁을 하여 거들었다.

"참말로 그렇네요. 그라고요 형님, 갸한테 내가 봤단 말 절대 하지 마이소. 글마 무서버 인제 꼴도 보기 싫구마요."

"하모, 그 말을 우찌 하겠노. 걱정 말그라."

"그럼, 지는 그만 가니더. 아무쪼록 소문 안나가시리 잘 처리 하시소."

두 노인이 해가 설핏하도록 한숨만 치쉬고 내리쉬며 뾰족한 수를 찾고 앉아 있을 때, 원기가 기신기신 눈치를 살피며 들어왔다. 두 노인은 동시에 화끈하게 열이 치받쳤지만 안간힘으로 진정하며 노려보았다. 어린 애로만 알았던 녀석이 어른 행위를 했다는 것을 떠올리며 두 노인은 어쩔 수 없이 가슴과 마음까지 간지럽고 번조롭고, 능글맞은 낯판때기가 징그러웠다.

순예 노인이 정신을 차리고는 팽팽한 분위기를 깼다.

"일마야, 할메 바꾸라 카면 바꿀 것이지 와 끊고 내 빼노."

녀석은 해들해들 웃으며 야죽거렸다.

"술 췌서 자는 할메 깨비면 내만 쌔리 얻어맞는다 아인교."

녀석은 혀를 널름 내밀고는 제 방으로 들어갔다.

순예 노인은 장에 갔다 온 영감에게 손녀딸 사건을 세세히 고했다. 듣고 난 영감은 하늘이 얕다고 펄펄 뛰며 즉석에서 손녀를 불러 앉히고는 자초지종을 확인했다. 미란이는 찔찔 울면서, 방학을 하고 며칠 후에 원기가 강제로 옷을 벗겼다고 말했다.

속이 타던 할머니가 다그쳤다.

"멍텅구리 가시나야, 먹아지를 물어뜯어서라도 반항을 해야지,

날 잡아 잠수 하고 나자빠져 있었드나? 그래, 대체 몇 번이나 했드노?"

영감은 할멈의 노골적인 물음에 내심 민망하여 퉁바리를 먹었다.

"아한테 별 걸 다……. 고마 씨끄럽다."

"모리면 가만 좀 있으소. 이 가시나 지끔 큰일 났을 지도 모른다 아인교. 퍼떡 대답 몬하노, 가시나야?"

미란이는 할머니의 '큰일 났다'는 말에 찔끔하여 눈치를 살피다가 기어 들어가는 소리로 대답했다.

"할메는 참, 그걸 우찌 센다꼬……."

"뭣이라! 하모, 셀 수도 없이 많이 했다, 그 말이가?"

미란이는 머리를 끄덕이고는 자라처럼 목을 쏙 집어넣었고, 안 노인은 복장을 치며 한탄했다.

"하이고, 일 났구마, 일 났어. 영감 이 일을 우째면 좋소? 이 가시나 애 뺐을지도 모린다 카이!"

영감은 흠칫 몸이 솟구치도록 기겁을 하여 눈만 부라리다가 손녀딸 등짝을 사정없이 서너 번 때리고는 제풀에 지쳐 헉헉거렸다.

얻어맞은 미란이는 엎어져서 어른처럼 끄억끄억 소리 죽여 울며 할머니 말을 되씹었다. '애 뺐을지도 모른다.' 끝내 모골이 송연하여 그예 엄마를 찾으며 울부짖기 시작했다.

영감은 그 꼴을 들여다보며 '설마'하는 한 가닥 끄나풀을 움켜잡고는 다그쳤다.

"할마시가 먼 소릴 함부로 지껄이노. 대가리 피도 안 마른 것이 애는 무신……."

대책 없이 복장을 치던 안노인이 벌컥 내쏘았다.

"영감, 모리면 고마 가마이나 있으소. 가시나가 지난 봄버텀 달거리 한다 카이께네."

영감은 순간적으로 불현듯이 원기 또래였을 자신의 어린 시절을 떠올리며 얼굴이 목상처럼 뻣뻣하게 굳어졌다.

우리 집에 오는 천사들

현관문 열리는 소리가 나더니 이내 세나 목소리가 들린다.

"할아버지, 세나 왔어요."

내 방에서 책을 읽다가 접고 일어섰다. 30분 전에 세나가 전화를 해서 친구 둘을 데리고 오겠다고 했었다. 5학년에 올라와 처음 데리고 오는 친구라 어떤 아이들인가 궁금하다. 거실에 나가던 나는 깜짝 놀랐다. 소파에 세나까지 네 아이가 앉아있었는데, 셋이 전혀 낯선 아이들이었다. 낯설다는 말은 처음 보는 사람을 두고 이르는 말이기도 하지만 지금 내 말은 그게 아니고, 달리 어떻게 표현할 수 없기에 한 말이다. 남자애가 둘, 여자애가 하나인데, 요새 흔히들 말하는 다문화가정 아이들이었다.

나를 본 아이들이 모두 일어나 인사를 했다.

"할아버지, 안녕하세요."

"오냐, 잘들 왔다."

얼굴과 피부색만 조금씩 다를 뿐 말은 그 또래 아이들의 맑은 목소리였고 발음도 외국적이지 않은데, 그 표정들이 저들끼리 떠들 때와는 달리 금방 좀 굳어진 듯했다. 얼결에 인사를 받고 나서도 어안이 벙벙하여 손녀 세나를 보았다. 세나도 약간 겁먹은 듯이 무안한 얼굴로 마주 보다가 친구들에게 말했다.

"얘들아 앉아. 우리 할아버지가 맛있는 거 주실꺼야."

손녀 세나는 성격이 활달하고 사교성도 좋아 친구들을 잘 사귄다. 초등학교에 입학하여 2학년이 되면서부터 걸핏하면 친구들 두셋씩을 집으로 데리고 와서 두세 시간씩 놀곤 하였다. 나는 아이들의 재깔거리며 노는 모습도 보기 좋거니와 내 방에서도 들리는 깔깔대는 웃음소리에 마음이 새파랗게 젊어지는 듯싶어 즐거워지곤 했었다. 고희를 넘긴 내 나이에 저런 아이들의 천진한 놀이와 웃음소리를 자주 들을 수 있다는 것은 큰 즐거움이고 위안이었기에 손녀에게 언제든 친구들을 데리고 와서 놀아도 좋다고 했었다. 그뿐만 아니라 실뜨기와 바둑 오목 두기 등 놀이를 가르쳐주기도 했었다.

그런데, 오늘은 5학년에 올라가서 처음으로 그것도 다문화가정 아이들을 셋이나 데리고 왔으니 늙은 내 머리로는 대체 이해가 되지 않는다. 세나 학교에 다문화가정 아이들이 있으리라고는 생각도 못 했었고 손자가 중학교 2학년, 손녀가 초등학교 5학년이 되도록 다문화가정 아이들 이야기를 들어본 적이 없었다.

아이들을 따라 소파에 앉으며 세 아이를 보다가 아무래도 궁금하여 우선 여자아이에게 물었다.

"이름이 뭐니?"

"김소라예요."

"예쁜 이름이구나. 엄마는 어느 나라 사람이니?"

소라는 갑자기 얼굴이 발갛게 달아오르더니 금방 울 듯이 입을 비쭉거리다가 꿀꺽 울음을 삼키고는 싸늘하게 대답했다.

"필리핀요."

나는 당황하여 옆에 앉은 소라를 달랬다.

"소라야, 왜 그래? 할아버지가 그냥 궁금해서 물어본 거야."

좀 면구스럽기도 하여 주먹으로 눈물을 훔치는 아이를 보다가 세나 옆에 앉은 체구가 왜소하고 촌티가 나는 남자아이에게 방패막이 삼아 물었다.

"넌 이름이 뭐니?"

"이상연이요."

아이는 이름을 말하고는 왈칵 울음을 터트리며 덧붙였다.

"울엄마는 베트남이래요."

소라가 벌떡 일어나더니 꺽꺽 흐느끼는 남자아이 손을 잡아끌며 매몰차게 말했다.

"얘들아, 우리 가자."

세나가 발딱 일어서며 쇳소리로 외쳤다.

"할아버지 나빠! 왜 그랬어?"

세 아이가 우르르 현관 앞으로 몰려갔고, 나는 당황하여 아이들 앞을 막아서며 다급하게 말했다.

"얘들아, 왜 그래? 그게 아니야, 할아버지 말뜻은 그게 아니다."

아이들은 셋은 모두 훌쩍훌쩍 울고 있었다. 나는 콧잔등이 시큰하고 가슴이 콱 막혀 아이들 셋을 한꺼번에 쓸어안았다. 아이들 머리를 쓰다듬으며 더듬더듬 말했다.

"미안하다. 얘들아, 정말 미안하다. 할아버지가 잘못했다. 자, 어서 들어가자."

아이들을 하나하나 돌려 세우자, 소라가 젖은 눈으로 빤히 쳐다보며 물었다.

"할아버지, 세나랑 놀아도 돼요?"

나는 가슴이 철렁하며 저절로 탄식이 터졌다.

"아ㅡ!"

가슴에서 뜨거운 것이 울컥 치밀어 올라오며 숨이 막혔다. 쪼그려 앉아 소라 양손을 모아 잡고 답했다.

"그럼, 놀아도 되지. 매일매일 와서 놀아도 되지. 어서 들어가 앉자."

세나가 밝게 말했다.

"거봐, 어서 들어와. 우리 할아버지가 맛있는 거 많이 주실 거야."

아이들이 모두 소파에 앉고 나도 따라서 앉았다.

"소라야, 상연아 미안하다. 할아버지는 그런 뜻으로 물어본 것이 아니여. 소라야, 이해하겠니?"

소라는 맑은 눈으로 빤히 마주 보다가 대답했다. 그제야 보니 눈이 크고 얼굴이 갸름한 예쁜 아이였다.

"할아버지, 죄송해요. 저는 세나랑 친하게 놀고 싶어요."

상연이가 밝게 웃으며 끼어들었다.

"할아버지, 저두요. 그런데, 할아버지가 세나랑 놀지 못하게 할까봐 겁이 났어요."

내동 시무룩하게 앉아 눈치만 살피던 남자아이가 쭈뼛거리며 말했다.

"할아버지, 우리 엄마는 캄보디안데, 애들이랑 같이 놀아도 돼요?"

나는 또 가슴이 짠해서 넉넉하게 웃으며 대답했다.

"그럼 되구말구. 넌 이름이 뭐니?"

녀석은 제 이름을 알리고 싶어 안달이 난 듯이 얼른 대답했다.

"보라미요. 주보람."

"오 – 보람이! 아주 예쁜 이름이구나. 캄보디아는 앙코르와트가 있는 아름다운 나라지. 할아버지는 두 번이나 갔었단다."

녀석은 활짝 웃으며 자랑했다.

"할아버지, 저두요. 작년 여름방학 때 아빠랑 엄마랑 함께 갔어요. 앙코르왓 정말 멋있어요."

"그럼, 그렇지. 자, 이제 할아부지가 맛있는 거 줄게."

열흘 전에 미국으로 시집간 막내가 왔었는데, 내가 좋아하는 초콜릿이며 이름도 모를 짭짜름하면서도 고소한 과자를 많이 갖고 왔다. 미국 과자는 왜 그런지 거의 짜지만 맛있다. 딸이 술안주로 먹으라며 내 방에 둔 과자였는데, 속으로 아깝기는 하지만 아이들을 울린 죄로 푸짐하게 내다 주었다.

아이들은 초콜릿과 과자를 보고 탄성을 질렀다.

"야, 맛있겠다. 할아버지, 잘 먹겠습니다. 고맙습니다."

아이들이 다투어 집어다 먹는 모습을 잠시 보다가 일어서며 세나에게 일렀다.

"세나야, 과자 먹구, 냉장고에 과일도 내다 먹어라."

"예, 할아버지. 걱정마세요."

내 방으로 들어와 책상 앞에 앉았다. 마음이 마구 뒤엉겨 갈피를 잡을 수 없다. 세 아이들의 말과 얼굴이 눈앞에 아른거린다. 생각해보니, 손녀가 참 대견하다. 어떻게 저 아이들을 셋이나 데리고 올 생각을 했을까? 정말 저 이들과 친하게 지내고 싶었을까? 5학년에 올라와 봄방학이 끝나고 개학 한 지 불과 한 달 남짓이다. 그럼, 지금까지 초등학교에 입학하여 5년이 되도록 다문화가정 아이들이 학교에 없었던 것일까? 엄마가 베트남이라는 상연이는 말투와 행동으로 보아도 시골에서 막 올라온 아이였다. 궁금해 견딜 수가 없어 거실로 나갔다. 그새 아이들은 과자를 다 먹고 귤을 까먹고 있었다. 벽시계를 보니 4시다. 소파에 앉으며 에멜무지로 말했다.

"과자 더 줄까?"

소라가 얼른 대답했다.

"할아버지, 배불러요. 잘 먹었습니다."

소라는 똑똑하고 영악한 아이 같다. 말도 야무지고 행위도 당차다. 다문화가정은 대게 중산층 이하의 어려운 가정으로 알고 있던 내 고정관념이 잘못되었음을 깨닫게 된다. 하기는 고희가 넘도록 살면서 어려서 전쟁 후의 미국 혼혈아들은 더러 보았지만, 동남아계 혼혈아들을 본 것은 오늘이 처음이다. 가장 궁금한 것을 조심스레 물었다.

"상연이는 서울에서 태어났니?"

아이는 귤을 까면서 대답했다.

"아니래요. 강원도 영월에서 작년에 이사 왔어요."

왈칵 반갑다. 영월은 내 고향이다. 아까 아이의 첫 말투에서 강원도 영서지방의 짙은 시골 냄새를 맡았었다.

"그렇구나. 할아버지도 고향이 영월이란다. 넌 영월 어디서 살았니?"

"서면 쌍용이라는 데서 살았어유. 아빠가 세멘트공장에 댕기다가 짤려서 작년에 서울로 이사 왔어유."

"그럼, 아빠는 지금 뭐하시니?"

내 고향이 영월이라는 말에 마음이 놓였는지, 상연이는 까놓은 귤을 탁자에 놓고 생글생글 웃으며 대답한다.

"아빠는 아파트 경비원 나가구유. 엄마는 식당에서 일해유."

금방 강원도 아이로 변하는 말투와 모습에서 내 열두 살적 모습이 보인다. 내친김에 물었다.

"상연이는 형이나 동생은 없니?"

"형은 없구유. 지집애 동생이 인제 여섯 살이래유."

"그렇구나. 그럼 동생은 누가 보니?"

"우리 할머이가 보지유 머."

나는 점점 호기심이 일었다. 할머니라면 내 또래쯤일 것이다.

"할머니 연세를 상연이가 아니?"

아이는 잠시 멈칫하다가 대답했다.

"우리 외할머닌데유. 우리가 서울루 이사 오면서 할머이두 베트남에서 동생을 봐준다구 왔어유."

"그랬구나. 그럼 아빠는 몇 살이니?"

"쉰다섯이래유. 엄마는 서른 넷이구유."

역시 내가 짐작한 그대로다. 마흔세 살 노총각이 스물두 살 베트남 처녀에게 장가를 들었다. 돈깨나 들였을 것이다. 그래도 이렇게 두 남매를 낳고 잘살고 있으니 참 다행이다. 하기는 우직한 강원도 영월 촌놈이 뒤늦게 장가를 든 것만도 감지덕지일 것이다. 촌티를 못 벗은 아이에게 부쩍 애착이 간다. 어떻게든 도와주고 싶은 생각으로 물었다.

"상연이네 집은 어디니?"

"중계동 임대아파트에 살어유."

그럴 것이다. 그래도 용케 임대아파트에 들어갔다. 이제 마음이 놓인다. 좀 되바라지게 생긴 보람이게게 물었다.

"보람이 아빠는 뭐 하시니?"

"우리는 작년에 안양에서 이사 왔어요. 아빠는 60살인데 아파트

경비원이구요. 엄마는 40살인데 고모네 갈빗집에서 일해요."

녀석은 상연이와의 대화를 꼼꼼하게 들었는지 한꺼번에 줄줄이 꿴다. 그래도 한 가지 빼먹어서 물었다.

"보람이는 형제가 있니?"

"있어요. 형은 중학교 2학년이구요. 여동생은 우리 학교 2학년이에요."

"보람이는 형도 있고 여동생도 있어서 참 좋겠다."

성격이 까스라진 소라에게는 묻지 않고 바라만 보자, 기다렸다는 듯이 말했다.

"우리 집은 중계동 청구아파튼데요. 48평이라 엄청 넓어요. 아빠는 50살인데 한전에 다니구요. 엄마는 47살인데 영어학원 선생님이에요."

나는 적잖이 놀랐다. 이는 두 남자아이의 경우와는 차원이 다른 국제결혼이다. 궁금하지만 아이에게 물을 수 없어 그저 고개만 끄덕이는데, 아이가 반지빠르게 덧붙였다.

"우리 엄마 아빠는 연애를 했대요. 아빠가 한전 직원으로 필리핀 마닐라에 파견 나왔었는데, 엄마를 만나 연애를 하다가 결혼했어요. 오빠는 고등학교 1학년이에요."

"오–, 그렇구나! 소라는 참 좋겠다."

자랑을 한 소라는 고개를 쳐들고 으스댄다. 두 남자아이에 비하면 으스댈 만도 하다. 특히 이 또래 아이들의 사기는 가정에서부터 살아난다.

궁금증이 풀렸으므로 일어서며 말했다.

"재미있게 놀아라. 할아버지가 있다가 피자 사줄게."

세나가 반색을 했다.

"할아버지, 정말?"

"그럼, 정말이지."

아이들 웃음을 뒤로하고 내 방으로 들어왔다. 보던 책을 펴지만 눈에 들어오지 않는다. TV를 켜 보지만 늙은이가 볼만한 프로는 없다. 나는 일흔이 넘으면서부터 TV는 뉴스만 본다. 그러나 최근에는 보기 싫은 사람들, 듣기 싫은 말들이 너무 많아 뉴스도 거의 보지 않고 신문만 꼼꼼히 본다.

오늘 세 아이들에게서 잠시지만 참 많은 것을 알고 깨달았다. 다문화가정! 베트남, 필리핀, 캄보디아, 중국, 방글라데시 등 동남아 나라에서 시골의 노총각들이나 중소공장의 근로자들이 신붓감을 돈을 주고 데려온다는 말은 많이 들었다. 특히 베트남 여자가 많아 6천5백여 쌍이 국제결혼을 했다는데, 거기에 브로커들이 끼어들어 사기를 친다는 말도 들었다. 그야말로 벼룩이 간을 내먹을 인간들이다. 그중에서도 저 세 아이들의 부모는 성공적으로 정착한 가정이다. 물론 그런 가정도 많겠지만 실패 하는 경우도 많다는 것을 언론 보도로 알고 있다. 그 2세들인 저 아이들이 우리 아이들과 동화되기까지는 적잖은 세월이 흘러야 하고, 많은 우여곡절을 겪어야 할 것이다.

경우가 같지는 않지만 내게도 저 아이들과 엇비슷한 어린 시절이 있었다. 내 어머니는 일본 여인이었다. 1919년 3·1독립만세운동 당시 열아홉 살이던 아버지는 영월지역 만세운동을 주도하다가 일경에 쫓겨 일본으로 밀항했다. 온갖 난관 끝에 좋은 일본인을 만나 경도의 공업고등학교 전기과를 졸업했다. 공부를 잘했던 아버지는 일본 화력발전소에 취업하여 15년을 근무하다가 1937년, 서른일곱 살에 조선전업주식회사가 영월에 화력발전소를 건설하며 내선관리과장으로 발령받아 고향으로 돌아왔다.

열일곱 살에 결혼했던 아버지는 전처에서 아들 둘 딸 둘 4남매를 두었었는데, 귀국할 때 세 살배기 아들이 달린 일본인 현지처를 데리고 나왔다. 그 뒤 8년의 세월이 흐르는 동안 내 위로 누나가 태어나고, 1945년 8월 14일에 내가 태어났다. 내가 태어난 이튿날, 일제 36년의 사슬에서 벗어나는 해방이 되었으니, 나는 시쳇말로 오리지널 해방둥이다.

그리고 5년 뒤에 6·25 한국전쟁이 터졌다. 낯선 이국땅에서 전쟁을 겪으며 어린 삼 남매를 키우던 어머니는 전쟁이 휴전된 지 이태 뒤인 55년 겨울에 46세의 나이로 세상을 떠났다. 당시 스물두 살이던 형은 군에 입대했었고, 내가 열 살, 누나가 열세 살이었는데, 우리 남매는 어쩔 수 없이 아버지의 본처인 큰어머니 밑으로 들어갔다. 본가에는 조부모와 부모, 이복형 둘, 누나 셋 모두 아홉 식구였는데, 우리 남매까지 열한 식구가 되었다. 할머니에게는 일곱 명의 손자가 모두 같은 손자였기에 우리를 앉혀놓고, 엄마가 없으니 큰엄마를 엄마로 부르라고 타이르곤 했다. 그러나 우리는 큰엄마를 엄마라고 부르지 않았다.

그에 따라 우리 남매는 한솥밥을 먹는 식구이면서 물과 기름처럼 겉돌았다. 누나는 식모나 다름없었지만 우리는 집안의 애물단지였다. 누나보다 한 살 위인 이복형과 나보다 한 살 위인 누나는 아버지만 없으면 대놓고 '왜갈보 새끼' '쪽발이 새끼'라고 구박하며 놀렸다. 집안에서도 그랬으니 밖에서나 학교에서도 누나와 나는 아이들의 놀림감이었고, 이복형의 부추김을 받은 동네 아이들조차 우리 남매를 왜갈보 새끼라고 놀렸다.

6·25전쟁이 끝나고 내 어린 시절이던 60년대 말까지는 빨갱이이나 왜놈들은 남녀노소 누구에게나 불구대천지원수 취급을 당하던 시절이었다. 그런 환경에서 안팎으로 놀림과 학대를 받고, 학교에서는 시쳇말로 왕따를 당하던 내가 초등학교 시절에 죽어라고 할 수 있는 것이라고는 공부였고, 아이들과 싸워 이기는 것은 힘뿐이었다. 그러나 아무리 공부를 잘하고 힘이 있어도 왜갈보 새끼의 동무가 돼주는 아이들은 하나도 없었다. 내 어머니가 일본에서 과연 갈보 짓을 했는지 양갓집 규수였는지 나로서는 알 길이 없다. 다만 분명한 것은 우리 남매에게 붙은 그 별명이 우리 집안에서부터 비롯되었다는 것을 나는 알았다. 집안에서 소문을 내지 않았다면, 외모가 조금도 다르지 않은 우리가 왜갈보 새끼라는 것을 아는 사람이 없었을 것이다.

참으로 오랜만에 어린 시절을 회상하며 60여 년 전의 사진첩을 꺼내 보았다. 곰팡이 냄새가 코를 찌르는 사진첩에는 63년 전에 저세상으로 간 어머니 사진도 있고, 군대에서 전사한 형의 사신도 있고, 미국으로 이민 가서 20년째 살고있는 누나 사진도 있어 내 어린 시절이 고스란히 남아있다. 생각해보니 나는 이 사진첩을 13년 만에 꺼내 본다. 환갑 때, 세 딸과 두 사위 우리 부부가 함께 사진첩을 보았던 기억이 난다. 빛바랜 사진이지만 내게는 참 소중한 보물이라는 것을 이제야 깨닫는다.

문을 두드리고 세나가 들어온다.

"할아버지, 다섯 시 반이야. 피자 시킬까요?"

벽시계를 보니 그새 그렇다.

"그래 시켜야지."

아들 내외는 일곱 시경에 퇴근한다. 오기 전에 아이들을 먹여 보내야 한다. 온종일 직장에서 시달린 아들 내외는 남의 집 아이들을 나처럼 반기지 않는다. 아들은 고등학교 선생이고, 며느리는 우체국 국장이다. 시쳇말로 아들 내외는 정년이 보장된 철밥통 직장이다.

나 또한 젊어서 직장에 어려움 없이 살았다. 67년 3월 베트남전쟁에 맹호부대 보병으로 참전했다. 귀국을 한 달 앞둔 1968년 2월 중순에 시작된 맹호와 백마 합동작전인 오작교작전 앙케전투에서 오른쪽 대퇴부에 두 발의 총상을 입고, 복부에도 한 발의 총알을 맞았다. 대퇴부의 총알 한 방은 뼈를 관통하였고, 복부는 다행으로 내장을 뚫지 않아 목숨을 건지고 응급처치를 거쳐 일주일 만에 한국 국군병원으로 후송되었다.

오작교작전이 시작된 지 닷새만인 2월 21일, 월맹 정규군 1개 중대와 교전한 앙케지역 전투에서 우리 소대는 전멸하다시피 패전했다. 소대장을 포함하여 병사 5명이 현장에서 전사하사고 14명이 부상하는 참패를 당했다. 나를 포함한 14명의 부상병 중에 병원에 후송되어 2명이 전사했으니, 오작교작전 앙케전투는 주월한국군 맹호부대 작전에서 가장 치욕적인 전투였다.

나는 제대를 6개월 앞두고 상이 제대를 하여 상이 2급 국가유공자다. 하여 매월 2백만 원이 넘는 보훈 수당이 나오고, 내가 부상당한 앙케전투에서 화랑무공훈장을 받아 무공수당 20여만 원을 포함하여 230여만 원을 받는다. 게다가 영월공고 전기과를 나온 학력이 있어 상이군인 특전으로 전기안전공사에 취업하여 과장으로 정년 퇴임했다. 하여 퇴직연금으로 매월 170여만 원을 받는다. 또한 월세를 놓은 내 아파트에서 임대료 150만 원을 받으니 내 월수입은 5백50만 원이다.

늙을수록 돈에 쪼들리지 않으면 행복하다. 비록 오른쪽 다리를 잘름잘름 절기는 하지만 생활에 큰 불편이 없고 돈을 내음대로 쓸 수 있으니 즐겁다. 매월 용돈으로 2백만 원 넘게 쓰지만 3백여만 원은 통장에 고스란히 쌓인다. 돈이 차곡차곡 쌓이는 재미도 꽤 쏠쏠하다. 젊음과 육신을 나라에 바치고 평생 불구로 살지만, 노년이 보장된 나는 행복하다고 여기며 살고 있다.

아내는 5년 전에 갑작스런 사고로 세상을 떠났다. 아내가 죽었을 때, 손자가 열 살, 손녀가 일곱 살이었다. 아내가 있을 때는 아들 집에 가서 아이들을 돌보았는데, 결국 두 손자를 내가 맡게 되었다. 며느리가 아이들을 학교에 보내고 출근하면, 내가 12시경에 아들 집에 간다. 아이들이 학교에서 돌아오면 학원에 보내고 데려오는 것이 내 일과였다. 그렇게 1년을 지내다가 며느리의 제의로 내가 아들 집으로 들어오게 되었다. 아침저녁 다니는 것이 번거롭기도 하려니와 늙은 홀아비 혼자 사는 것이 안쓰럽다고 해서 살림을 합쳤다. 사실 나는 아들 내외와 사는 것이 싫었지만, 혼자 사는 내 아파트를 세놓아 임대료를 받으니 그 또한 좋은 방안이라 승낙했다.

이제 아이들이 커서 돌보아줄 일이 별로 없으니 편하다. 나는 오전 10시면 헬스클럽에 가서 상체 근육운동을 한 시간 하고, 같은 건물에 있는 수영장에서 한 시간 수영을 한다. 나는 절름발이라 걷기나 등산은 하지 못하므로 상체 근육운동과 수영으로 건강을 지킨다. 매일 운동으로 모이는 친구가 넷인데, 둘은 월남전 전우로 앙케전투에서 같은 날 부상을 당한 상이 2급 국가유공자다. 둘은 고등학교 동창으로 나까지 다섯이 모두 해방둥이다.

수영을 한 시간 하고 나면 12시 30분경이다. 우리 다섯은 주변의 이름난 맛집을 찾아다니며 점심을 푸짐하게 먹는다. 모두 용돈에 구애받지 않는 늙은이들이다. 나는 3시경 손녀가 집에 올 시간에 들어간다. 주5일 근무제도는 썩 잘한 국가정책이다. 아들 내외가 집에 있으니 나는 이틀간 자유다. 친구들과 1박 2일 여행도 가고, 전국의 유명 맛집도 일삼아 찾아다니며 마음 놓고 느긋하게 술도 마신다.

이튿날, 학교에서 돌아온 손녀에게 궁금한 것을 물어보았다.

"세나야, 어제 데리고 왔던 아이들 말이다. 모두 너네 반 아이들이니?"

"할아버지, 그럼요."

"근데, 4학년 때는 그런 아이들이 없었니?"

"3학년 때는 그런 아이들이 별로 없었는데, 4학년부터 전학을 와서 좀 많아졌어요. 선생님이 그러는데, 다문화가정 아이들이 우리 학교에 30명 넘는다고 했어요. 우리 반에만 어제 그 아이들 셋인데, 늘 지들끼리만 놀아요."

"저런, 아이들이 따돌려서 그러니?"

"그렇기도 하지만, 자기들끼리 금방 친해지더라구요. 그러니 애들이 점점 따돌리고 그래요."

"그럼, 선생님은 그런 걸 알고도 가만있어?"

"할아버지도 참, 선생님은 그러지 말라고 하지만, 어떤 애들 엄마는 그런 애들과 놀지 말라고 야단도 친대요. 우리반 애들 거의가 공부도 못하는 상연이와 보람이를 바보 취급을 해요. 그래서 제가 속상하다니까요."

나는 속 깊은 손녀가 대견해서 가슴이 따뜻해진다.

"그래서, 속상해서 그 애들을 집에 데려왔니?"

"그럼요. 제가 그 애들과 놀면, 왜 저런 애들과 친하냐고, 사귀냐고 빈정대요. 그래서 애들과 몇 번 싸웠어요."

나는 가슴이 철렁했다. 저러다 정말 세나까지 왕따를 당하면 큰일이다.

"그래두 싸우면 안 되지. 선생님께 말하면 어떨까?"

"할아버지, 소용없어요. 제가 반장하고 친하니까 잘 말해서 왕따 안 당하게 할 거예요. 그래서 일부러 친한 척하는 거예요. 걱정마세요, 할아버지."

세나는 2학년부터 줄곧 반장을 했었다. 그런데 5학년에 올라와서 귀찮고 공부에 방해가 된다며 반장을 하지 않겠다고 했다. 고등학교 영어 선생인 제 아비의 영향이었을 것이지만 나도 잘했다고 생각했다. 세나는 1학년부터 4학년까지 반에서는 늘 1등이었고, 전교에서도 3등 밖으로 밀려난 적이 없는 아이였다. 어른들 말투로 말하자면, 세나의 말발은 담임선생도 무시하지 못한다는 것을 나는 안다.

"우리 세나 참 장하다. 세 아이들 말고 다른 애들도 함께 집에 데려와. 맛있는 거 사주고 자장면두 사줄게. 그리구, 상연이와 보람이네가 생활이 어려우면 할아버지가 어떻게 좀 도와줄 수 없을까?"

세나는 눈을 반짝이며 반긴다.

"할아버지, 정말?"

"그럼, 정말이지."

"음, 그렇담……. 제가 보기에 상연이네는 좀 그런 거 같았어요. 그렇지만 할아버지가 어떻게 도와줘요?"

나는 잠시 생각하다가 대답했다.

"상연이 옷 입성이 아직두 촌티가 나더라. 좀 좋은 옷을 사줄까?"

세나는 활짝 웃으며 찬성했다.

"할아버지, 그러세요. 사실은 저도 그런 생각을 했어요. 애들은 옷이 안 좋은 애하고 노는 것도 싫어해요. 저까지 창피해진다고 따돌려요."

그럴 것이다. 내가 어릴 때, 그 어렵던 시절에도 누더기를 입은 애들과는 놀지 않았다. 내가 자라면서 작아 못 입는 옷들을 할머니가 가난한 이웃 아이들에게 나누어 주곤 했었다. 내친김에 물었다.

"상연이 말고도 옷 입성이 추레한 애들이 또 있니?"

세나는 잠시 생각하다가 대답했다.

"할아버지, 우리 반에 남자애가 하나 있어요. 할머니와 여동생 셋이 사는데요. 할머니가 폐지 주워서 먹고사는데, 냄새가 지독한 반지하 방에 살아서 옷에서도 냄새가 나요."

"그래? 그럼 내일이라도 상연이와 그 아이, 여동생도 데리고 와 봐. 할아버지가 살펴보아서 정말 그러면 옷두 사주구 신발두 사줄 거야. 알겠지?"

"할아버지, 근데 그 애가 좀 나쁜 애거든."

"나빠, 어떻게 나쁜데?"

"왕따를 당하니까 저보다 약한 애들을 맨날 괴롭혀요. 저학년 애들한테 돈두 뺏어서 경찰서에 잡혀가기도 했어요."

"저런, 그 애와 처음으로 같은 반이 된 거니?"

"아니, 3학년 2학기 때 같은 반이었는데요. 그때는 어려서 그런지 꼭 병신같이 비실비실했어요."

그럴 것이다. 비행 청소년 70%가 결손가정 아이들이라고 한다. 그 아이도 그대로 두면 나이가 들수록 빗나갈 것이 뻔하다.

"세나야, 괜찮으니까 데려와 봐."

이튿날 4시, 세나가 상연이와 그 두 남매를 데리고 왔다. 열두 살과 아홉 살이라는 남매는 첫눈에도 가난에 찌든 아이였다. 남루한 옷이라도 깨끗하게 빨아 입히면 덜하지만, 땟국이 흐르는 입성은 냄새도 나고 더욱 초라해 보인다. 그렇게 보아서 그런지 사내아이 눈빛에 증오와 불만이 가득하다. 아이들에게 미리 준비해 두었던 초콜릿과 빵을 먹이고는 택시를 타고 아울렛 매장에 갔다. 예쁜 옷을 사주겠다는 내 말에 아이들은 어리둥절해서 외려 겁먹은 얼굴이었지만, 아울렛 아동복매장에 데리고 가자 입이 함지박만큼 벌어졌다.

우선 이름이 임지나라는 여자아이 옷을 골랐다. 세나가 나서서 옷을 골라 탈의실에 가서 입히고 나왔다. 봄 점퍼와 바지였는데 잘 맞는다. 다시 치마를 하나 골라 입혀 보았다. 옷이 날개라고 꾀죄

죄하던 아이가 확 달라 보인다. 점퍼, 티셔츠, 바지, 치마를 9만5천 원에 샀다. 느닷없는 상황을 이해할 수 없고, 믿을 수 없다는 뚱한 얼굴로 내 눈치만 살피는 아이 오빠 주영이에게도 옷을 고르라고 했더니 그제야 얼굴이 펴지며 말했다.

"할아버지, 정말 저두 사주시는 거예요?"

"그럼, 인석아. 어서 골라 봐. 상연이두 어서."

두 녀석은 활짝 웃으며 점퍼를 하나씩 집어 들고는 나를 보았다.

"바지두, 티샤쓰두 골라."

세 아이 옷값이 모두 29만 원이다. 아이들을 데리고 신발매장으로 갔다. 운동화 세 켤레가 15만 원이다. 세나가 돈 3만 원을 달라고 한다. 돈을 주었더니 지나를 데리고 어디로 간다. 잠시 뒤에 돌아와 돈 6천 원을 돌려주며 말했다.

"할아버지, 지나 양말하고 속옷을 샀어요. 괜찮죠?"

나는 가슴이 울컥 따뜻해져서 두 아이를 당겨 안아주었다. 아까 우리 집에 아이들이 들어왔을 때, 역겨운 발 냄새가 심하게 났었다. 세나는 역시 속이 깊은 아이다.

"잘했다! 세나, 참 잘했다. 얘들도 양말을 사야되겠구나."

매장을 나와 아이들에게 말했다.

"세나야, 상연이와 먼저 가거라. 할아버진 주영이네 집에 가봐야겠다."

두 아이를 보내고 내친김에 어렵게 산다는 주영이네 집에 가보기로 했다. 주영이네는 중계동 단독주택단지 반지하 단칸방에 살고 있었다. 다행으로 주영이 할머니에게는 구형이지만 휴대폰이 있어서 미리 연락이 되어 기다리고 있었다. 방으로 들어가자 안노인이 맞이하는데, 마치 시궁창 같은 고약한 냄새가 코를 찌른다. 내 평생 이런 방은 처음 들어와 본다. 주방과 화장실이 옆에 붙어 있고, 현관이며 좁은 공간마다 쓰레기 같은 별별 잡동사니가 잔뜩 쌓여 있어 냄새가 더할 것이다.

노인이 고맙다고 인사를 한다.

"어르신네, 고맙습니다. 애들한테 이런 좋은 옷을 사주시고 찾아주시니 참말루 고맙습니다."

"아닙니다. 괘념치 마세요. 한데, 아이들 부모는 없나요?"

노인은 길게 한숨을 쉬고는 대답했다.

"없지요. 애비는 이태 전에 간암이 걸려 죽었답니다. 상계동 9단지 아파트에 살았는데, 병원비로 날아가고 방 두 칸짜리 반지하에 살았지요. 한 반년 살았는데, 며느리가 어느 놈과 눈이 맞아 도망갔어요. 전세를 빼서 이 방을 3천에 얻어놓구서 나머지 5천을 갖구 내뺐답니다."

나는 70평생 살면서 말로만 들으면서도 설마 했던 일들을 현실로 보고 있다. 참, 인간은 비정하다. 어린 자식들을 늙은 시모에게 내팽개치고 돈까지 챙겨 달아난 그 어미, 어딜 간들 행복하게 살고 있을까? 눈물을 훔치는 노인에게 물었다. 무슨 말이든 하지 않을

112

수 없는 분위기이기도 해서 혹시나 하고 물었다.

"참, 못된 여자군요. 혹시, 아이들은 몰래 만나는 것이 아닐까요?"

나는 주영이 눈치를 보며 물었는데, 노인이 펄쩍 뛰었다.

"그러기라두 하면 얼마나 좋겠어요. 천벌을 받을 그년은 절대 그럴 년이 아니랍니다. 평소에두 말버릇 하며 하는 행위가 인정머리라고는 털끝만치도 없어요. 오죽하면 지 새끼들두 에미 없으니 살 것 같다구 할까요. 지 남편 죽기 1년 전부터 바람이 나서 두 새끼를 맨날 개 패듯이 팼답니다."

"그럼, 그때 노인께서도 같이 사셨나요?"

"그럼요. 영감이 십 년 전에 죽었으니 내가 어디 갈 데가 있나요. 며느리가 직장이라고 매일 나가니 내가 애들을 돌봐야지요."

차차 이 가정의 지난했던 삶이 이해가 된다. 우리나라가 GNP 3만 달러 선진국에 진입한다고 말한다. 하지만 이 가정은 60년대 100달러 시대에서 머물러 있다.

"노인께선 지금 연세가 얼마이십니까?"

노인은 잠시 쭈뼛거리다가 대답했다. 딴에 여자라고 남정 노인에게 나이를 대기가 멋쩍은 모양이다.

"주책없이 나이만 먹어서 올해 일흔하나랍니다. 저것들 고등학교나 졸업시키구 죽어야 눈을 감을 텐데, 몸뚱이가 나날이 달라집니다."

노인의 신산한 신세타령에 내 가슴이 답답하고 울화가 치민다.

세상에……, 어찌 이런 인생도 있는가! 여든 살이 가까울 것으로 생각했는데, 일흔하나면 나보다 두 살 아래다. 내가 사는 이웃에 이런 사람들이 있었다니! 그동안 호의호식한 내 삶이 죄스럽다. 아이들을 봐서라도 노인을 돌봐주어야 한다는 생각으로 물었다.

"고향은 어디십니까?"

"충청도 괴산인데, 남편이 마흔 살 때 서울로 왔어요. 남편이 저와 동갑이었지요. 벽돌 쌓는 기술을 배워 아파트도 한 채 사고 젊어서는 그런대로 살았지요. 환갑이 넘도록 건축공사장 벽돌을 쌓다가 3층에서 떨어져 팔이 부러졌는데, 병신 되어 일을 못 하더니 고만 죽더라구요."

"자녀는 몇이나 두셨나요?"

"딸 둘에 밑으루 아들 하난데, 큰딸은 마흔 살에 위암으루 죽구, 작은딸은 미국으루다 이민을 갔지요. 그래서 내가 더 의지가지없는 신세가 됐구먼요."

들을수록 참 노인 팔자가 기구하다. 남편 앞세우고, 자식 둘을 앞세워 보내고 늘그막에 아비 어미 없는 손자 둘을 떠맡았다. 어찌 이런 인생도 있는가! 이것은 누구의 잘잘못이 아니다. 그저 타고난 운명이라고 여길 수밖에 없다. 가난하게 태어난 것은 자신의 실수가 아니지만, 죽을 때 가난한 것은 자신의 실수라는 말도 이런 경우에는 타당하지 않다. 노인의 신세타령을 들으며 생각했던 바를 말했다.

"내가 노인보다 두 살 더 먹었군요. 저 두 아이도 그렇지만, 노인이 안타까워서 내가 좀 도와드리겠습니다. 사양하지 마시고, 그리 알고 계세요. 오늘은 이만 가겠습니다."

펑펑 우는 안노인을 위로하고는 손자에게 돈 5만 원을 쥐어주고 그 집을 나왔다.

저녁을 먹고는 아들 내외와 차를 마시며 그 안노인 실상을 이야기하고 내 계획을 말했다.

"내가 그 노인네를 좀 도와주기로 작정했다."

아들이 받았다.

"아버지 말씀 듣고 보니 불쌍하기는 한데, 어떻게 도와주실 건데요?"

"우선 방을 옮겨야 한다. 단칸방에다 주방과 화장실이 옆에 붙어 있어 고약한 냄새가 코를 찌른다. 노인이 청소를 안 해서 그렇기도 하겠지만 온갖 쓰레기 잡동사니가 집안에 그득하다. 방 두 칸짜리를 얻어주구, 내가 덜 쓰더라두 생활비두 좀 보태줄 생각이다."

며느리가 말가리 든다.

"방을 전세로 얻자면 돈이 제법 들 터인데요."

"지금 전세가 3천만 원이라니, 두 칸짜리 반지하 방을 얻으면 1억 정도면 되겠더라. 전세를 내 명의로 할 테니 너희가 이해를 해주면 좋겠다."

며느리가 아들 눈치를 보다가 대답했다.

"아버님께서 좋은 일을 하시는데 저희가 왜 반대를 하겠어요. 생각대로 하세요."

그럴 줄 알았지만 시원스런 동의가 반갑다.

"어미야, 고맙다. 두 아이도 그렇지만 안노인네가 하두 딱해서 그런다. 그리구 참, 이헌이와 세나가 작아서 못 입는 옷들 있으면 그 아이들 주면 좋겠는데, 다 버렸니?"

며느리가 반색을 했다.

"아네요, 아버님. 더러 버리기도 했지만 찾아보면 많을 거예요. 내일 토요일이니까 제가 챙겨 볼게요."

며느리의 흔쾌한 대답에 내 가슴이 흐뭇하다. 내가 어렸을 적에도 그랬다. 우리 형제들이 작아서 못 입는 옷들을 할머니가 챙겨 가난한 집 아이들에게 나누어 주곤 했었다. 우리 아이들은 제 어미가 좋은 옷만 사다 입혔으니 그 집 두 남매에게는 횡재일 것이다.

이튿날, 수영장에서 친구 네 사람에게 그 안노인 이야기를 했다. 친구들은 모두 점심값 술값을 조금씩 아껴서라도 도와주기로 했는데, 국가유공자 두 친구는 10만 원씩, 고향 친구 둘은 5만 원씩을 매월 내놓기로 했다. 30만 원에다 내가 20만 원을 보태서 매월 50만 원을 노인에게 주기로 하고, 그 기간은 3년으로 정했다.

우리 다섯은 그날부터 점심값을 절약하자는 뜻으로 5천 원짜리 칼국수를 먹었다. 점심을 먹고 두 친구는 약속이 있다며 가고, 나와 친구 둘이 노인이 살 집을 보러 다녔다. 마침 노인이 사는 집에서 2백여 미터 떨어진 3층집 반지하 방 두 칸짜리가 전세 1억에 나온 것이 있었다. 안노인을 불러다 보였더니, 넓은 주방과 넓은 화장실을 들러보며 고맙다고 펑펑 울었다. 신세가 신세인 만큼 노인은 눈물이 많아 툭하면 운다.

그로부터 20일 뒤에 노인네가 이사를 했다. 토요일이었는데, 주워 들인 생활 쓰레기 등 더러운 것들을 휘뚜루 버리고 나니 숟가락과 전기밥솥, 이불, 옷가지 몇 벌뿐이다. 이사랄 것도 없는 이사는 친구들이 거들었고, 며느리는 우리 아이들이 입던 옷과 자기가 입던 오래된 옷들까지 챙겨 와서 노인네 집이 옷가게가 되었다. 그뿐만 아니라 친구들 딸과 며느리들이 안 쓰고 두었던 주방기구며 그릇들을 챙겨 와서 주방이 넘칠 지경이었다.

주인 노인은 너무 많아 부자가 되었다며 즐거운 비명을 질러서 모두 한바탕 웃었다. 내가 보기에도 옷이며 그릇들이 너무 많아 버려야 할 지경이다. 하여, 강원도에서 작년에 이사 왔다는 상연이네 집에 연락하여 그 집 내외가 왔다. 서로 인사를 나누고, 모아진 옷가지들과 주방기구들을 나누었다. 우리 며느리가 입던 옷들은 비슷한 나이인 상연이 엄마가 보고 환장을 하며 챙기는 바람에 안노인이 앙칼지게 심술을 부리기도 했다.

이름이 방순자라는 노인은 이제 폐지를 줍지 않아도 되지만, 노는 것이 심심하다면서 여전히 작은 손수레를 끌고 다니며 폐지를 줍는다. 나는 노인에게 다짐을 두었다. 폐지를 줍더라도 집안에 쌓아놓지 말고, 집안 청소는 게을리하지 말라고. 두 아이에게도 할머니를 도와 집안을 깨끗이 청소하라고 타일렀다. 내가 보기에 방순자 노인은 천성이 깨끔하지 못하다. 집이 아무리 좋아도 쓸고 닦지 않으면 금방 돼지우리가 된다. 나는 그런 걸 못 보는 성미다.

미성년 손자 둘을 키우는 만 70세 안노인에게 정부에서 매월 노령 기초연금을 포함하여 150여만 원의 생활보조금이 나온다고 한다. 거기에다 나와 우리 친구들이 50만 원을 보태주니 이제 먹고 사는데 지장은 없다. 안노인에게서 수십 년 가난에 찌든 땟물이 서서히 벗겨지며 비로소 여자다운 티가 되살아난다.

옷이 날개라더니, 아이들도 노인도 몇 달이 지나자 허여멀끔해졌다. 우리 친구 다섯 중에 홀아비는 나 하나다. 친구들이 아예 방순자를 꿰차라고 놀린다. 아닌 게 아니라 노인은 은근히 나를 의식하는지 어설프고 같잖게 화장을 하고 입술에 빨간 칠을 하는데, 고추장에 밥 비벼 먹은 것 같은 입술이 가관도 아니다. 그러면서 언제부턴가 폐지도 줍지 않는다. 그제서 보니 그 고생을 했는데도 얼굴이며 몸매가 그런대로 괜찮다. 금방 죽을 듯이 우거지상을 하고 골골거렸는데, 잘 먹고 근심이 없어져서 그런지 처음 보았을 때보다 십 년은 젊어 보인다.

친구들 놀림도 그렇거니와, '가'자 뒷다리도 모르는 까막눈에다 천박한 행위가 점점 눈에 거슬려 돈은 통장으로 넣어주고 노인을 멀리하기로 작정했다. 아들 내외의 이상한 눈치도 부담스럽다. 평온한 일상이 남에 의해 침해되는 일을 나는 참지 못한다.

우리 손녀 세나는 그해 2017년 겨울방학이 되도록 매주 한 번씩 다문화가정 아이들을 비롯하여 때로는 예닐곱 명씩 집에 데려와 재잘거리며 놀곤 했다. 나도 일흔 중반에 접어들어 비로소 늙어 가는지, 아이들에게 간식 사주고 피자 사주고 자장면 사주는 것이 귀찮아진다. 하기는 4년간이나 그 짓을 했다. 하여 6학년이 되면 아이들을 데려오지 않기로 손녀와 약속했다. 그것은 6학년이 되면 공부를 열심히 해야 한다는 손녀와 제 어미와의 약속이기도 하다. 그도 그렇지만, 점점 커가는 아이들을 점점 늙어가는 늙은이가 상대하기 버겁기도 했다. 대신 내가 아이들에게 해주던 만큼 세나에게 용돈을 넉넉하게 주어 친구들과 어울리게 했다.

불명열不明熱

첫돌도 안 지난 남자 아기가 대학병원에서 우리 병원으로 이송돼 왔다. 앰뷸런스에 실려 와서 엄마가 안고 병원에 들어왔는데, 고통스러운 울음을 온몸으로 짜내며 울고 있었다. 우선 아기를 진찰대에 누이고 눈꺼풀을 들춰보았다. 눈은 빨갛게 충혈되었고 소리로는 우는데 눈물은 나지 않았다. 간호사가 체온을 재는데 40도였다.

우선 대학병원에서 넘어온 차─트를 보았다. 5일간 대학병원 소아과에 입원했던 아기의 병명은 '불명열'이었다. 불명열이란 원인 불명의 열이 계속되는 경우를 말하는데, 의학적으로는 일주일 이상 열이 나고 여러 검사를 해도 그 원인을 밝힐 수 없는 경우를 말한다. 아기 울음이 멎었다. 울음은 멎었지만 얼굴은 고통으로 일그러진 상태였다.

내가 엄마를 쳐다보자, 잔뜩 죄송스런 표정으로 말했다.

"가끔 기진해서 잠이 들 때만 울지 않습니다. 10분이 못 되어 깨어서 다시 웁니다."

내 방에서 엄마와 마주 앉아 차ー트를 보며 물었다.

"언제부터였습니까?"

"일주일 전이었습니다. 멀쩡하던 아이가 새벽 3시경부터 자지러지게 울기 시작했습니다. 한 시간이 넘도록 계속 울어서 119에 신고하여 S대학병원 응급실에 갔습니다. 응급실에서 여러 검사를 해도 별다른 이상이 없는데, 울음은 그치지 않았습니다. 9시에 소아과 과장님이 출근하셔서 정밀 검사를 해도 열만 심하게 높을 뿐 다른 이상은 없다고 했습니다."

대학병원에서 정밀검사를 위해 이틀간 입원을 했는데 원인을 찾을 수 없었다. 소아과 4인 병실에 입원을 했는데 아기가 밤낮으로 계속 울어 1인 특실로 옮겼다. 사흘간 계속 정밀검사를 해도 불명열 외에는 병명을 찾을 수 없었다. 소아과장은 별 방법이 없으니 퇴원을 하라고 했지만, 아기 부모는 겁이 나서 퇴원을 할 수 없다고 했다. 그러나 대학병원 1인 병실은 보험도 적용이 안 되는 데다 워낙 비싸서 계속 입원해 있을 수 없었다.

S대학병원 소아과 과장은 나와 대학 동기동창이고 임의로운 친구였다. 그 친구가 내게 전화를 해서 11개월 된 김보람 아기가 우리 병원에 오게 되었다. 아기 부모는 부부가 구청 공무원이라고 했다. 엄마 조수희는 제발 첫아들을 살려달라고 울며 애원했다.

불명열不明熱 123

이야기를 나누는 동안 잠을 자던 아기가 다시 울기 시작했다. 잠깐 자면서 기운을 차렸는지 울음소리가 병원을 진동했다. 일주일간 제대로 먹지도 못하고 울기만 한 아기의 울음소리가 너무 요란해서 이상한 생각이 들 정도였다. 아기를 진찰대에 눕히고 엄마가 보는 앞에서 청진기로 진찰하고 온몸을 살펴보았다. 아기 몸은 며칠 제대로 먹지 못해서 야위기는 했어도 어디 한군데 티끌만한 상처도 없었다. 난감했다. 시설이 좋은 대학병원 소아과 과장도 알아내지 못한 아기의 병명을 대체 어떻게 찾아내서 치료해야 할까? 일단 1차 검사는 했으므로 입원을 시켰다. 우리 병원은 입원실이 2인실 하나 3인실 하나지만 최근에는 거의 매일 비어 있다. 그걸 아는 친구가 보람이를 내게 보냈다. 우리 병원이 '보람 소아과의원'이니 보람이를 책임지라고 친구가 덧붙이며 너스레를 떨었다.

오전 10시경에 우리 병원에 온 보람이는 하루 종일 울었다. 열이 40도가 넘을 때도 있었고, 39도로 떨어지기도 하지만 고열이 계속되었다. 울다 지쳐 가릉거릴 때 젖병을 물리면 잠시 빨다가 잠이 들곤 하지만 잠도 길어야 20분이었고 깨어나면 울었다. 잠결에도 계속 얼굴을 찡그리는 것으로 보아 어디가 몹시 아프다는 것을 짐작할 수 있지만 속수무책이었다. 밤에는 어떠냐고 물었더니, 밤에도 30분 이상 잠들이 못한다고 했다. 보기 드문 예쁜 얼굴인 엄마는 이제 몸도 마음도 지쳐 피부가 까칠하고 몸을 가누기 힘들어했다. 아기도 엄마도 보기에 안타까워 나는 친구가 원망스러웠다.

그날은 환자가 별로 없었다. 4, 5년 전부터 소아과는 환자가 점점 줄어 병원 현상 유지도 어려운 상황이지만 나는 임대료가 나가지 않아 그런대로 버티고 있는 실정이었다. 오후 6시에 진료를 끝내고 6층 아버지 방으로 올라갔다.

이 건물은 소아과병원을 하던 아버지가 20년 전에 땅을 사서 6층 건물을 짓고 3층에 '보람 소아과의원' 간판을 달고 운영을 했었다. 아버지 연세가 75세 되던 10년 전에 종합병원 소아과 과장으로 일하던 내가 병원을 인수하여 운영하고 있다.

아버지 어머니는 85세, 82세지만 아직 정정하시다. 맏아들이 사업을 하다가 3년 전에 부도를 내고 오갈 데 없자, 부모님은 아들에게 집을 내주고 건물 6층에 살림집을 차리고 살고 계신다. 아버지께 오늘 입원한 보람이 이야기를 했다. 내가 병원을 맡은 지 10년이 넘었지만, 환자를 두고 아버지와 상의한 적은 없었다. 지금까지 듣도 보도 못한 어린 환자를 경험이 풍부한 아버지는 혹시 다룬 적이 있는지 궁금하기도 해서였다.

내 이야기를 들은 아버지가 한참 고개를 갸우뚱거리다 말했다.

"여보, 그 왜 한 40여 년 전이든가, 여름 어느 날 자지러지게 우는 돌잡이 여식애를 데리고 온 엄마가 있었잖우."

어머니는 아버지 병원의 간호사여서 두 분은 젊어서부터 함께 일했었다. 어머니는 아버지 말에 곰곰 생각하더니 기억이 나지 않는다고 대답했다.

"병원에 우는 애 데리고 오는 엄마가 어디 한둘이었수."

"아, 그렇기는 하지만 그 왜, 엉덩이에 가시가 박혀 자지러지게 우는 것을 내가 이틀 만에 찾아 냈었잖아."

어머니는 그제서 무릎을 치며 맞장구 쳤다.

"아, 참. 맞아요. 작아서 눈에 뵈지도 않는 가시를 원장님이 찾아내셨지요. 가시를 빼자 아이가 울음을 뚝 그쳤지요."

어머니는 아직도 아버지를 원장님으로 부른다. 아버지가 회상하는 가시와 여자아기 환자 사연은 이렇다. 여름 어느 날 40대의 엄마가 자지러지게 우는 여자아기를 데리고 병원에 왔다. 아버지는 어린 환자를 진찰하고 온갖 검사를 해도 병명도 원인도 찾을 수 없었다. 마지막으로 진통제 주사를 놓아도 효력이 없고, 젖도 물도 먹지 못했다. 그렇게 하루가 지나자 아기는 축 늘어졌다. 그런데 이상한 일이 일어났다. 아기를 엎어 재우면 잠을 자다가도 기저귀를 갈아 채우려고 엉덩이를 만지면 기가 넘어갈 정도로 울곤 하였다.

이상하게 생각한 아버지가 아기를 엎어놓고 엉덩이를 쓰다듬자 아기는 또 자지러지게 울었다. 그러나 아무리 보아도 엉덩이는 티끌만한 상처도 없이 말짱했다. 아버지는 현미경을 대고 아기 엉덩이를 살펴보았다. 그런데, 눈에 잘 보이지 않는 붉은 반점이 엉덩이 양쪽에 두 군데씩 보였다. 더 세밀한 현미경으로 보자, 작은 가시가 엉덩이에 4개나 박혀 있었다. 간호사 어머니와 마취 주사를 놓고 깊이 박힌 가시를 제거했다. 맨눈으로는 잘 보이지도 않을 만큼 작은 가시였는데 아이가 울기 시작한 지 이틀째 되는 날 아침이었다.

여름이라 자주 목욕을 시키며 가시는 깊숙이 박혔을 터인데, 기저귀에 박혔다가 아기 엉덩이에 박혔을 그 가시는 대체 어디서 온 것일까? 곰곰이 생각하던 아버지가 엄마에게 물었다고 했다.

"아기 기저귀를 빨아 너는 빨랫줄 부근에 혹시 가시나무가 있나요?"

눈을 동그랗게 뜨고 듣던 엄마가 무릎을 치며 대답했다.

"원장님, 있습니다. 빨랫줄 밑에 있는 장독대에 큰 선인장 화분 두 개가 있어요. 바람에 날린 기저귀가 선인장 위에 떨어진 적도 있었습니다."

경험담을 들려준 아버지는 당장 어린 환자를 보자고 했다. 아버지와 어머니를 모시고 3층에 내려와 입원실로 들어갔다. 아기 아빠와 할머니가 와있었다. 인사를 나눈 뒤에 간호사를 불러 현미경을 가져오게 했다. 입원환자가 있으니 간호사가 숙직을 해야 한다.

아버지가 아기 엄마에게 물었다.

"집안에 가시가 있는 화분이 있습니까?"

엄마가 대답했다.

"화분은 다섯 개가 있지만 가시가 있는 화분은 없는데요."

지금은 기저귀를 빨아 쓰지 않으니 가시가 기저귀에 박힐 리는 없다. 그러나 일회용 기저귀라도 제작과정에서 미세한 가시 종류가 박힐 수도 있을 것이다. 나는 아버지 지시대로 자지러지게 우는 아기를 발가벗기고 현미경으로 온몸을 살펴보았다. 아기 몸은 일주일간 제대로 먹지 못해 엉덩이가 쭈글쭈글하도록 야위어있었다. 세밀하게 살펴도 티끌만한 상처도 없다.

아버지는 아기 엉덩이를 쓰다듬었다. 기운이 없어 맥없이 울던 아기가 눈을 뜨고 아버지를 보다가 이내 감으며 여전히 울었다. 답답해서 해본 짓이지만 부모님은 머쓱해서 올라가시고, 나는 이상하게 여기는 환자 가족들에게 아버지도 소아과 의사라는 것을 밝혔다.

이튿날 대학병원에서 넘어온 차—트와 엑스레이 사진, MRI CD를 세밀하게 검토해 보아도 내가 다시 검사를 할 필요는 없을 것 같았다. 단 친구가 개인적으로 보낸 소견서에는 아기의 간이 약간 크게 보일 뿐 불명열 외에 다른 증상은 찾을 수 없다고 썼다. 그가 김보람 환자를 내게 보낸 것은 부모가 퇴원을 무서워하고 입원을 원하기 때문에 우리 병원에 보낸다고 했다.

그렇다면 내가 할 수 있는 것은 아무것도 없다. 시설이 좋은 대학병원에서 손을 놓은 어린 환자를 내가 치료한다는 것은 불가능하다. 생각다 못해 내가 아는 전문의들에게 환자 병세를 설명하고 자문을 구했지만, 한결같이 알 수 없다는 대답이었다. 참 답답한 노릇이었다. 말이나 하면 어디가 아픈지 알기나 하지, 심할 때는 팔다리를 바둥거리며 숨이 넘어가도록 울기만 하니 속이 터질 지경이었다. 아기가 입원실에서 나오지 않아 그나마 다행이지만 울음소리는 계속 들려 환자를 진료하면서도 마음은 좌불안석이었다.

    이튿날 출근해서 보아도 계속 그런 상태였다. 아기 엄마에게 말했다.

    "우리 병원에서는 보람이를 어떻게 할 수가 없습니다. 무작정 약도 먹일 수 없고, 내가 계속 붙어 앉아 있을 수도 없습니다. 죄송하지만 퇴원하여 집에서 돌보시다가 급하게 되면 전화를 하세요."

    할머니와 엄마는 펄쩍 뛰었다.

    "원장님, 죄송합니다. 제가 죽고 싶도록 죄송하지만 퇴원은 못하겠습니다. 겁이 나기도 하지만, 아파트에서 애가 밤낮으로 저리 울면 이웃들은 어찌합니까? 입원비는 걱정 마시고 퇴원은 시키지 말아주세요."

    듣고 보니 그건 또 그렇다. 나는 생각다 못해 말했다.

    "좋습니다. 그럼 내가 처음부터 검사를 다시 하겠습니다. 동의하시겠습니까?"

    아기 할머니는 시어머니라고 했는데 잠시 생각하다가 말했다.

    "다시 해야 한다면 어쩔 수 없기는 하지만, 다 죽어가는 어린 것이 검사를 받다가 더 지치지나 않을까 걱정입니다."

    나는 이미 생각했으므로 대답했다.

    "내가 미심쩍은 것만 하겠습니다. 벌써 사흘이 지났으니 어떤 변동이 있을 수도 있으니까요."

    엄마가 말했다.

"그렇게 하시지요. 동의하겠습니다."

부모 동의서를 받고 우선 가슴 엑스레이를 찍고, 가슴 초음파 검사를 했다. 간이 부어있고, 신장이나 심장은 이상이 없어 보였다. 위내시경을 하며 목을 보았는데 하도 울어서 기도가 많이 부어 있었다. 위벽에 출혈 흔적이 보여 조직을 떼어냈다. 그날로 환자를 방사선과 전문병원에 보내 MRI를 찍게 했다.

이튿날 검사결과를 보았다. MRI 결과도 이상 없고, 간이 부어있고, 울어서 기도가 부었을 뿐 별다른 이상은 없다. 위 조직도 정상이었다. 영양수액에 간장약과 해열제를 넣어 링거주사를 하는 것이 고작이었다. 그러나 아기가 계속 팔을 바둥거리며 울어서 팔을 침대에 묶어야 했다.

이튿날 출근을 하자, 간호사가 아기의 열이 40도를 넘는다고 했다. 입원실에 가서 아기를 보았다. 열이 나서 얼굴이 벌겋고, 울기에도 지쳐 울음소리가 그저 가릉가릉한다. 나는 가슴이 답답하고 은근히 화가 났다. 의사로서 어린 환자와 가족들 보기도 민망스럽거니와 이렇게 아무것도 할 수 없다는 것에 무력감과 함께 좌절감이 들었다. 내가 할 수 있는 것이라고는 환자가 지치지 않게 영양수액을 링거 하는 것이 고작이었다.

사흘이 지났다. 입원실에 갔더니 초죽음이 된 할머니가 울면서 말했다.

"원장님, 이 녀석 아무래도 사람노릇 못 할 것 같습니다. 어쩌면 좋습니까?"

눈을 감고 우는 어린 환자를 보았다. 내가 보기에도 사람노릇 하기는 어려울 것 같았다.

간호사가 말했다.

"혈관이 숨어서 이젠 링거도 꽂을 수 없습니다."

그럴 것이다. 당연한 현상이다. 가수면 상태에서도 계속 얼굴을 찌푸리는 환자 얼굴을 자세히 살펴보다가 나는 깜짝 놀랐다. 어제까지도 몰랐는데 어느새 얼굴이 노랗게 황달이 오고 있었다. 난감하여 할머니에게 물었다.

"엄마는 어디 가셨습니까?"

"어제까지 휴가였는데 오늘은 출근을 했지요."

숨길 일이 아니어서 말했다.

"아기에게 황달까지 오고 있습니다. 부부가 같은 직장이라고 하던데요. 퇴근해서 같이 오시라고 전하세요. 뭐, 당장 급한 것은 아닙니다."

노인이라고 하기엔 좀 그런 할머니가 당황해서 물었다.

"황달이면 얼굴이 노래지는 병인가요?"

"얼굴만 노란 것이 아니라 나중에 온몸이 노랗게 됩니다. 걱정하실 테니까 아직 혼자만 알고 계세요. 급박한 것은 아닙니다."

할머니는 허리를 굽실거리며 대답했다.

"원장님, 고맙습니다. 참, 여러 가지로 고맙습니다."

내 방에 와서 대학병원 친구에게 전화를 했다.

"이제 황달까지 왔다. 어쩌니?"

"간에 이상이 있을 수도 있지만 당장은 어떻게 할 방법이 없잖아. 당분간 지켜볼 수 밖에 없겠다."

"그러게 왜 저런 환자를 내게 보냈냐? 나 골탕 먹이려고 일부러 그랬지?"

"그게 의사가 할 말이냐? 그 환자 집이 그 동네잖아. 입원실도 비어 있다고 해서 보낸 거잖아. 암튼 급한 상황이 되면 전화해라."

"알았어. 하도 답답해서 해본 말이다."

전화를 끊고 생각해도 친구가 괘씸하다. 나를 생각한 배려일 수도 있겠지만 이건 아니라는 내 감정은 변함이 없다. 겨울로 접어드는 환절기 탓인지, 요 며칠간 감기 환자가 많아졌다. 바쁜 하루를 보내고 퇴근 무렵인데 보람이 부모가 왔다. 함께 입원실로 갔다. 아침에 보고 9시간 만에 다시 보니 그새 황달이 더 심해진 것 같았다. 여전히 울고 있는 아기에게 엄마가 젖병을 물렸다. 울지 않는 얼굴을 살펴보았다. 옷을 들추고 보니 배도 가슴에도 황달이 왔다.

부모와 내 방에 와서 앉았다.

"보셨지만 황달이 심해집니다. 황달을 빨아내는 형광 인큐베이터에 넣어야 하는데, 밀폐된 보육기 안에서 저렇게 계속 울면 그것도 어려울 겁니다."

엄마는 울기만 하고 아빠가 물었다.

"원장님, 그럼 대체 어떻게 해야합니까?"

"글쎄요. 나도 참 답답합니다. 오늘은 이미 늦었으니 내일 큰 병원으로 가보시는 게 좋겠습니다. 우리 병원에는 형광 인큐베이터가 없습니다."

엄마가 울음을 그치고 물었다.

"그럼 S대학병원에 다시 가야 합니까?"

"글쎄요. 내일 아침에 내가 전화를 해보겠습니다."

아빠가 말했다.

"어디든 큰 병원에서는 입원을할 수 없습니다. 검사만 하고 다시 여기로 오게 해 주세요. 제발 부탁드립니다."

그건 내 생각도 그렇지만 형광 인큐베이터가 문제다. 알면서 거절하지 못한다.

"그렇게 하세요."

이틀날 보람이는 상계 B종합병원으로 갔다. S대병원에서는 환자가 넘쳐 빨라도 일주일 뒤에 진료가 가능하다고 했다. B병원 소아과장은 대학 2년 선배여서 내가 어거지로 구겨 넣었다.

오후 5시에 보람이는 다시 우리 병원으로 왔다. 결과는 아무것도 없다. 단 보람이에게 온 황달은 형광 인큐베이터로 해결할 병이 아니라는 것이었다. 이제 꼼짝없이 내가 보람이를 책임져야 한다.

하루종일 검사에 시달려서인지 어린 환자는 축 늘어져 울음소리가 가릉가릉도 아니고 그저 색색색 한다. 차라리 시원스레 울기나 하면 듣는 사람이 답답하지나 않지, 죽지 못해 우는 모습을 보고 듣는 어른은 머리가 터질 지경이었다. 손자를 잘 돌보던 할머니가 안 보여 물었더니, 아버지와 막내 동생이 농사를 지으며 밥을 끓여 먹다가 아버지가 병이 나서 오늘 고향 전라도 장성으로 내려갔다고 한다.

"억지로라도 해열제를 탄 우유를 때맞추어 먹이세요. 별다른 방법은 없습니다."

아이를 안고 우유를 강제로 먹이며 울음을 삼키는 부부를 두고 입원실을 나왔다.

보람이가 입원한 지 일주일 째 되는 날이었다. 출근하여 입원실에 들어가 보니 환자는 가쁜 숨만 여리게 쉴 뿐 의식이 없는 듯하다. 열은 여전히 높아 39도였다. 밤을 새웠을 엄마가 기진한 목소리로 말했다.

"새벽까지는 그래도 울더니 이젠 울지도 못합니다."

눈꺼풀을 들춰보았다. 눈에 생기가 없다. 환자를 조심스레 엎어놓고 항문을 벌려보았다. 항문은 다행으로 정상이었다. 항문이 풀려있으면 살지 못한다. 황달은 더 심해지지 않고 그대로였다.

"밤에 우유는 잘 먹었습니까?"

아빠가 우유병을 들어보며 대답했다.

"밤새도록 먹은 것이 한 병도 못 됩니다."

어린 환자는 이제 뼈와 가죽뿐이다. 살갗을 집으면 인형에 입힌 옷처럼 집힌다. 옛날 어른들은 저런 상태를 '명주바지 입었다'라고 했다. 창백한 얼굴에는 이미 죽음의 그림자가 드리운 것 같았다. 부모도 이제 체념한 듯 그저 덤덤하다. 이야말로 속수무책이다. 나는 잔뜩 웅크린 젊은 아빠 등을 쓸어주고 입원실을 나왔다.

열한 시가 넘어설 무렵이었다. 보람이 아빠가 진료실로 달려와 말했다.

"원장님, 좀 가보셔야 될 것 같습니다."

간호사를 데리고 가보았다. 환자는 숨을 몰아쉬는 호흡곤란이 오고 있었다. 환자가 부르르 진저리를 친다. 이는 심장마비가 발생하고 있음이다. 심장 마사지기로 충격을 주는 긴급처치로 일단 숨이 돌아왔다. 어렵게 팔목의 혈관을 찾아 영양수액에 해열제를 넣어 링거하고 숨을 돌렸다. 엄마의 흐느낌을 뒤로하고 방을 나왔다.

퇴근 무렵이었다. 당직이 걸린 김 간호사가 쭈뼛거리며 말했다.

"원장님, 저 오늘 당직 못 하겠습니다."

"아니, 왜요?"

"무서워요. 저는 아기가 죽는 모습을 못 보겠어요."

나는 잠시 생각하다가 말했다. 지금까지 우리 병원에서 어린 환자가 죽어 나간 적은 없었다. 김 간호사는 우리 병원에 온지 일 년 남짓으로 간호사 셋 중 가장 어리다.

"환자가 죽을지 어떻게 알아요."

간호사 셋이 눈을 맞추고 수간호사가 말했다.

"원장님, 오늘 밤을 넘길 것 같습니까? 그렇더라도 만약에 낮에

처럼 또 심장마비가 온다면 저희들이 혼자서 어떻게 합니까?"

속으로 불끈하면서도 그건 그렇다. 사람의 죽음을 한 번도 경험하지 못한 이들의 마음도 이해되어 말했다.

"알았어요. 내가 당직할 테니 어서들 퇴근해요."

간호사들이 퇴근하고, 나는 입원실로 갔다. 오늘 밤 내가 당직한다는 말에 부부는 밝게 웃으며 반겼다. 이들도 아기가 밤에 심장마비가 올 것을 한걱정 하고 있었을 것이다. 아빠가 굽실하며 말했다.

"원장님, 감사합니다. 정말 고맙습니다."

아빠 등을 두드려주고 나왔다. 이것은 무의식적 행위지만, 나 자신과 어린 환자 아빠에게 함께 고생해 보자는 격려의 뜻이었다. 숙직실 겸 탈의실에 들어가 보았다. 한 번도 들어와 본 적이 없는 금남의 방이다. 화장품 냄새도 나고 여자들만 머무는 방이라 선입관이겠지만 기분이 묘한 냄새도 나는 것 같다. 간호사들이 자던 침대에 내가 그대로 들어가 잘 수는 없겠다고 생각했다.

집에 당직을 알리고, 6층에 올라가 아버지께 아이가 아무래도 심상찮아 당직을 하겠다고 말했다. 부모님과 함께 저녁을 먹었다. 환자 덕분에 참 오랜만에 부모님과 모여앉아 저녁을 먹는다. 어머니 반찬 솜씨는 여전히 내 입맛에 맞는다. 아버지와 양주도 석 잔을 마셨다. 하루종일 답답하고 무겁던 마음이 풀린다. 침대 패드와 이불이 필요하다는 내 말에 어머니는 깔깔대며 웃었다.

낮선 방인데도 아내가 옆에 있는 듯한 체취와 안정감으로 푹 잤다. 깨어보니 7시 반이다. 세수를 하고 입원실에 가보았다. 부부가 밝은 얼굴로 인사를 했다.

"밤에 많이 보채지는 않았나요?"

"가끔 울기는 했어도 영양제를 맞아서인지 오랜만에 좀 잤습니다. 그래서 저희도 눈을 좀 붙였습니다."

"다행이군요. 잘하셨습니다."

환자는 잠이 들었는데, 어디가 고통스러운지 얼굴에 계속 경련이 일고 있었다. 내가 보기에 이제는 울 기력도 없어 울지도 못하는 것 같았다. 열을 재보니 여전히 39도였다. 참 이상하다. 어린 아기가 열흘이 넘도록 열이 39도 이상이면 죽는다. 소아과 의사인 내 상식으로는 그렇다.

부모님이 내려오셨다. 환자를 살펴보는 아버지 표정이 어두워진다. 내 짐작도 같다. 김보람 아기는 오늘 내일이 한일 것 같다. 아기를 살펴본 어머니가 아버지 눈치를 힐긋 보고는 아기엄마에게 물었다.

"의사 어미로서, 또한 간호사를 했던 늙은이가 할 말은 아니지만 하도 답답해서 물어볼게요."

"예, 어머님, 말씀하세요."

"그 저, 혹시 푸닥거리라는 거 알아요?"

나는 속으로 깜짝 놀랐다. 대체 푸닥거리라니! 그러나 이내 이해가 되어 고개를 끄덕였다. 과연 여든이 넘은 안노인네로서 할 수 있는 생각이었다.

"그거 해보았습니다. 이 병원에 오기 전 시어머님이 무당집에 가셔서 점도 보고 하라는 대로 해보았습니다."

"그랬군요. 이 판국에 뭔들 못하겠어요."

"무당은 자기가 하라는 대로만 하면 애가 죽지는 않는다고 했답니다."

아버지는 내게 눈짓을 했다. 우리가 더 들을 말이 아니었다.

그날 10시경이었다. 보람이 엄마가 뛰어와 울면서 다급하게 말했다.

"원장님, 또 또……!"

달려가 보았다. 아기는 다시 심장마비고 오고 있었다. 간호사가 심장 마사기를 들고 뛰어왔다. 손바닥만 한 야윈 가슴에 기계를 얹고 충격을 가했다. 두 번을 하자 울음이 터졌다. 나는 하도 애처로워 잠시 들여다보다가 말없이 방에서 나왔다. 이것은 정말 못 할 짓이다. 심장 마사지기는 아기들에게는 쓰지 못한다. 그런데 난 쓰고 있다. 이것은 살인행위가 될지도 모른다. 나는 화장실에 들어가 한참 마음을 가라앉혔다. 내게도 세 살 먹은 막내아들이 있다. 내 아들이라면 못했을 것이다.

오후 다섯 시까지 보람이는 두 번 더 심장마비가 왔다. 세 번째 왔을 때 내가 말했다.

"기계를 더는 쓸 수가 없네요. 못하겠습니다."

부부가 눈짓을 주고받으며 아빠가 말했다.

"그럼 그냥 죽는 겁니까?"

나는 달려들어 아기 심장 부위를 손바닥으로 마사지했다. 살짝 살짝 대여섯 번 누르자 또 깨어났다. 울음소리도 이젠 잔뜩 쉬어 그냥 색색거린다. 몸의 열은 40도가 넘는데 아기 팔다리는 싸느랗다. 이젠 아기 부모도 나도 할 말이 없다.

진료실로 돌아와 마지막 환자를 보고 나니 6시다. 간호사들에게 퇴근을 하라고 말했다. 그때 또 아빠가 달려왔다. 이제는 말이 필요 없다. 수간호사와 달려갔다. 숨지기 직전의 가래 끓는 소리가 나다가 숨이 멎었다. 엄마가 동동거리며 울다가 손으로 마사지 시늉을 했다.

떨리는 손으로 옷을 젖혔다. 조그만 가슴은 이미 여러 번 심장 마사지로 시퍼렇게 멍이 들었다. 차마 손댈 수 없다. 위생장갑을 벗고 맨손바닥으로 아기 심장 부위를 살살 마사지 했다. 시퍼렇게 멍들고 가죽만 남은 가슴은 놀랍게도 따뜻하다. 엄마에게 일렀다.

"손바닥으로 배와 다리를 쓰다듬어주세요."

실낱같던 숨이 되살아난다. 잠시 지켜보다가 말했다.

"오늘 밤도 내가 당직하겠습니다."

부부는 울면서 고마워했다. 내 방으로 돌아왔다. 간호사들이 퇴근하지 못하고 있었다.

"모두 퇴근해요."

"원장님께서 또 계실 겁니까?"

나는 씁쓸하게 웃으며 대답했다.

"그럼 누가 있어요?"

수간호사가 말했다.

"원장님, 저는 내일 집안에 일이 있어 출근을 못 하겠는데 어쩌지요?"

그렇구나, 토요일이다. 오전 진료만 하면 되니까 수간호사가 없어도 별 지장은 없을 것이지만 나는 일요일까지 혼자 당직이 된다.

"알았어요. 일요일까지 나 혼자 있어야 하는데, 혹시 어려운 일 발생하면 누구에게 전화할까요?"

신연화 간호사가 받았다.

"제가 나오겠습니다."

"고마워요. 어서들 가요."

내방을 정리하고 입원실에 갔다. 아기는 잠들어있다. 심장마비가 오면서부터 기진해서인지 울지도 않는다. 다행일지 모르지만 나는 이제 김보람 환자를 포기한 상태였다. 하릴없이 내방으로 돌아와서 의자에 기대앉았다. 오늘 하루는 악몽이었다. 사방이 조용하자 가슴이 텅 빈듯하고 마음도 허전하다. 그러나 어린 환자 모습이 머리에서 사라지지 않는다. 곰곰이 생각해도 어린 아기가 더 고통받지 않고 삶을 마감하기를 간절하게 바랄 뿐이다. 체념하며 길게 숨을 내쉬다가 문득 생각했다.

"인간의 생명을 의사인 내가 이렇게 포기해도 되는 것인가? 얄팍한 지식으로 어설픈 경험으로 한 인생이 끝났다고 생각해도 되는 것인가?"

나는 마침내 벌떡 일어났다. 어떻게 할 수는 없지만, 인간의 생명을 의사인 내가 포기할 수는 없다. 눈이라도 맞추어 주고 손이라도 만져주어야 한다. 저녁을 먹으러 6층에 가는 길에 입원실에 들렀다. 환자는 자고 있었지만 눈자위가 푹 꺼지고 그 모습은 참 미안한 말이지만 해골 그 자체였다. 느낌이지만 그 자체가 미안해서 얼른 말했다.

"계속 자고 있군요. 좋은 현상입니다. 저녁을 먹고 내려오겠습니다."

"원장님, 오늘 밤도 지켜주셔서 참 고맙습니다."

저녁을 먹으면서 아버지께 사실대로 말씀드렸다. 묵묵히 듣고는 대답했다.

"기적이라는 것도 있다. 사람의 생명을 의사가 함부로 포기해서는 아니 된다."

나는 부끄러웠다. 조금 전에 내가 했던 생각을 노련한 선배 소아과의사가 꼬집었다.

저녁을 먹고 부모님과 함께 입원실에 내려왔다. 환자는 자고 있었는데 엄마가 말했다.

"자다가 깨어서 잠시 울다가 다시 잠들었습니다. 계속 자는데 괜찮은 건가요?"

시계를 보니 9시다. 6시경에 심장이 잠시 멎었다가 회복된 뒤부터 잠만 자는 상태다. 내 말에 아버지는 다가서서 잠든 환자 이마를 짚어보고 이어서 눈꺼풀을 벌여 보았다. 환자가 두 눈을 반짝 뜨더니 이내 감겼다. 나는 순간적이지만 그 눈에서 전에 없던 생기를 보았다.

아버지는 다시 허리를 굽혀 이마를 짚어보고 가죽만 남은 환자 양쪽 볼을 양손바닥으로 어루만지고 손을 떼는 순간, 어린 환자가 눈을 번쩍 뜨고는 손을 들어 아버지 오른손 가운뎃손가락을 움켜잡았다. 아버지는 순간적으로 움찔하였고, 나는 머리발이 쭈뼛하고 온몸에 소름이 확 돋았다. 놀랍게도 아기는 눈을 동그랗게 뜨고 허리를 굽힌 아버지 눈과 맞추고 있었다. 그러나 잠시였고 눈이 감기며 아버지 손가락에서 아기 손이 툭 떨어졌다. 아버지가 허리를 펴며 말했다.

"이 환자 살아났다!"

깜짝 놀라며 아버지를 보았다. 손가락에서 손이 툭 떨어지고 눈이 감길 때, 나는 숨이 지는 줄 알았다. 그런데 살아났다니? 우리 네 사람은 모두 아버지 얼굴만 보았다.

아버지가 말했다.

"내 손가락을 잡는 아기 손아귀에 힘이 실렸다. 그 힘이면 스스로 살아난다. 지금부터가 중요하다. 잠시라도 환자에게서 눈을 떼지 말아야 한다."

그 순간, 내 옆에 섰던 어머니가 손가락질을 하며 언성을 높여 말했다.

"저길 보세요. 저 입을 좀 보세요. 입을 오물거리잖아요."

눈은 감겼지만 환자는 입을 계속 오물거리고 있었다. 환자 부모는 어리둥절하여 멍한 상태였고, 우리 어머니가 말했다.

"무의식중인 어린 환자가 저러는 것은 입이 마르거나 배가 고플 때 하는 짓입니다. 엄마는 어서 우유를 타세요. 진하지 않게 묽게 타세요."

좁은 입원실은 금방 활기로 넘쳤다. 나는 이도 저도 못 해 그저 동동거리기만 하였고, 엄마는 능숙하게 포트에 물을 끓이고 아빠는 젖병을 씻었다. 이윽고 젖병을 입에 물렸다. 어린 환자는 볼을 오물거리며 젖병을 힘차게 빨았다. 대체 금방 죽어가던 아기에게서 저런 힘이 나오다니! 아버지가 말없이 내 등을 꽤 오래도록 쓰다듬었다.

우유를 먹는 환자 열을 재보았다. 37.5도였다. 나는 저절로 한숨이 나왔다. 체온을 확인한 아기 아빠가 나를 와락 끌어안았다. 펑펑 울면서 말했다.

"원장님, 고맙습니다. 정말 고맙습니다. 이 은혜 평생 갚겠습니다."

나는 마주 안으며 말했다.

"그런 말 나중에 해도 됩니다."

아기가 우유 한 병을 알뜰히 비우도록 바라보다가 다시 체온을 재보았다. 37.5도 그대로였다. 환자는 금방 잠이 들었다. 아빠에게 말했다.

"보채거나 울거나 조금이라도 이상하면 전화를 주세요. 6층에 올라가 있겠습니다."

아버지와 식탁에 마주 앉았다. 아무래도 미심쩍어 아버지 의견을 물었다.

"심장 정지와 호흡 마비가 네 번이나 있었습니다. 혹시 고열과 고통으로 뇌의 열 조절기능을 가진 뇌 중추가 손상되어 잠시 열이 떨어지고 통증이 사라진 것은 아닐까요?"

아버지도 잠시 생각하다가 대답했다.

"글쎄다. 의학적으로 그럴 수도 있겠지만, 내 생각과 경험으로 보아 환자가 죽지는 않을 것 같다. 뼈만 남은 그 어린 손의 악력이 대단했다. 이것은 단순히 의학적으로는 설명을 할 수 없는 현상이다. 만약 뇌 중추가 손상되었다면 살아나도 정상은 아니겠지. 지켜보는 수밖에 없다."

어머니가 술상을 차렸다.

"이런 날 술 한 잔 하셔야지요."

나는 취하도록 마시고 싶지만 그럴 수는 없다. 내 마음을 알아차린 아버지가 말했다.

"어젯밤도 잠을 설쳤을 것이니 적당히 마시고 푹 쉬어라. 뭔 일이 나면 내가 내려가 볼 것이다."

아버지 직업을 물려받은 것이 이럴 때는 참 행복하다. 양주 맛이 꿀맛이다.

이튿날 7시에 잠이 깨었다. 적당한 술 기분에 참 잘 잤다. 세수를 하고 입원실에 가보았다. 부부가 말끔하게 밝은 얼굴로 반갑게 맞이하며 인사를 했다.

"보람이는 어떻습니까?"

어린 환자는 놀랍게도 눈을 말똥하니 뜨고 있었다. 내가 볼을 만지며 눈을 맞추자 방긋 웃으며 야윈 다리를 버둥거렸다. 엄마가 탄성을 질렀다.

"여보, 웃었어요! 보람이가 웃었어요."

아빠가 환하게 웃으며 말했다.

"20여 일 만에 웃는 걸 보았네요. 원장님, 감사합니다."

"그래요. 이제 걱정마세요. 밤에도 잘 잤지요?"

엄마도 맑은 목소리로 대답했다.

"밤에 한 번도 안 울고 잘 잤습니다. 우유도 반병씩 두 번 먹었습니다."

열을 재보았다. 37도 정상이었다. 사경을 헤매던 어린 환자는 이제 정말 살아났다. 이것은 기적이다. 이제 남은 걱정은 뇌손상 없이 건강을 회복하는 것이다. 그러나 그 말을 젊은 부부에게 할 수는 없다.

"우유를 먹이고 한 시간쯤 뒤에 따뜻한 물로 목욕을 시키세요."

"알겠습니다. 원장님, 고맙습니다."

10시에 대학병원 친구에게 전화를 했다.

"어제 심장마비가 네 번이나 있었다. 뇌손상이 올 수 있지 않을까?"

"그 아이 네가 살렸구나. 사실 나도 그렇지만, 너보다 노련하신 아버님을 믿었다. 뇌손상, 그럴 수도 있지만 내 생각은 아닐 것 같다. 암튼 건강이 회복되어 이리 보내면 내가 검사해 볼게. 그동안 고생 많이 했다. 고맙다."

토요일이라 바쁘긴 하겠지만 제 말만 하고 전화를 끊는 친구가 괘씸하다. 하지만 고맙기는 내가 고맙다. 나는 며칠 동안 참 많을 것을 배웠다. 인간의 몸은 참으로 불가사의다. 의사에게 있어서 생명에 대한 포기란 허락되지 않는다. 오직 최선을 다할 뿐이다.

보람이네 집

보람이는 토요일만 되면 아침을 먹기 무섭게 큰댁에 가려고 집을 나선다. 그러나 엄마는 늘 못마땅해한다. 보람이가 큰댁에 하도 자주 들락거리자, 말리다 못한 엄마는 언젠가 이런 말도 했었다.

"보람아, 네가 큰댁에 그렇게 자주 가면 큰 엄마는 본전 찾으러 오는 줄 아신단 말이야. 그러니까 너무 자주 가지 마, 알겠니?"

"엄마, 본전을 찾다니. 본전이 뭔데요?"

"뭐긴 뭐야, 혜수가 우리 집에 와 있으니까 엄마가 널 자꾸만 큰 댁에 보내는 줄 안다는 말이지."

초등학교 6학년인 보람이는 뭔가 알 것 같기도 하고 알쏭달쏭하여 고개를 갸웃거렸다. 큰댁 누나 혜수가 보람이네 집에서 대학에 다니고 있는데, 혜수는 외려 자기네 집에 가기를 보람이가 자기 집에 있기만큼이나 싫어하는 터였다. 보람이도 딴에는 큰댁에 너무 자주 가는 것이 민망스러워 때로는 혜수에게 같이 가자고 조르기도 하지만, 늘 요런 핑계 조런 핑계로 잘도 빠져나가곤 하였다.

"엄마, 그게 본전이야? 뭔 본전이 그래, 그런 본전을 찾으려면 엄마가 큰댁에 자주 가야 되는 거 아니에요?"

"뭐야? 그만둬, 얘는 하도 잘 둘러대서 뭔 말을 못 한다니까. 암튼, 이제부터는 한 달에 한 번씩만 가는 거야. 엄마 말 안 들었단 봐라……."

보람이는 뾰로통해서 종알거렸다.

"어른들은 참 알다가도 모르겠단 말야. 본전은 뭐고 큰댁에를 못 가게 하는 이유는 또 뭐야. 큰 엄마는 그럼 내가 본전을 찾으러 가기 때문에 그렇게 잘 해주시는 건가?"

보람이네 큰댁은 강원도 철원군 동송읍 삼율리다. 예부터 밤이 많이 나고 맛도 좋아 대궐에 진상했다고 해서 삼율리三栗里라고 했다는 말이 있듯이 지금도 밤나무가 많은 마을이다. 보람이가 큰댁을 갈려면 전철을 타고 수유역에 가서 동송행 시외버스를 타야 한다.

보람이 큰아버지는 오른쪽 눈이 좀 이상하다. 검은 동자에 콩알만 한 흰점이 박혀 있는데, 언뜻 보아서는 검은 동자가 없는 듯이 보인다. 고개가 오른쪽으로 약간 삐뚜룸한 것도 같지만, 그건 보는 사람이 그렇게 느낄 뿐, 자세히 보면 또 멀쩡하다. 그뿐만 아니라 누군가와 얼굴이 마주칠 때마다 표정을 삐뚜룸하게 일그리고 입가에 은근한 웃음을 띠기도 한다. 그 웃음은 친한 사이 같은 느낌을 주기도 하지만, 보기에 따라서는 약간 바보스럽게 느껴지기도 한다.

보람이가 큰댁에서 살다시피 하지만 큰아버지 눈이 왜 그렇게 되었는지 알게 된 것은 여름방학이 거의 끝나고 개학을 일주일 남겨 둔 어느 날이었다. 보람이네 큰댁 마당 축대 밑에는 논 서 마지기 평수의 연못이 있다. 원래는 여남은 마지기의 논에 물을 대던 샘이 솟는 둠벙이었는데, 논을 밭으로 만드는 바람에 쓸모가 없어졌다. 그래서 5년 전에 그 둠벙을 넓고 깊게 파고 둑에는 나무를 심고 원두막을 지어 조경을 하는 둥 손질을 하여 아담한 연못을 만들었다. 그 연못에 참붕어며 잉어, 메기 등 물고기가 많아 보람이는 할아버지와 함께 낚시를 즐겨 한다. 팔뚝만 한 물고기를 낚아 올리는 그 손맛은 즐거움을 넘어 환상적이다.

그날도 보람이는 할아버지와 나란히 앉아 낚시를 하다가 문득 큰아버지 눈 생각이 났다. 보람이가 초등학교 3학년 때였던가, 아빠에게 큰아버지 눈이 왜 그렇게 되었는지 물은 적이 있었다. 아빠는 갑자기 이상한 표정을 짓더니, 어렸을 때 장난하다 다쳐서 그렇게 되었다고 했었다. 무슨 장난을 쳤기에 눈을 다쳤냐고 거듭 물었지만, 아빠는 이상하게도 잔뜩 화난 얼굴로 얼른 일어났었다.

곰곰이 생각하던 보람이는 이제 낚시에도 싫증이 났다. 다만, 큰아버지 눈이 왜 그렇게 되었는지 궁금하여 할아버지께 여쭈어볼 생각으로 할아버지 곁에 낚시 자리를 잡았다. 그러나 어떻게 물어야 할지 말이 나오지 않아 할아버지 낚시찌를 물끄러미 바라보다가 자신도 모르게 불쑥 입이 열렸다.

"할아버지, 저어……"

"할애빈 왜 불러?"

"할아버지, 뭐 좀 여쭈어 봐도 돼요?"

"뭔데, 어여 말 해봐."

보람이는 쭈뼛거리며 말했다.

"저어……, 큰아버지 눈께서 아니, 큰아버지 눈이 왜 그렇게 되었어요?"

"뭐, 큰애비 눈! 그걸 여태 몰랐단 말이냐?"

"할아버진 참, 제가 그걸 어떻게 알아요?"

할아버지는 잠시 생각하는 눈치이더니 이내 대꾸했다.

"니 애비가 얘기 안 했어?"

보람이 머릿속은 잠시 혼란이 일었다. '여태'와 '니 애비가'라는 말에 무슨 뜻이 있을 것 같은 느낌이 언뜻 들어 얼떨결에 대답했다.

"아니요. 아빠한테 물어보지도 않았는걸요."

할아버지는 잠시 생각하는 듯 눈을 감았다가 말했다.

"벌써 오래전 일이다. 그러니까, 한 오십여 년 전이로구나. 화로에 밤을 구워 먹다가 그렇게 됐지."

보람이는 할아버지 말씀이 너무나 엉뚱해서 화들짝 놀랐다.

"예! 밤을 구워 먹다가요?"

"그렇다니까. 가을에 알밤을 구워 먹다가 밤이 터지는 바람에 밤똥이 눈에 튀어 들어가서 그 모양이 됐던 게야. 설마 괜찮겠지 했는데 종당엔 눈이 멀구 말았지 뭐냐."

"예─에! 할아버지, 밤똥이라니요? 밤이 똥을 싸요?"

"그런 똥이 아니여 인석아. 밤을 구울 때는 겉껍질을 쬐끔 벗겨서 구워야 하는데, 그냥 불에 집어넣으면 폭탄처럼 펑 터지는 게야. 밤이 터지면서 익은 밤 쪼가리가 사방으루 튀는 게 밤똥이란다. 불똥이 튄다는 말이 있잖어? 그런 말뜻인 것이여."

"아─아! 그런 똥이군요, 할아버지."

"그래 인석아. 밤이 터지면서 화롯불 불똥과 밤똥이 한꺼번에 튀어 올라 들여다보던 애들이 얼굴도 데구, 손두 데군 했었지. 그러게 옛날부터 밤이 터지면 눈알이 빠진다는 말이 있었던 게야."

보람이는 할아버지 말씀이 도무지 믿어지지 않아 거듭 물었다.

"할아버지, 밤이 그렇게나 세게 터져요?"

"그럼, 아주 무섭게 터지지."

"에─이, 아무리 그래도 설마 밤이 터진다고 눈알 빠질까요?"

"인석아, 정말 그렇다니까."

"할아버지, 그 얘기를 좀 자세히 해주세요. 궁금해요."

할아버지는 낚시 미끼를 갈아 끼워 던지고 이야기를 시작했다.

"오냐, 알았다. 그때 큰 애비는 일곱 살이라 밤 겉껍질을 벗겨서 굽는 걸 알았지만, 다섯 살이던 네 애비는 그걸 모르구 통밤 한 주먹을 화롯불에 파묻은 게야. 큰고모는 그때 세 살배기였단다. 애들

셋이 화롯가에 둘러앉아 '할아부지 방구 뀐다. 할아부지 방구 뀐다.' 하면서 화롯전을 주먹으루 두들기는데, 통밤 세 개가 연달아 펑펑 터진 게야. 큰고모두 그때 밤똥에 데어서 이마에 흉터가 생겼어."

보람이는 그만 가슴이 덜컥 내려앉았다. 눈을 동그랗게 부릅뜨고 할아버지께 대들 듯이 말했다.

"그게 정말이에요, 할아버지? 아빠가 껍질 안 벗긴 밤을 화로에 묻어서 터졌어요?"

할아버지는 보람이를 물끄러미 바라보다가 머리를 쓰다듬으며 대답했다.

"네 애비는 그때 다섯 살이었어. 어린것이 뭘 알았겠니? 다 어른들 잘못이었지."

보람이는 시무룩하니 앉아서 잔물결이 넘실거리는 수면만 바라보았다. 머릿속이 온통 와글와글 들끓어 아무 생각도 할 수 없다. 아빠가 거짓말을 했다. 큰아버지 눈은 어릴 때 장난하다 다쳐서 그렇게 되었다고 거짓말을 했다. 보람이는 그때의 아빠 표정이 환하게 떠올랐다. 그 말을 한 뒤에 아빠는 두말 덧붙일 겨를도 없이 벌떡 일어나 서재로 들어갔었다. 어려서 모르고 한 짓인데 아빠는 왜 거짓말을 했을까? 차차 마음은 가라앉았지만, 큰아버지의 하얀 눈이 자꾸만 떠올라 안절부절 견딜 수가 없었다.

할아버지는 멍하니 앉아 있는 보람이 어깨를 다독이며 말했다.

"보람아, 할애비 말이 맘에 걸리니?"

보람이는 빙그레 웃는 할아버지를 바라보며 머리만 끄덕였다.

"할애비두 다 잊었던 옛날 일이여. 너두 신경 쓰지 말구 잊어버려라."

할아버지는 옛날 일이라지만, 보람이는 생각할수록 가슴이 답답했다. 온몸이 근지러운 것 같기도 하여 안절부절못하다가 에멜무지로 불쑥 말했다.

"할아버지, 알밤도 굉장히 무서운 폭발물이네요?"

"그렇단다. 어디 밤뿐이냐? 사람이 살아가는 주변의 모든 것들이 무서운 흉기란다. 사람이 조심을 안 하면 그런 것들은 언제든지 사람 목숨까지 앗아가는 흉기가 되지 않니? 그저 매사에 조심하고 침착해야 하느니라."

"알았어요, 할아버지. 근데, 할아버지가 방귀 뀐다는 말은 또 뭐예요?"

"응, 그건 말이다. 알밤을 화로에 묻어 놓구 익을 때를 기다리기 지루하니까 애들이 화롯전을 주먹으루 통통 두들기며, '할아부지 방구 뀐다. 니 할애비 방구 뀐다.' 하면서 노래를 부르는 게야. 그러면 밤이 익느라구 속껍질이 터지면서 피식피식 하구 노인들 방귀 뀌는 소리를 낸단다."

"할아버지 방구 뀐다! 니 할애비 방구 뀐다! 아하하하……"

보람이는 웃으면서도 마음이 영 찜찜하기만 했다. 아빠가 바보처럼 통밤을 묻어 큰아버지 눈이 멀고, 고모 이마에 흉터가 생겼다는 할아버지 말씀이 갈고리처럼 마음에 걸려 있었다. 보람이는 그

럽수록 아빠한테 따져야 한다는 생각이 굳어졌다. 그러나 한편으로는 아빠가 어렸을 적의 일이라 기억을 못 해서 그렇게 말했을 것이라는 생각도 들어 머리가 마구 어지러웠다.

즐겁던 여름방학도 지나가고 이제 사흘 후면 개학이었다. 보람이는 엊그제 큰댁에 다녀온 뒤부터 아빠와 얘기할 기회를 엿보고 있었지만, 도무지 틈이 나지 않아 조바심을 하고 있었다. 시중은행 지점장인 보람이 아빠는 대인관계가 많아 늘 퇴근 시간이 일정하지 않다.

큰아버지 눈이 그렇게 된 원인은 알았으니 이제 새삼스레 얘기하기도 쑥스러울 것 같지만, 아빠가 왜 거짓말을 했는지 그것은 꼭 알고 싶었다. 그뿐만 아니라 아빠께 하고 싶은 얘기가 무척 많은 것 같은데 막상 무슨 말을 해야 하나, 생각해보면 할 얘기가 없는 것 같기도 하였다. 그러면서도 이래저래 마음만 조급했는데, 오늘은 마침 아빠가 일찍 들어왔다. 저녁 식사를 마치고 나서 아빠와 엄마는 차를 마시고, 누나와 과일을 먹는 자리에서 보람이는 속을 태우고 있었다.

아빠와 단둘이 있는 자리에서 얘기를 하고 싶지만 그런 기회를 만들기는 아무래도 어려울 것 같았다. 아빠는 녹차를 마시면 서재로 들어갈 것이다. 보람이는 가슴이 간질간질하도록 마음이 조급했다. 속으로 끙끙거리다가 마침내 입을 열었다.

"아빠, 한 가지 여쭈어볼 말이 있어요?"

느긋하게 기대앉았던 아빠는 좀 시큰둥하게 대답했다.

"여쭐 게 뭐야? 시시콜콜 쓸데없는 얘기 하려거든 그만둬. 아빤 지금 덥구 피곤해."

"쓸데없는 얘기가 아니란 말예요. 아빠는 괜히 지레 겁을 먹었나 봐."

"저 녀석 말버릇 하구는……. 아빠가 지레 겁먹을 일이 뭐가 있어?"

보람이는 공연한 퉁바리만 맞고 시무룩하니 코를 빼물고 앉았다가 잔뜩 심통이 나서 불쑥 말했다.

"아빠가 큰아버지 눈을 멀게 했다면서요?"

순간, 아빠는 용수철에 퉁겨지듯 벌떡 몸을 일으키고는 잔뜩 굳어진 얼굴로 눈을 부릅뜨고 보람이를 쏘아보았다. 보람이는 제풀에 놀라 자라처럼 목을 쏙 집어넣고는 구원이라도 청하듯 엄마를 바라보았다.

엄마와 누나도 놀란 눈으로 아빠를 쳐다보고 있었다. 아빠는 아무 말 없이 보람이를 한참 쏘아보다가 착 가라앉은 목소리로 물었다.

"누가 그런 말을 하든? 아빠가 그랬다고 누가 그러든?"

보람이는 아빠의 가라앉은 목소리가 더욱 무서워 몸을 잔뜩 웅송그렸다.

아빠와 보람이를 번갈아 두리번거리던 엄마가 와락 달려들 듯이 물었다.

"보람아, 그게 무슨 말이냐? 아빠가 큰아버지 눈을 멀게 하다니?"

"당신 가만 좀 있어 봐. 보람아, 누가 그런 말을 했어?"

보람이는 엄마까지 그렇게 나오자 더럭 겁이 났다. 그러나 내친 걸음이었다.

"할아버지가요. 할아버지께서……"

아빠는 여전히 침착했지만, 엄마가 마침내 무서운 얼굴로 대들었다.

"뭐야? 할아버지가 그런 말씀을 하셨단 말이니?"

"그렇게…… 말씀하신 것은 아니지만……, 아빠가……"

아빠가 보람이 팔을 움켜잡고 흔들며 다그쳤다.

"보람아, 더듬거리지 말고 똑바로 말해 봐."

아빠가 몰아붙이자, 엄마가 비집고 들었다.

"여보, 왜 소릴 지르고 그러세요. 당신답지 않게시리……."

엄마를 꼬나보던 아빠가 더욱 가라앉는 목소리로 보람이에게 물었다.

"할아버지께서 너한테 그런 말씀을 하셨단 말이냐?"

"아빠, 그게 아니고요. 제가 할아버지께 여쭈어보았어요. 큰아버지 눈이 왜 그렇게 되었냐고요."

"그래서……."

"그랬더니, 아빠랑 큰아버지랑 고모와 밤을 구워 먹다가……"

"알았어, 그만해."

아빠는 찬바람이 감도는 목소리로 보람이 말을 중동무이시키고는 소파 등받이에 털썩 기대며 눈을 지그시 감았다.

보람이는 목을 잔뜩 움츠리고 기어들어 가는 목소리로 말했다.

"아빠가 그랬다는 말은 할아버지 말씀이 아니라 제 생각이었어요. 죄송해요, 아빠. 그렇지만, 아빠는 큰아버지가 어릴 때 장난치다가……."

"그만하라고 했잖아. 너 다신 그딴 얘기 하지 마, 알았어?"

아빠는 애써 격정을 참는 표정으로 말하고는 벌떡 일어나 서재로 들어갔다.

그 순간, 보람이는 머릿속에 새겨진 큰아버지의 눈이 더욱 하얗게 떠올라 견딜 수가 없었다. 가슴속에서 뜨거운 것이 울컥 치밀었다. 뜨거운 것은 이내 눈물이 되어 주르르 흘러내렸다.

일어섰다, 앉았다 어쩔 줄 몰라 하던 엄마가 보람이를 쏘아보며 매몰차게 말했다.

"얘가, 울긴 왜 울어. 네가 울 일이 아니잖아?"

고등학교 3학년인 보아는 뭔가 알만 하다는 듯 고개를 끄덕이며 자기 방으로 들어갔다. 보람이도 벌떡 일어나서 양손으로 눈을 쓱쓱 문지르고며 종알거렸다.

"엄마는 모른다고요. 내가 왜 우는지 엄마는 몰라요. 나두 잘 모르겠는데 엄마가 어떻게 알아."

제 방으로 들어온 보람이는 침대에 걸터앉았다. 아빠가 화를 낸 이유를 알 것 같았다. 느닷없이, 큰아버지 눈을 아빠가 멀게 했다고 대들었으니, 이 정도로 끝난 것이 외려 다행이다 싶었다.

그런데, 아빠는 왜 거짓말을 했을까? 어릴 때 모르고 한 짓인데, 왜 구태여 거짓말을 했을까? 그 이유는 아무리 생각해도 알 수가 없다. 그 이유를 알아내지 않고는 머릿속에 새겨진 큰아버지의 하얀 눈동자가 사라지지 않을 것 같았다.

엄마가 들어왔다. 엄마는 보람이를 내려다보다가 좀 버석버석한 목소리로 물었다.

"보람아, 할아버지께서 정말 그렇게 말씀을 하셨니?"

"그게 아니라고 했잖아요. 그 말은 내가 잘못했지만, 아빠가 거짓말을 한 것은 사실이라고요. 궁금하면 아빠한테 물어보면 되잖아요. 아빠가 그랬으니까."

"아니, 얘가! 너 그게 무슨 말버릇이니? 얘가 갑자기 왜 이렇게 됐어?"

"엄마는 참, 제가 어떻게 됐는데요? 저도 궁금한 걸 알고 싶어서 아빠한테 여쭈어본 건데 아빠가 괜스레 화를 내셨잖아요."

보람이는 조금 전까지만 해도 자기가 말을 잘못했다는 죄책감이 들었지만, 엄마가 꼬치꼬치 캐묻자 울컥 화가 치밀어 어깃장을 놓았다. 엄마는 엎드린 보람이를 이윽히 내려다보다가 머리를 주억거리며 안아 일으켰다.

"보람아, 그게 아니야. 아빠랑 큰아버지가 어릴 때 밤을 구워 먹다가 밤이 터져서 그렇게 된 거야. 그런 걸 이제와서 아들인 네가 그렇게 말했으니, 아빠가 화날 수밖에. 하지만 그것은 네 생각이었다니 엄마는 안심이다."

"난 잘못한 게 없다구요. 아빠가 통밤을 묻었더라도 그건 어릴 때 몰라서 그랬던 것이고, 아빠가 일부러 거짓말을 한 것이 아니라고 대답해 주시길 바랐었는데……."

"그게 무슨 말이야? 무슨 말이 그렇게 알쏭달쏭해. 대체 할아버지가 무슨 말씀을 하셨기에……."

"이제 됐어요. 엄마는 엄마가 아는 것만큼만 알고 있으면 돼요. 어서 나가세요. 혼자 있고 싶어요."

"뭐야, 엄마만큼만 알라구! 너, 도대체 무슨 얘기를 듣고 이러는 거니? 그것은 네 말대로 아빠가 너무 어려서 모르고 한 짓이야. 이러다 정말 화목한 우리 집안에 쌈 나겠다. 엄마 말 무슨 뜻인지 알겠니?"

보람이는 찔끔했다. 집안싸움이라니? 이 일로 큰댁과 싸움이 벌어진다면……, 그건 상상도 하기 싫은 일이었다. 아무래도 말을 잘못했다는 생각이 거듭 들었지만, 대꾸는 퉁명스레 튀어나왔다.

"알았다니까요. 그런 말 다신 안 할 거예요."

엄마는 어처구니없다는 표정으로 보람이를 바라보다가 쭈뼛거리며 나갔다. 보람이는 엄마가 나가자 벌떡 일어섰다. 아무리 생각해 봐도 아빠 엄마가 저토록 과민반응을 보이는 이유를 이해할 수 없다. 지금까지 아빠 엄마가 저렇게 화내는 모습을 본 적이 없었다고 생각하자 궁금증은 더해졌다. 내일은 큰댁에 가서 할아버지께 그 이유가 무엇인지 꼭 알아내겠다고 다짐했다. 그렇게 결정하고 나자 찌뿌드드하던 기분이 조금은 풀리는 듯싶었다.

이튿날 아홉 시까지 제 방에 틀어박혀 있던 보람이는 거실로 나왔다. 엄마는 거실 소파에 앉아 텔레비전을 보다가 보람이 차림새를 보고 물었다.

"보람아, 너 또 어딜 갈려구 그러니. 내일이 개학이잖아, 준비 다 했어?"

"다 했어요. 엄마, 큰댁에 다녀올게요."

"너 여름방학 내내 큰댁에만 가 있었잖아. 그런데 뭣하러 또 가?"

"금방 갔다 올 거예요."

"글쎄, 금방 올 걸 뭣하러 가냐구? 무슨 일인지 전화로 하면 안 되니?"

"엄마는 참, 전화로 할 얘기가 따로 있지요."

보람이는 엄마를 아랑곳하지 않고 신발을 신었다.

엄마가 깜짝 놀란 듯 달려와서 보람이 팔을 잡았다.

"보람아, 너…… 간밤에 그 일로 큰댁에 갈려는 거지?"

"엄마, 전 궁금한 게 있어요. 그걸 꼭 알고 싶어요."

"너 도대체 왜 그러니? 옛날 일을 이제 자꾸 들춰서 뭘 어쩌자는 거야?"

"그러게 누가 뭐래요? 저도 이제 아빠를 이해했어요. 그렇지만 궁금한 게 있어서 할아버지께 여쭈어보려고 가는 거예요."

"그 일이라면 엄마도 알고 있으니 엄마한테 물어봐. 다 얘기해 줄게."

"엄마한테 물어볼 말이 아네요. 큰엄마 큰아버지도 아니고 할아버지예요."

"애가 대체……."

보람이 팔을 잡고 있던 엄마는 말릴 수 없다고 판단하고는 덧붙였다.

"그래, 알았다. 그런데 엄마와 한가지 약속할 게 있어."

"약속이라구요? 그게 뭔데요?"

"큰엄마나 큰아버지한테는 절대 그런 말 하지 않는 거야. 그리고 혜수나 광수한테도 마찬가지야. 이번만이 아니라 앞으로도 영영 말하면 안 돼, 알겠니?"

"엄마는 참, 알았다구요. 다녀올게요."

"어둡기 전에 와야 한다. 아빠 들어오시기 전에 오란 말이야, 알겠어?"

"알았다니까요."

보람이는 시무룩하니 대답하고는 현관문을 나섰다. 막상 나서고 보니 큰댁에를 왜 구태여 가야 하는지 그 이유가 알쏭달쏭해졌다. 아빠가 그 일로 화를 낸 이유를 할아버지도 아실 턱이 없지 않은가? 과민반응을 보인 건 아빠가 아니라 오히려 내가 아닐까? 그런데, 자꾸만 큰아버지가 불쌍하게 여겨지는 것은 또 어째서일까?'

전철역을 향해서 타박타박 걸으며 그 생각만 하던 보람이는 우뚝

멈추어 섰다.

"맞다! 바로 그거야. 아빠는 좋은 대학을 나오고, 고모도 둘 다 서울에서 대학을 다녔는데, 큰아버지는 시골 중학교만 졸업했어. 거기에 틀림없이 어떤 내막이 있을 거야!"

보람이는 비로소 자기가 큰댁에를 왜 가고 싶어 하는지 그 이유를 알게 되었다. 할아버지가 병신이라고 큰아버지를 학교에 안 보냈다면 그것은 아빠 때문일 것이고, 그렇다면 아빠는 죄책감 때문에라도 그 사건이 늘 가슴속에 응어리가 되어 남아 있을 것이었다. 반면에 큰아버지가 공부를 못 해서 진학을 못 했다면 아빠 책임이 아닐 것이다. 이제 할아버지께 여쭈어볼 것은 간단해졌다고 생각하니 마음도 홀가분해졌다.

보람이는 문득 큰아버지가 혼자 쓰는 방 양쪽 벽면의 책꽂이에 가득한 책이 떠올랐다. 그뿐만 아니라 안방이며 거실에서도 신간 서적이며 월간지들이 늘 눈에 띄었었다. 그 바쁜 농사일 중에서도 시간이 날 때마다 안경을 끼고 책을 읽는 큰아버지가 그렇게 좋아 보이고 자랑스러울 수가 없었는데, 지금 생각하니 그것마저도 이상하다는 생각이 불쑥 들었다.

아빠도 가끔 책을 읽기는 하지만 그것은 어쩌다 볼 수 있는 광경이었고, 큰아버지에 비하면 아빠의 독서는 그저 시간 보내기에 불과하다는 것을 보람이는 알고 있었다. 대학을 나온 아빠보다, 중학교만 나온 큰아버지에게 책이 더 많고, 책을 많이 읽는 이유가 또 있을 것 같아 궁금증은 부쩍 더해졌다.

보람이는 할아버지와 낚시터에 앉아 엉뚱한 생각을 하며 연못만 바라보다가 정신이 번쩍 들었다. 광수형이 오기 전에 궁금한 것을 알아내야 한다. 광수는 큰아버지와 하우스 농장에 오이를 따러 갔다고 했다. 결심을 하고 할아버지를 쳐다보지만, 무슨 말부터 어떻게 꺼내야 할지 막막했다. 시외버스를 타고 오면서 궁리했던 말들이 뒤죽박죽이 되어 도무지 가려낼 수가 없다.

보람이의 행동이 이상해 보였던지, 할아버지가 먼저 물었다.

"보람아, 할애비한테 할 말이 있지?"

보람이는 할아버지를 쳐다보며 벙긋 웃었다.

"할아버지, 그걸 어떻게 아셨어요? 아, 맞다! 엄마가 전화로 말씀드렸구나."

"인석아, 에미가 무슨 전화를 해. 할애빈 니 얼굴만 봐도 하마다 알어. 그래, 뭘 알고 싶은 게냐? 궁금한 게 있으면 어여 물어봐."

보람이는 잠시 쭈뼛거리다가 어렵게 입을 열었다.

"할아버지, 엊저녁에 큰아버지 눈 얘기를 꺼냈다가 아빠한테 된통 야단만 맞았어요."

"그랬어? 무슨 얘기를 했는데?"

"아빠가 큰아버지 눈을 멀게 했냐고 물었더니……"

"옛-기 눔. 그렇게 물었으니 야단을 맞을 수밖에."

보람이는 할아버지 말씀도 아빠와 같아서 불쑥 심통이 났다.

"할아버지, 그 말이 어때서요?"

할아버지는 숙연한 얼굴이 되어 천천히 말했다.

"보람아, 니 애비나 큰애비한테는 그 말이 묵은 상처를 건드리는 말이란다. 그래서 할애비두 지금까지 그 얘기를 입 밖에 낸 적이 없었단다. 그날 너한테 그런 얘기를 해준 게 잘못이다. 큰애비나 애비두 이제는 다 잊었으려니 했었는데, 아직두 그 일을 잊지 못하구 상처로 남기구 있으니 참 안타까운 일이다."

"할아버지. 어릴 때 몰라서 그렇게 된 일인데, 큰아버지나 아빠는 왜 그걸 잊지 못하고 있나요?"

"글쎄다, 그 일 자체는 잊어버릴 수 있겠지. 그런데 큰애비 눈이 그렇게 된 지 몇 년 뒤부터 문제가 생기기 시작했단다. 아마, 그게 서로 마음에 걸리는 것일 게다."

보람이는 깜짝 놀라 눈을 동그랗게 떴다.

"예ー에, 몇 년 뒤에 문제가 생겼어요?"

"그랬단다. 니 애비와 그런 일이 있었다니 얘기를 해주마. 할애비 말을 잘 듣구 큰애비와 애비를 이해해야 한다. 알겠니?"

보람이는 할아버지 표정이 전에 없이 엄숙하여 몸을 사리며 대답했다.

"할아버지, 잘 듣겠습니다."

할아버지는 보람이 머리를 쓰다듬고는 얘기를 시작했다.

"니 애비 태식이가 다섯 살 때였으니까 벌써 52년 전 얘기로구나. 그때 큰애비 호식이는 일곱 살이구, 고모 연옥이는 두 돌이 갓지난 세 살배기였단다. 어른들은 마당에서 털어온 알밤을 고르는데, 호식이가 밤을 구워 먹겠다구 떼를 쓰지 뭐냐. 하도 떼를 쓰니까 네 할머니가 밤을 한 바구니 담아주면서 겉껍질을 이빨루 한 번씩 까서 화롯불에 묻으라구 일러주었지."

호식이는 엄마가 담아주는 밤 바구니를 들고 방으로 들어갔다. 전에도 더러 밤을 구워 먹은 적이 있어서 밤 겉껍질을 벗겨서 굽는 것도 알았고, 통밤을 묻으면 터진다는 것도 알았다. 호식이는 부지런히 밤 겉껍질을 이빨로 한 번씩 벗겨서 화로에 넣었다.

밤을 이빨로 물어뜯는 형을 말끄러미 바라보던 태식이는 고개를 갸우뚱거리다가 밤을 한 움큼 집어 얼른 화로에 넣었다. 호식은 밤껍질 벗기기에만 정신이 없어 그런 줄도 모르고, 밤이 화로에 그들먹하게 되자 부젓가락으로 화롯불을 모두어 밤을 묻었다. 삼 남매는 화롯가에 둘러앉아 밤이 익기만 기다렸다.

한참 만에 화로에 묻힌 밤이 '피식 피시식' (밤이 익으면서 속껍질이 터지는 소리)하며 방귀를 뀌기 시작하자, 고소한 군밤 냄새가 방안에 진동했다. 볼때기가 화롯불에 발갛게 익은 삼 남매는 신바람이 났다. 밤이 방귀를 뀌기 시작하면 거의 익어서 먹을 때가 되었다는 것을 아는 터였다. 삼 남매는 화로에 바투 다가앉아 화롯전을 주먹으로 통통 두들기며 노래를 불렀다.

"할아부지 방구 뀐다. 할아부지 방구 뀐다."
"니 할애비 방구 뀐다. 니 할애비 방구 뀐다."

화롯불에 묻힌 밤은 말귀를 알아듣기라도 하는 듯 신통하게 '피식 피시식……' 하며 방귀를 잘도 뀌었다. 밤이 방귀를 뀔 때마다 화로의 잿가루와 작은 불똥이 포르륵 포르륵 솟구치곤 하였다. 아이들은 그것도 재미있어 머리를 맞대고 깔깔 웃으며 더욱 신이 나서 화롯전을 두들기며 노래를 불렀다.

마침내 방귀가 어지간히 잦아들고, 밤이 익었다고 생각한 호식이가 부젓가락으로 화롯불을 헤치는 순간, '펑! 펑! 펑' 하고 밤이 연달아 터지며 불덩이가 사방으로 튀었고, 화로의 재가 안개처럼 흩어져 방안이 자우룩했다. 삼 남매는 비명을 지르며 순식간에 화롯가에 나뒹굴었다.

어른들이 마당에서 정신없이 밤을 고르는데, 별안간 방안에서 애들이 자지러지게 우는 소리가 들려 뛰어 들어갔다. 방문을 열자 온통 화롯재가 자우룩한데 애들이 늘비하게 나자빠져 아우성을 쳤다. 아랫목에 깔아놓은 요때기에 불똥이 튀어 벌겋게 타들어 가고, 애들 옷에서도 연기가 펄펄 났다. 우선 애들 옷부터 벗겨 내던지고 나뒹굴어 아우성치는 애들을 안아 일으켰다. 태식이는 그 북새통에도 방구석에 오도카니 서서 눈만 말똥거리고 있었다.

엄마는 아우성치는 연옥이를 안아 얼굴을 들여다보다가 깜짝 놀라 비명을 질렀다. 연옥이 이마는 벌겋게 데어서 살갗이 돈짝만큼 홀렁 벗겨져 있었다. 이마에 붙은 뜨거운 밤 조각을 손바닥으로 문질렀으니 여린 살갗이 온전할 리가 없다. 이마를 문지른 오른쪽 손바닥도 이마만큼 데어서 벌겋게 부풀어 있었다.

호식이도 아프다고 펄펄 뛰었지만, 얼굴이 멀쩡해서 울거나 말거나 거들떠보지도 않았는데, 눈이 아프다고 아우성을 쳐서 아버지가 안아 일으켜 눈을 들여다보았다. 호식이 눈은 화롯재가 범벅이 되었는데, 닦아 내고 보니 오른쪽 눈동자가 벌겋게 핏발이 서려 있고 불룩하게 부풀어 있었다.

집안이 발칵 뒤집혔다. 호식이는 어른들이 눈알을 데었다며 술렁거리자 더럭 겁이 나서 더 악을 쓰며 울어댔고, 연옥이는 데어 벗겨진 이마에 된장을 싸매놓자, 쓰리고 아파 죽겠다며 아우성을 쳤다. 이마에는 된장이라도 바르지만, 눈에는 그럴 수도 없어 온 식구가 그저 발만 동동 구를 뿐이었다.

보람이는 할아버지 얘기를 비집고 들었다.

"할아버지, 된장이 약인가요? 데어서 살갗이 벗겨졌는데 된장을 바르면 더 쓰리고 아프잖아요?"

"아프기야 더 아프지. 그렇지만 그때는 달리 약이 없었으니까 불에 덴 상처에는 된장을 발랐단다. 된장을 바르면 덧나지 않구 금방 아물었지."

"근데, 할아버지, 얼마나 큰 밤똥이 눈에 들어갔기에 눈동자가 데었나요?"

"글쎄다. 얼마나 큰 밤똥이 튀어 들어갔는지 모르지만, 불 속에서 튄 밤똥이 눈에 들어갔으니 아프니까 마구 문질러 비볐던 게야.

어른 같으면 가만히 눈을 깜박거려 털어 내겠지만, 어린 것이 우선 따가우니까 마구 문질렀으니 눈알이 전부 데었을 수밖에. 나중에 재와 범벅이 된 밤 찌꺼기를 한참 닦아 냈을 정도였단다."

"우—와! 밤이 그렇게나 무섭군요. 할아버지, 근데 아빠는 왜 아무렇지도 않았을까요?"

"하나 만이라두 멀쩡하니 얼마나 다행이냐? 그래두 나중에 보니 손등이 두 군데나 데었더라만 그건 아무것두 아니었지. 그 북새통에두 니 애빈 봉당에 내놓은 화로가에 앉아 천연덕스럽게 군밤을 까먹구 있었단다."

"그랬어요? 에이, 아빠는 어릴 때 나쁜 아이였구나. 그치요, 할아버지?"

"나쁜 것이 아니라 어리니까 그저 먹는 거밖에 모르는 것이야."

"알았어요, 할아버지. 근데, 밤이 정말 그렇게 무서운 위력이 있나요?"

"그렇단다. 통밤을 묻으면 터지는 줄은 알았지만, 그렇게 무서운 흉기가 되는 줄은 할애비두 몰랐었단다. 허기는 그때 그 밤은 엄청나게 컸었지. 집 뒤에 왕밤나무가 한 그루 있었는데 많이 열리지는 않지만 거의 쌍 밤이라서 밤이 어린애들 주먹만 했단다. 밤이 크고 껍질이 두꺼워서 터지는 위력도 컸던 것이여."

"참, 할아버지, 그렇게 많이 데었으면 얼른 병원에 가면 되잖아요. 돈이 없었나요?"

"병원? 인석아, 병원이 어디 있어. 병원에 갈려면 의정부나 서울로 가야 하는데, 그때는 전쟁이 끝난 지 얼마 안 돼서 자동차두 흔치 않았어. 의정부에만 나갈래두 걸어서 하루 온종일 가야 했어. 그때 여기는 6·25전쟁의 수복지구라서 사람들 사는 게 그야 말루 말이 아니었단다.”

보람이는 비로소 모든 것이 이해가 되었다. 52년 세월의 간격이 엄청나게 넓다는 것이 어렴풋하게 느껴졌고, 아빠와 큰아버지의 어린 시절 모습이 빛바랜 사진처럼 눈앞에 그려졌다. 온 식구들의 그 북새통에도 화롯가에 앉아 군밤을 까먹는 아빠의 모습이 마치 자신이 그랬던 것처럼 실감 나게 떠올랐다.

보람이는 책이 가득한 큰아버지 서재를 생각하며 물었다.

“큰아버지는 어려서도 굉장히 똑똑했었나요?”

“그랬단다. 네 증조부께서 다섯 살 때부터 한문 공부를 시키셨는데, 국민학교에 입학하기 전에 하마 천자문을 떼구 동몽선습을 배웠단다. 조부께서두 장손인 호식이한테 큰 기대를 하셨었지.”

보람이는 마침내 가슴이 철렁 내려앉았다. 예감했던 대로 큰아버지가 공부를 못 한 것은 바로 눈 때문이었다는 말이었다.

“그렇게 공부를 잘했는데, 큰아버지는 왜 중학교만 다니셨어요?”

할아버지는 빙그레 웃다가 고개를 주억거리며 말했다.

“큰애비가 왜 공부를 못 했는지 그 얘기를 듣구 싶으냐?”

“그럼요, 할아버지. 그 얘기가 젤 중요한데요.”

“중요하다니! 궁금한 게 아니구 중요하단 말이냐?”

"그럼요. 큰아버지와 아빠를 제대로 이해하려면 그게 중요하잖아요."

"그래, 니 말이 맞다. 할애비는 이쯤에서 얘기를 끝내려구 했는데, 니가 거기까지 생각하구 있었다니 얘기를 안 해줄 수가 없구나."

보람이는 한 무릎 다가앉으며 거듭말했다.

"할아버지, 조금도 숨김없이 다 얘기해 주셔야 해요?"

"오냐, 알았다. 사실 이 얘기는 할애비 가슴에두 늘 얹혀 있는 체증 같은 얘기란다. 잘 듣구 큰애비와 애비를 이해해야 한다."

"할아버지, 머리가 좋은 큰아버지가 왜 공부를 안 했는지 그게 궁금해요."

할아버지는 먼 산을 바라보며 잠시 생각하다가 말했다.

"글쎄다. 그게 큰애비가 공부를 안 했는지, 못 했는지 구분을 못 하겠구나. 할애비 얘기를 잘 듣구 네가 판단해 보아라."

호식이는 이듬해 국민학교에 입학했다. 그때는 눈알의 검은 동자가 거의 안 보이고 그냥 허옇게 보였다. 눈이 그래서 그런지 커 갈수록 머리가 오른쪽으로 삐딱하게 기울어지기 시작했다. 게다가 사람을 볼 때 눈을 찌긋하게 찡그리는 버릇까지 생겨서 더 놀림감이 되곤 했다. 그래도 공부는 잘해서 국민학교 졸업할 때까지 우등상을 탔다.

호식이는 중학교에 입학하고 나서 문제가 생기기 시작했다. 중학교에 들어가서부터는 친구도 사귀지 못하고 늘 외톨이로 비실비실 배돌기만 했다. 그러다 보니 성적도 떨어지고 애들한테 따돌려져 몰매를 맞기도 했다. 그렇게 놀림을 당하거나 얻어맞고 집에 와서는 동생에게 분풀이를 했다. 가슴을 맞았으면 동생 가슴을 때리구, 엉덩이를 맞았으면 엉덩이를 때리구 해서, 다리를 절면 두 녀석이 한꺼번에 절구, 팔을 못 써도 같이 못 쓰고는 했다.

태식이는 형한테 그렇게 얻어맞다가 차차 머리가 커지면서 곧잘 대들기 시작했다. 호식이 중학교 2학년이 되구 태식이 6학년이 되면서부터는 대드는 정도가 아니라 서로 맞붙어 싸웠다. 그때부터 오기가 많은 태식이가 형을 이기는 때가 점점 많아졌다. 동생한테도 못 당하게 되면서부터 호식이는 눈에 띄게 달라지기 시작했지. 아침에 책가방을 들고 나가면, 한탄강에 나가서 왼 종일 다슬기며 물고기를 잡고 놀다가 저물녘에 들어오기 일쑤였다. 봄가을이면 산으루 쏘다니며 산나물을 뜯고 약초를 캐다가 어른들 몰래 팔아 용돈을 쓰고, 만화책이며 소설책을 사다 읽었다.

보람이는 숙연해지는 할아버지 모습을 물끄러미 바라보았다. 할아버지 표정에 큰아버지 얼굴이 겹쳐 보였고, 그 모습은 이내 광수형이 되어 산으로 들로 뛰어다니며 산나물을 뜯고 약초를 캐는 모습으로 떠올랐다.

"할아버지, 저는 큰아버지 마음을 알 수 있겠어요. 지금 아이들도 그때 아이들과 별로 다르지 않거든요. 얼굴에 점이 있거나 몸

어디가 조금만 이상해도 그걸 놀리고 따돌려 왕따를 만들거든요.”

“그래, 그맘때 애들이 한창 그럴 나이지. 할애비두 그때 알구 있으면서두 삐뚤어지는 애 맘을 다잡아 줄려구 매두 많이 때렸지. 허지만 소용없더구나. 겨우 중학교를 졸업 하더니 죽어두 고등학교는 가지 않겠다구 나자빠지지 뭐냐.”

보람이는 이제 모든 정황이 이해가 되기 시작했다. 큰아버지가 불쌍하고 안타깝게 여겨지던 원인이 거기에서 비롯되었음을 알게 되었다.

할아버지는 보람이 마음을 알고 있는 듯이 말했다.

“큰애비는 그때 공부하는 것보다 산으로 강으로 쏘다니는 걸 더 좋아했단다. 그때는 동네에 그 또래 애들이 많았었지. 동네마다 중학생은 더러 있었지만, 고등학교까지 가는 애들은 두셋이 고작이었단다. 밥술이나 먹는 집두 장남만 중학교나 고등학교에 보내구, 그 밑으로는 국민학교만 졸업해서 이름자나 쓸 줄 알면 농사일을 시켰단다.”

“할아버지, 그런데 왜 아빠는 차남인데두 대학까지 보내셨어요? 고모들도 대학을 다녔잖아요?”

“그래, 네 말마따나 그 얘기가 중요하단다. 네 애비나 고모들이 지끔두 큰애비를 어려워하는 이유가 거기에 있단다.”

보람이는 뭔가 알쏭달쏭해서 고개를 갸웃거렸다.

“아빠가 큰아버지를 어려워하는 것은 형님이기 때문이잖아요?”

“그렇기두 하겠지. 허지만, 형제간에 우애가 좋은 것은 그 집안의 장남이 처신을 잘 하기 때문이란다. 큰애비는 저 자신을 희생하면서 동생들을 공부시켰단다. 이 할애비두 못한 일을 큰애비가 해낸 것이여."

보람이는 할아버지 말씀이 아무래도 이상했다. 큰아버지는 아빠보다 겨우 세 살 위였다. 세 살 더 먹은 형이 동생들을 공부시켰다는 말이 믿어지지 않았다.

"할아버지, 저는 무슨 말씀인지 통 모르겠어요."

"오냐 알았다. 사실은 보람이가 더 큰 뒤에 언젠가는 그 얘기를 해줄려구 했다만, 너는 지금두 할애비 말을 알아들을 만하니까 내친김에 얘기해 주마."

할아버지는 무슨 생각을 하는 듯 굳은 표정으로 얘기를 계속했다.

"삼 년간의 혹독한 전쟁을 겪구 나서 수복지구에 살다 보니 살림살이가 말이 아니었단다. 겨우 하루에 두 끼니 아침저녁 입에 풀칠하는 지경이었지. 그래두 집안 가풍에 장남만은 공부를 시켜야 했기 때문에 호식이를 고등학교에 보내려구 애를 썼지만 그예 허사였지. 태식이는 그때 국민학교를 졸업하구 집에서 농사를 거들구 있었지. 조부께서는 한쪽 눈이 멀어버린 장남보다는 차남이지만 똑똑한 태식이를 공부시켜야 한다구 재촉하셨단다. 할애비는 장남인 호식이가 안타까웠지만 어쩔 수 없었단다. 할아버지 눈치를 알아차린 호식이는 제가 열심히 농사를 지을 테니 동생을 공부시키라고 의젓하게 말했지. 나두 마침내 결심을 하고 국민학교 졸업하구 나서 일 년간 놀던 태식이를 중학교에 입학시켰단다."

보람이는 머리를 주억거리며 생각했다. 초등학교를 졸업하고 일 년간 농사를 짓던 그때의 아빠 심정은 아마도 하늘에라도 오른 기분이었을 것이다. 거짓말을 하며 턱없이 화를 내던 아빠의 마음을 비로소 알 것 같았다. 아마 자신이었대도 그렇게 둘러댈 수밖에 없었을 것이라고 생각했다. 보람이는 큰아버지의 하얀 눈동자가 불현듯 떠올랐다. 콧잔등이 시큰해지며 눈앞이 부옇게 흐려졌다.

할아버지는 조근조근 말을 계속했다.

"호식이는 어린 나이에두 어른 못지않게 일을 잘했단다. 조부님께서는 어린 손주가 농사일을 도맡아 하는 게 안타까워 틈틈이 한문 공부라두 시킬려구 하셨지만, 녀석은 그럴수록 조부님 말씀이라면 일부러 어깃장을 놓구 번번이 빗나갔지. 게다가 조부님이 가장 싫어하는 만화책이나 소설책만 사다가 밤이 새도록 읽었단다. 조부님은 하라는 한문 공부는 안 하고 아까운 돈으로 쓸데없는 책만 사들이는 손주에게 종아리도 많이 때리셨지. 더구나 낮에는 고된 일을 하면서도 밤새도록 등잔불을 켜놓고 책을 읽으니, 비싼 석유기름 태운다고 한밤중에도 야단을 치곤 하셨지."

"할아버지, 아무리 석유기름으로 등잔불을 컸다지만, 석유가 그렇게 비쌌어요?"

"비싸기도 했지만 석유기름이 워낙 귀했거든. 석유를 면사무소에서 배급을 주는데, 그것도 아무 날이나 주는 게 아니구 장날만 배급을 주었어. 그래서 석유가 떨어지면 이웃집에서 한 등잔씩 꿔다 쓰고는 했었지."

보람이는 할아버지 말씀에 계속 고개를 끄덕이기는 했지만, 그 시절이 도무지 이해가 되지 않았다.

"할아버지, 그래서 어떻게 되었어요?"

"태식이는 공부를 잘해서 고등학교를 서울루 가게 되었단다. 그 무렵부터 살림살이두 차차 나아지기는 했지만, 그래두 서울루 유학을 보내기는 벅찼었지. 그런데 호식이가 동생 뒷바라지를 하겠다구 우겼단다. 호식이는 눈 때문에 군대두 면제되었지. 그래서 더 억척으루 일을 해서 돈을 벌었단다."

보람이는 가슴이 벅차올라 할아버지를 바라보았다. 억척으로 일을 해서 돈을 모으는 청년 시절의 큰아버지 모습이 눈에 선하게 보였다.

할아버지는 보람이 머리를 쓰다듬으며 말을 이었다.

"호식이는 손으로 할 수 있는 일은 안 해본 일이 없단다. 돈이 벌리는 일이라면 진일 마른일 가리지 않구 뼈가 부서지도록 했지. 그렇게 자신을 희생하면서 동생들을 공부시키구, 3년간의 모진 전쟁으로 다 쓰러졌던 집안을 일으켰단다."

보람이는 할아버지 얘기를 들으며 몇 번이나 눈시울이 뜨거워졌다. 보람이 가슴속에는 이제 큰아버지가 커다랗게 자리를 잡았다. 큰아버지의 헌신적인 희생이 없었다면, 아직도 가난에서 벗어나지 못했을 것이라는 할아버지 말씀도 가슴속에서 종소리처럼 울렸다. 큰아버지 눈이 그렇게 되지 않았다면, 입장이 바뀌어 큰아버지가 공부를 해서 서울에 살고, 아빠는 겨우 초등학교만 졸업하고 농사를 지으며 살았을 것이라는 생각을 하면 앞이 캄캄해지기도 하였다.

큰댁에 자주 오는 것은 좋지만, 광수형처럼 매일 농사일을 도우며 학교에 다녀야 한다고 생각하면 아득해졌다. 보람이는 자신이 큰댁을 좋아하는 것도 사실은 서울에 살기 때문이었다고 생각하니 부끄러워 저절로 고개가 숙여졌다. 보람이는 생각할수록 큰아버지가 가엽게 여겨져 견딜 수가 없다. 앞으로는 큰아버지 큰어머니께 더욱 잘해 드리고 광수형에게도 고분고분하게 굴어야 하겠다고 속다짐을 하였다. 그리고 사촌 누나 혜수한테도 친누나처럼 대해 주리라 생각했다.

혜수는 내년에 대학을 졸업하고 나가겠지만, 고등학교 때부터 보람이네 집에 와서 학교에 다녀 벌써 5년이 되었다. 엄마나 보아도 요즈음은 혜수를 귀찮게 여기는 눈치가 역력했다. 그런데다 광수가 내년에 중학교를 졸업하면 고등학교는 또 보람이네 집에서 공부하게 되어 있었다. 보람이도 그 생각을 할 때마다 숨이 막히는 듯했었다. 답답한 아파트에서 광수형과 매일 함께 살아야 한다는 생각을 하면 왠지 닭살이 돋곤 했었다.

그것은 할아버지께서 당연히 그래야 하는 듯이 말씀하신 것이었다. 할아버지의 그 명령 같은 일방적인 말씀을 아빠가 군소리 없이 받아들이는 것이 이상하다고 생각했었는데, 그러한 내막이 있었다는 것을 보람이는 이제 알았다. 그렇지만 5년간 혜수 뒷바라지를 한 엄마는 광수 문제로 벌써부터 아빠와 티격태격하는 눈치였다.

그렇다고 혜수가 거저 와 있었던 것은 아니었다. 큰아버지는 일주일에 한 번씩 온갖 신선한 무공해 야채며 과일을 손수 차로 실어다 주었고, 보람이네 식구가 먹는 쌀과 잡곡도 떨어지지 않게 공급해 주었다. 그것이 혜수 때문만이 아니라, 동생 가족을 사랑하는 큰아버지의 정이며 형제간의 우애라는 것을 보람이는 깨달았다.

보람이는 새롭게 태어난 기분이었다. 눈앞을 부옇게 가렸던 안개가 활짝 걷히는 느낌이었다. 온갖 못된 생각을 했던 자신이 한없이 부끄러웠다. 지금까지 자신도 모르게 행동하고 생각했던 모든 것들이 자신만을 위한, 자신을 중심으로 생각한 턱없는 욕심이었음을 깨달았다.

보람이는 가슴이 벅차올라 할아버지 손을 덥석 잡았다. 불현듯 할아버지 손을 이렇게 잡아 보기가 처음이라는 것을 알았다. 가슴이 울컥 뜨거워지며 눈물이 그렁그렁 맺혔다. 양쪽 손으로 감싸 잡은 할아버지의 커다란 손을 보았다. 나무껍질처럼 거친 할아버지의 손이 자신의 손과 하나가 되었음을 보았다. 따스하게, 점점 따스하게 하나가 되어가고 있음을 느꼈다.

그때였다.

"할아버지!"

광수가 큰 소리로 할아버지를 불러서 보람이는 깜짝 놀라 돌아보았다.

광수는 언제 왔는지 활짝 웃으며 연못 방죽에 서 있었고, 큰아버지는 고개가 삐뚜룸한 채 활짝 웃으며 서 있었다.

보람이는 가슴이 화끈하게 뜨거워졌다. 큰아버지와 광수형을 퍽 오랜만에 보는 듯 와락 반가웠다. 콧잔등이 싸아하게 아려지며 눈앞이 부옇게 흐려졌다.

보람이는 손등으로 눈물을 쓰윽 훔치고는 뛰어가며 큰 소리로 외쳤다.

"큰아버지! 사랑해요."

품속으로 뛰어드는 보람이를 덥석 껴안은 큰아버지가 호탕하게 웃었다.

"오냐, 보람아! 으하하하……!"

큰아버지의 전에 없이 호탕한 웃음소리가 햇빛이 쨍한 허공으로 물여울처럼 여울 여울 퍼져나갔다.

파란나라 사람들

수업이 끝나고 귀가하던 고유미는 건널목을 건너 인도에 올라
서다가 이세미와 맞닥뜨렸다. 느닷없다 싶게 앞을 막아서는 사람
에 놀란 유미가 입을 빵하니 벌린 채 마주보자, 세미가 방긋 웃으
며 그 웃음만큼 아주 정답게 말했다.

"유미야, 간만이다. 2학년 되더니 더 이뻐졌다."

불과 서너 달 전까지 고등학교 1학년 때 같은 반이던 세미였지
만 유미는 엄청 낯설어진 그 모습에 놀라 가슴이 벌렁거리고 말문
이 막혀 어리벙벙하다가 대꾸했다.

"세미구나! 너두 그새 많이 변했다?"

"그야 당근이지, 우린 매일 변해야 정상 아니니?"

유미는 세삼 세미의 자태를 훑어보며 좀 벋버듬하게 받았다.

"그야 그렇지만……."

세미가 유미의 오른쪽 팔을 끼며 걸음을 옮기자, 유미는 섬뜩한 느낌이 들어 팔을 빼려했지만 감긴 세미의 팔 힘은 완강했다. 1학년 2학기 때부터 세미의 행위를 알고 있었기에 유미는 가슴이 덜컥했지만 거듭 팔을 뺄 용기도 나지 않았다.

"뭘 그렇게 놀라니? 같이 가자."

유미가 걸으며 미처 대답도 하기 전에 버스 정류장에 있던 여학생 셋이 앞을 막아섰다. 교복 치마가 무릎 아래까지 내려오는 세 학생 중에 몸매가 다부진 강미영이 나섰다.

"고유미, 간만이다."

유미는 강미영을 안다. 그와는 한 번도 말을 섞어보지는 않았지만, 얼굴을 알고 교내 미미파 짱(보스)이라는 것도 안다. 유미가 놀란 가슴을 진정치 못하고 당황하자, 미영이 방싯 웃으며 은밀하게 수작을 걸었다.

"유미야, 놀랄 것 없어. 난 오래전부터 너와 친해지고 싶었다. 오늘은 너와 얘기 좀 하고 싶어서 기다린 거야. 얘들아 가자."

세미는 여전히 유미의 팔에 붙어있었고, 미영과 하미숙은 유미의 뒤에, 앞에는 이경미가 길잡이를 하듯이 걸어간다. 이들 네 학생의 치마는 모두 무릎 아래까지 내려오고 교복차림이 아주 단정하다. 외려 유미의 치마는 무릎 위로 썩 올라가고 파커를 입지 않은 유미의 몸매 곡선에 불량기가 느껴진다.

네 학생은 쉴 새 없이 재잘거리며 걷지만, 유미가 알아들을 수도 없는 저속한 은어들인데다가 잔뜩 겁에 질려 그런 말들이 귀에 먹히지도 않은 채 반강제로 세미의 팔에 매달려간다.

이들은 대로를 벗어나 단독주택 골목을 지나 왼쪽 골목으로 들어가는데 3층 연립주택단지였다. 지은 지 30년이 넘었을 성싶은 연립주택 골목은 매우 지저분하고 작은 승용차와 작은 화물차가 드문드문 서 있다. 경미는 아는 집 찾아가듯이 앞장서서 연립주택 중간 출입구로 들어가 계단을 올라간다.

유미는 여전히 세미에게 껴 잡힌 채 대낮인데도 어둑신한 계단을 끌려 올라가자, 3층 좌측 현관 앞에 서서 기다리던 경미가 주머니에서 열쇠를 꺼내 현관문을 연다. 세미는 비로소 팔을 풀어 열린 문으로 유미를 밀며 동시에 들어가고 그 뒤를 미영과 미숙이 빨려들듯이 들어와 문을 닫아건다.

밖에 있다가 들어온 집안은 어둑어둑한데, 누군가 불을 켜자 옹색한 집안이 그대로 드러난다. 좁은 거실 남쪽 벽에 싱크대가 있고 개수통에는 설거지 안한 그릇들이 그들먹하다. 왼쪽의 작은 식탁에는 뚜껑 덮힌 락앤락 반찬그릇이 서너 개 보이고, 의자 3개가 제멋대로 틀어져 있다. 유미는 두려움에다가 음산한 집안의 분위기에 잔뜩 질리면서도 난생처음 코에 맡아지는 이상한 냄새까지 비위에 거슬려 부르르 진저리를 친다.

세미가 유미의 팔을 잡아당기며 맨 처음으로 입을 연다.

"유미야, 우리 집은 아니지만 앉아."

"그래, 유미야. 우리 집도 아니지만 앉자."

애써 우리 집이 아니라고 강조하며 미영이 책 배낭을 벗어 던지고 앉자, 세미는 움켜잡은 유미의 손을 당긴다. 유미는 기우뚱하여 엎어질 듯이 끌려 앉으며 난데없는 오징어 냄새에 정신을 차린다. 그새 경미는 가스 불을 켜 오징어를 굽고, 미숙은 냉장고를 열고 소주병을 꺼내 식탁에 놓고 소주잔을 챙긴다. 이들의 행동은 아주 익숙하다.

다섯 여학생은 좁은 거실 한가운데 술 쟁반을 놓고 다복솔밭처럼 둘러앉으며 집 주인인 듯한 경미가 비로소 말한다.

"유미야, 미안해. 우린 정말 너한테 할 말이 있어. 절대 해롭게 하지 않을 테니 안심해. 자, 우리 유미를 위하여 건배하자."

경미가 다섯 잔의 소주를 따르는 동안 정신을 차린 유미가 세미와 미영을 번갈아 보며 간절하게 말한다.

"세미야, 무슨 얘긴지는 모르지만 난 빨리 가야돼. 얘기는 내일 학교에서 하자."

미영이 술잔을 들며 대꾸한다.

"알았어, 네 생각에 따라서 얘기는 금방 끝낼 수 있어. 자, 미미 클럽을 위하여!"

"위하여!"

세 학생은 큰 소리로 복창을 하며 잔을 비웠고, 유미는 얼굴이 하얗게 질려 으스스 어깨를 떤다. 경미는 빈 잔에 술을 채우고, 미영이 싸늘하게 강조한다.

"유미야, 소주 한잔 마셔서 죽지는 않는다. 자, 한 번 더. 미미파를 위하여!"

억지로 술잔을 들어 부딪친 유미가 입매만 하고 잔을 내려놓자, 미영이 빈 잔을 쟁반에 내던지며 앙칼지게 씹어 뱉는다.

"야, 이 개 X 으로 빠진 개년아, 안 뒈진다구 했잖아. 아가릴 벌리고 소주병을 처박기 전에 마셔. 이거 다 널 위해서 하는 신고식이야."

세미가 유미의 등을 다독이며 술잔을 들어 권한다. 유미는 겁에 질린 얼굴로 미영을 마주 보다가 술잔을 받아 눈을 꾹 감고 입을 벌려 술을 쏟아붓는다. 시원한 소주가 알싸하게 목구멍을 훑으며 내려가자 유미는 으스스 진저리를 친다.

미영이 다시 술잔을 들고 잔뜩 거드름을 부리며 제의한다.

"자, 다 같이 잔을 든다. 고유미의 미미파 가입을 환영하며, 환영한다!"

"환영한다! 환영한다!"

유미는 얼결에 잔을 들었다가 저도 모르게 잔을 홀짝 비웠다. 네 친구는 손뼉을 치며 깔깔거리고는 미영이 거듭 말한다.

"그러면 그렇지, 유미는 진즉부터 미미파였어. 자, 유미의 가입 축하를 위하여!"

"위하여!"

네 사람은 잔을 비웠고, 유미는 당황하여 어쩔 줄 모르며 거부한다.

"세미야, 난 아니야. 미미파가 아니야. 미안해 세미야!"

미영이 다시 술잔을 비우고는 오징어를 씹으며 오금을 박는다.

"졸라 웃기구 자빠졌네. 아니긴 네 맘대루 아냐?"

유미는 그예 겁에 질려 울상을 하고 애원한다.

"미영이, 정말 미안하지만 난 아니야. 제발 그만 보내줘."

경미가 벌떡 일어서며 씹어뱉는다.

"이 X팔년, 어따 대고 이름을 불러. 원짱! 다시 불러봐, 원짱!"

미영이 경미의 손을 잡아 앉히며 좀 겸연쩍은 듯이 말한다.

"야, 앉아. 유미가 모르고 한 말이잖아 이제부터 가르치면 되는 거야. 것보다, 니가 왜 미클럽 대원이 되어야 하는지를 가르쳐 줄 게. 네 이름이 고유미지?"

유미는 그제서 섬뜩하게 뭔가가 짚이는 게 있어 눈을 크게 뜨고 머리를 끄덕인다.

미영이 앙칼지게 비수처럼 들이댄다.

"졸지에 주둥이가 붙었냐? 말로 대답해!"

세미가 옆구리를 꾹 찌르자, 유미는 얼어붙은 입을 열어 대답한다.

"그래, 고유미야."

"그래, 맞어. 나 원짱 강미영, 투짱 이세미, 행짱(행동대장) 이경미, 감짱(감찰대장) 하미숙, 너 고유미 모두 '미'잖아. 우리 클럽 대원이 열 명인데 모두 '미' 자가 들어간다구. 그러니까 너두 애초부터 미미클럽 대원이었어, 이제 알겠냐?"

유미는 가슴이 서늘해지도록 놀라 눈을 동그랗게 뜨고 반항한다.

"난 아니야. 세미야, 난 정말 아니야."

내내 유미를 감싸주던 세미가 그에 눈을 세모로 치뜨며 앙칼지게 내쏘았다.

"이 썅년, 보자보자 하니까, 아니긴 니 맘대로 아냐?"

오른쪽에 앉았던 미숙이가 유미의 뺨따귀를 사정없이 갈기고는 낮게 이죽거린다.

"요새 애들은 꼭 맞아야 정신 깸을 한다니까. 어때, 이제 정신 좀 드냐?"

유미의 얼굴은 금방 벌겋게 손자국이 났다. 볼을 어루만지며 입술을 앙다물지만 유미의 눈에는 눈물이 가득 고였다가 주룩 흘러내린다.

미영이 턱을 들이밀며 재촉한다.

"울긴, 넌 이 시간부터 미미파야. 인정하지?"

유미는 어금니를 씹다가 완강히 반항한다.

"못 해!"

유미가 벌떡 일어나며 책 배낭을 집어 들자 경미가 배낭을 낚아채고, 미숙이 일어나며 발길로 유미의 복부를 걷어찬다. 이어 미영이 유미의 양쪽 뺨을 번갈아 갈기고, 셋이 한꺼번에 달려들어 얼굴을 뺀 전신을 마구 차고 때린다. 유미가 마구 비명을 지르자, 경미가 수건으로 재갈을 물리고 구타는 계속된다.

유미가 견디지 못하고 푹 쓰러지자, 세미가 양손을 허리에 짚고 서서 헐떡거리며 앙칼지게 지껄인다.

"개 쌍년, 나로 하여금 꼭 수고롭게 해야겠니? 야, 풀어줘."

경미가 물린 재갈을 풀었다. 유미가 벌겋게 상기된 얼굴에 눈물과 땀이 범벅되어 일어나 앉자, 미영이 옆에 앉으며 은근하게 재촉한다.

"그래, 신고식은 해야지. 자, 복창한다. 고유미는 미미파 대원이다!"

주시하는 네 얼굴을 하나하나 침착하게 일별한 유미는 단호히거부한다.

"못 해, 난 아냐!"

빙긋빙긋 웃으며 서로 눈짓을 주고받은 세미가 말한다.

"아니면 또 한 가지 다른 방법이 있다. 우리와 행동은 같이하지 않아도 좋은데, 회비를 내는 방법이지. 매월 30만 원씩 회비를 내면 졸업할 때까지 너를 보호해 준다."

눈을 크게 뜨고 세미를 노려보던 유미가 고개를 꺾자, 미영이압박한다.

"두 가지 외엔 선택의 여지가 없다. 가입과 회비!"

막다른 골목으로 몰린 유미는 도끼눈으로 미영을 노려보며 반항한다.

"둘 다 못해."

경미와 미숙이 벌떡 일어나 유미의 상채를 마구 걷어차자, 미영이 손짓으로 저지하며 능글맞게 이죽거린다.

"그러면 얼마나 좋을까, 그러나 아니지. 넌 지금부터 미미파 꼬

붕이야. 오늘 일을 입 밖에 내면 넌 죽어. 너뿐만 아니야, 네 동생 유라는 물론 네 엄마까지 우리들 손아귀를 벗어날 수 없어. 어서 한 가지를 선택해라."

유미는 비로소 전신이 부르르 떨리며 공포가 엄습해와 얼굴이 하얗게 질린다. 며칠 전 같은 반 학생의 중3 여동생이 밤늦게 학원에 갔다 오다가 골목으로 끌려가 죽도록 얻어맞고 성추행까지 당했다던 생각이 떠올랐다.

이미 유미의 공포심을 감지한 이들은 여유만만하게 빙긋빙긋 웃으며 세미가 타이르듯이 느물거린다.

"고유미, 넌 범생이잖아. 공부 열심히 해서 좋은 대학 가야지. 너네 돈 많은데, 그깐 돈이 아까워 네 인생 조질 수는 없잖아. 너를 노리는 클럽이 우리 외에도 남고와 여고 두 클럽이 더 있다는 것을 명심해라. 매월 미미파에 회비 30만 원씩 내면 졸업할 때까지 그들로부터 보호해 준다."

더욱 겁에 질린 유미는 잠시 마음을 다잡으며 사정한다.

"세미야, 난 그렇게 할 수 없어. 너네들이 아는 것만큼 우리는 돈도 없어. 다만, 용돈이 생기는 대로 가끔 얼마씩은 줄 수 있으니 날 보내줘."

소주를 연거푸 따라 마시던 미영이 일어나 식탁 의자에 앉으며 뇌까린다.

"대체 말이 안 통하는 벽창호구나. 우리가 할 일이 없어 너를 모신 줄 아니? 애들아 한 번 더 만져주라."

셋은 일어나 유미를 끄잡아 일으켜 수건으로 재갈을 물리고는 돌림빵을 시작했다. 두 손으로 얼굴을 가리고 얻어맞던 유미는 주 저앉아 엎드렸다. 등이며 엉덩이를 마구 차고 짓밟던 셋은 유미의 덜미를 거머잡아 일으켰다.

미영이 의자에 앉아 엄포를 놓는다.

"넌 이제부터 아가리로 처먹는 것과 밑구멍으로 싸는 것 외엔 네 맘대로 할 수 있는 게 아무것도 없다. 네 일거수 일투족이 샅샅 이 우리에게 모니터 되고 있다는 것을 명심해라. 행짱, 보낼 준비 해."

경미가 유미의 책가방을 뒤지고, 미숙은 유미의 주머니를 뒤졌 다. 나온 돈은 모두 27,000원이었다. 돈을 받은 세미가 다짐을 주 었다.

"25일까지 273,000원을 마련해서 내게 줄 것. 유미, 알겠지? 이건 절대 농담이나 협박이 아니야. 네가 지켜야 할 의무라구. 명심해."

네 여학생이 그동안 비운 소주병이 여섯이었다. 유미의 배낭을 집어 어깨에 걸어준 세미가 재촉했다.

"오늘은 나와 미숙이가 너네 집까지 바래다줄게. 어서 가자."

유미는 끌려 일어났지만 온몸이 결리고 아파 걸을 수도 없을 지 경이다. 다리를 절룩이며 비틀거리자, 미영이 이기죽거렸다.

"그러게 말을 잘 들었으면 돌림빵은 면하지. 금방은 좀 아프 지만 걷다 보면 걸을 만 할꺼야. 25일, 명심하고 잘 가거라."

유미는 세미의 어깨에 의지하여 절룩거리며 계단을 내려왔다.

지저분한 골목에는 그새 땅거미가 깔리고 있었다. 3월 말경의 싸늘한 바람이 옷깃을 파고들어 유미는 부르르 진저리를 치며 세미의 팔을 뿌리쳤다. 세미가 다시 팔짱을 끼며 얄밉게 야죽거렸다.

"우정을 그리 야멸차게 뿌리치면 되나."

유미는 팔을 뽑으려 했지만 어림없어 체념하고는 암팡지게 대들었다.

"나 혼자 갈테니 놔."

"에이, 그럴 수는 없지. 어서 가자."

유미는 하릴없이 팔이 껴잡힌 채 걸었다. 걷다 보니 허벅지의 통증은 가라앉아 걸을 만 하지만 온몸이 결리고 아프기는 마찬가지였다. 세미는 팔짱을 끼고 걸으며 계속 뭐라고 재잘거렸지만 유미가 알아들은 말은 '입을 다물 것. 약속을 지킬 것. 어기면 상상도 못할 보복이 있을 것' 등이었다.

20분 쯤 걸어서 유미네 아파트 앞에 이르렀다. 엘리베이터 앞까지 이른 세미는 버튼을 누르는 유미를 들여다보며 야비하게 물었다.

"문 앞까지 바래다줄까?"

유미는 기겁을 하여 손을 내젓고는 막 문이 열리는 엘리베이터 안으로 들어가 급히 닫힘을 눌렀다. 집안은 비어 있었다. 제 방으로 들어간 유미는 배낭을 벗어 던지고 침대에 엎어져 분함과 억울함으로 진저릴 치며 운다. 이내 정신을 차린 유미는 옷을 벗고 몸을 살핀다. 등이며 가슴, 허벅지에 온통 멍투성이다. 긴장이 풀린

탓인지 비로소 온몸이 결리고 아프다.

한참을 울어 분노를 삭인 유미는 실내 옷으로 갈아입고 착생 앞에 앉아 생각을 정리한다. 그러나 곰곰이 생각해도 아무런 방법이 없다. 설불리 대항했다가는 중학교 2학년인 동생 유라는 물론 엄마까지 저들에게 복수를 당할 것은 뻔하다. 생각다 못한 유미는 3월 25일까지 당해보리라 작정했다.

사흘 뒤인 3월 25일, 수업이 끝나고 교문을 나선 유미는 평상시처럼 골목을 나와 건널목 앞에 섰다. 주위를 살피지만 그들은 보이지 않는다. 신호가 떨어지고 학생들이 우루루 건널목을 걷는다. 인도에 올라서던 유미는 가로수에 기대서서 손을 흔드는 세미를 보았다. 그 옆에 같은 반 친구인 윤미라가 섰다가 황급히 사라진다.

세미가 다가와 아주 자연스레 유미의 팔짱을 끼고 걷는다. 버스 정류장에서 미영을 비롯한 네 학생이 다가와 반갑게 인사를 한다.

"유미, 안녕."

유미는 아무리 독하게 마음을 먹어도 가슴이 뛰고 다리에 맥이 풀린다. 세미가 감지를 했는지 감은 팔에 힘을 준다. 미숙이 왼쪽에 붙어서 걷고 경미는 앞장서고 미영과 실팍한 체구의 한 학생은 뒤를 따른다. 교복을 보면 같은 학교인데, 유미는 처음 보는 얼굴이다.

이들은 역시 경미네 집으로 들어간다. 집안은 먼저와 같은 상태로 퀴퀴한 냄새도 그대로다. 배낭을 방 귀퉁이에 집어 던진 그들은 완전 자동식으로 오징어를 굽고 소주병을 꺼내 술판을 차린다. 미영이 술잔을 들며 소개한다.

"유미야, 인사해. 미미클럽 세컨 언니야."

"반갑다 고유미, 난 3학년 양미란이다."

양미란이 술잔을 높이 들며 외친다.

"고유미의 입단을 환영한다!"

"환영한다! 환영한다!"

한목소리로 외친 이들은 술잔을 비우고 빈 잔을 머리에 턴다. 잔을 내려놓는 유미를 노려보며 미영이 비수처럼 말을 꽂는다.

"말로 할 때 마셔라."

옆에 앉은 세미가 옆구리를 찌르자, 유미는 잔을 들어 마신다. 야비한 웃음을 머금고 지켜보던 미영이 돌연 추상같이 명령한다.

"고유미, 충성을 맹세하는 뜻으로 무릎을 꿇고 앉아 술을 따른다. 실시!"

유미는 잠시 생각하다가 무릎을 꿇고 앉아 술병을 잡으며 애원조로 말한다.

"술은 따를 수 있어. 그러나 클럽에 가입할 수는 없어. 미영아, 미안해."

미영은 들은 채도 않고 술잔을 들며 여유만만하게 이기죽거린다.

"고유미 정식 입단을 위하여!"

'위하여!'를 외친 이들은 박수를 치며 깔깔거리고, 미영이 아주

보스답게 폼을 잡으며 재촉한다.

"고유미, 어떤 방법으로 가입이지?"

유미는 둘러앉은 다섯을 둘러보다가 고개가 푹 꺾인다. 그들의 표정이 너무 진지하여 말문이 막힌다. 잠시 생각하던 유미는 고개를 들고 애원한다.

"난 아무것도 할 수 없어. 아빠가 사업에 실패하여 돈도 없고, 클럽에 가입할 수도 없어. 돈이 생길 때마다 조금씩은 낼 수 있어. 미안해, 날 용서해 줘."

세미가 야비한 웃음을 입가에 비죽이 물고는 이죽거린다.

"우리가 왜 널 용서해? 넌 잘못한 게 없잖아, 헛소리하지 말고 회비를 내라. 사실 넌 아까운 애야, 공부 열심히 해서 좋은 대학 가야지. 그깐 돈 몇 푼 아끼려다 인생 조지지 말고 하라는 대로 해, 알겠니? 넌 우리가 아니라도 어느 클럽에든 당하게 되어있어, 그걸 명심하라구."

유미는 잠시 생각하다가 거듭 애원한다.

"세미야, 난 정말 할 수가 없어. 원짱, 모든 걸 죽을 때까지 비밀로 할 테니 날 보내줘."

그동안 연거푸 술잔을 비운 미영이 얼굴이 불콰하여 피식피식 웃고는 타이르듯 은근하게 엄포를 놓는다.

"도통 말귀를 못 알아듣는 애구나. 공부 잘하는 애들은 다 저렇게 둔하더라. 너네 외갓집 땅값이 올라 졸부가 된 것 알고 있어. 엄살 피우지 말고 세미 말대로 해. 졸업할 때까지 회비 낸다고 해야 고작 700안팎이야. 그깐 돈 때문에 구만리 같은 인생 조질래?"

유미는 기가 질렸다. 대꾸할 기력도 용기도 사그라졌다.

양미란이 한마디 한다.

"빨리 끝내고 보내자."

세미가 나선다.

"고유미, 몸이 안 되면 돈은 돼야지. 준비해온 돈 내놔."

유미는 간절한 눈으로 세미를 보며 풀이 죽어 말한다.

"세미야, 미안해. 준비한 돈은 이것뿐이야."

유미가 주머니에 돈을 꺼내 내밀자, 경미가 받아 세어 보고는 돈을 냅다 내던지며 뺨따귀를 사정없이 갈긴다. 유미의 왼쪽 뺨이 금방 벌겋게 부풀어 오르며 손자국이 선명하게 드러난다. 유미는 모질게 아파 눈물이 푹 쏟아진다. 동시에 분통이 치밀어 부르르 몸을 떤다. 고개를 드는 순간, 오른쪽 눈에 불이 번쩍하며 뺨이 불에 대인 듯 화끈하게 아리고 찌르는 듯한 아픔이 온다. 유미는 정신이 아득하여 아무 생각도 할 수 없이 그저 눈물만 쏟아질 뿐이다.

잠시 시간이 흐르고, 저들끼리 수군거리던 미영이 말한다.

"고유미, 한 번 더 기회를 주겠다. 28일 월요일까지 회비를 마련해서 세미에게 준다. 넌 선택의 여지가 없다. 복종만 할 뿐이다. 그 날도 약속을 어기면 넌 평생 후회할 일이 발생할 것이다. 투짱, 유미를 바래다주라."

세미와 미숙이 유미를 껴잡아 일으켰다. 세미는 유미의 팔을 껴잡고 걸으며 많은 얘기를 했다. 교내에 회비를 내는 애들이 20여

명이며, 이웃 중고등학교 학생들 20여 명도 회비 30만 원씩을 꼬박
꼬박 내고 있다고 자랑삼아 말했다.

　토요일과 일요일, 유미는 제 방에 틀어박혀 많은 생각을 했다.
세미의 말대로라면 구역 내의 학생들 40여 명이 저들에게 당하고
있다. 그들이 빼앗기는 돈은 매월 1천2백만여 원이나 된다. 그러면
서도 비밀이 지켜지는 것은 그 조직의 기강이 무서우며 보복 또한
잔인하다는 결론에 이르게 된다.
　저들 말마따나 자신의 장래를 위해서라도 매월 30만 원씩을 주
고 공부에만 전념하고 싶은 생각이 들었다. 아니, 생각이 아니라
그 방법 외에는 저들의 마수에서 벗어날 묘수가 없다는 결론에 이
르게 되었다. 그러나 무슨 재주로 엄마를 속여 매월 30만 원씩을
타낼 수 있느냐가 문제였다.

　3월 28일, 월요일이다. 등교 준비를 하던 유미는 세미의 전화를
받았다.
　"회비는 마련됐겠지? 점심 먹은 뒤에 보건실 앞에서 만나."
　제 말만 하고 끊긴 휴대폰을 노려보던 유미는 길게 한숨을 쉬고
는 책 가방을 메고 집을 나섰다. 수업시간에도 유미는 귀에 눈에
아무것도 들어오지 않았다. 오직 갈가리 찢어 죽이고 싶은 저들의
면상만 떠오르고, 통쾌하게 복수를 하는 공상만 떠올라 아무것도
할 수 없었다.

점심을 먹은 유미는 보건실 앞으로 갔다. 세미와 미숙이 기다리다가 다가오며, 세미가 팔짱을 끼고는 계단 쪽으로 걸으며 재촉한다.

"어서 줘."

유미는 대꾸도 없이 반으로 접은 봉투를 세미의 손에 쥐어주자, 얼른 받아 주머니에 넣은 세미가 속삭인다.

"셈은 틀림없지?"

유미가 고개만 끄덕이자, 세미는 팔짱을 풀며 날아갈 듯이 명랑하게 말한다.

"유미야, 고마워."

유미는 오후 수업도 건성으로 시간만 보내고 교문을 나섰다. 골목길을 나와 대로 건널목을 건너는데 세미의 전화가 걸려왔다.

"유미, 수고했어. 너는 매월 25일이 회비 내는 날이야. 그럼, 다음 달에 봐."

유미는 끊어진 전화기를 들고 걷다가 버스정류장 쪽을 보았지만 그들은 없다.

유미는 한 달 내내 많은 고민을 했다. 저들은 그동안 유미의 눈에 단 한 번도 띄지 않았다. 과연 어찌해야 하나? 저들에게 시달리느니 차라리 엄마한테 모두 털어놓고 매월 30만 원씩을 주고 말까? 아니면 학교나 경찰에 고발을 하는 방법인데, 그리되면 틀림없이 보복을 할 것이다. 그것도 아주 잔인하게. 유미는 아무 결정도 못한 채 25일이 되었다. 용돈을 절약하여 모은 돈은 고작 10만 원이었다. 생각다 못하여 용기를 내고는 10만 원으로 버텨보기로 작정했다. 죽기 아니면 살기라는 배짱도 생겼다.

4월 25일 월요일 아침, 아파트 엘리베이터에서 내린 유미는 세미의 전화를 받았다.

"유미, 좋은 아침! 점심 식사 후에 3층 화장실에서 만나."

정신없이 오전 수업을 받은 유미는 입맛도 떨어져 식사를 하는 둥 만 둥 끝내고 3층 화장실로 갔다. 세미와 미숙이 기다리고 있다가 다가오며 손을 내밀었다. 유미가 봉투를 주자, 받아든 세미가 화장실에서 나가며 말했다.

"고마워, 이따가 전화할게."

유미는 갑자기 소변이 급해져서 화장실로 들어가 앉았다. 그러나 마음만 급할 뿐 소변은 나오지 않았다. 화장실 문은 계속 두드려지고, 속이 울렁거려 토악질까지 하며 십 분이 넘게 앉았던 유미는 화장실에서 나왔다.

오후 수업이 시작되고, 4시간 수업이 끝나도록 10만 원을 받은 저들에게서는 전화가 오지 않았다. 유미는 그것이 더 가슴 졸이고 안타깝도록 마음이 번조로웠다. '그러면 그렇지, 제깐 것들이 별수 있겠어. 아냐, 틀림없이 무슨 수작을 부릴 거야.' 머리가 어지럽도록 오만 생각을 하던 유미는 교문을 나와 잠시 생각했다. '오늘은 딴 길로 가자. 한 블록 올라가서 택시를 타자.' 작정을 한 유미가 옆 골목으로 들어가 몇 걸음 걸었을 때, 뒤에서 세미가 불렀다.

"유미야, 왜 그리 가니?"

뒤를 돌아보니, 미영과 미숙이도 세미의 뒤에 서 있다. 유미가 하늘이 노래지고 다리가 후들거려 무르춤하니 서 있자, 세미가 다가와 여지없이 팔짱을 끼며 통통 튀는 목소리로 재촉한다.

"유미야, 어서 가자."

학생들이 삼삼오오 무리를 지어 앞서거니 뒤서거니 유미 일행과 함께 골목을 걸어 큰길로 나왔다. 네거리 건널목 앞에 선 세미가 다그쳤다.

"왜 약속을 어겼니?"

"돈이 없어서."

"그게 말이 되니?"

유미는 이상하게도 마음이 안정되어 또박또박 대꾸한다.

"너라면, 엄마가 매일 만 원이 넘게 용돈을 주겠니?"

"못 주지, 그러니까 너 같은 돈 많은 집 애들한테 용돈을 타야 우리도 살지."

"우린 너네들 용돈을 줄 만큼 돈이 없어."

"그래서, 어쩌겠다는 거야?"

"뭘 어째, 이걸로 끝이야. 내게 더 바라지 마. 저리 비켜, 나 오늘 바빠."

유미가 힘주어 팔을 빼자, 세미는 팔을 놓치고 어이없다는 듯 멍해지고, 미영이 달려들어 유미의 팔을 꼈다. 그 힘이 너무 완강하여 유미는 몸을 뒤틀었으나 어림없다.

미영이 팔을 당겨 걸으며 표독스레 족친다.

"뭘 믿고 까부냐? 오늘로 끝이라구? 그래, 끝내주지. 미숙아 쎄 킨한테 전화해."

유미는 끝까지 대항해 보자는 배짱이 생겨 과감하게 용을 쓰며 반항한다.

"이거 놔, 내 발로 갈 테니까."

미영이 감은 팔에 힘을 주며 야죽거린다.

"그건 니 맘이지, 내 맘은 아니거든. 아구통 닥치고 따라와."

그들이 걷고 있는 길은 네거리 건널목을 건너 직진하면 아파트 11단지 담장이 이어진 한적한 길이다. 사람들이 드문드문 다니기 는 하지만, 유미는 해볼만 하다고 생각하며 용을 쓰고 악을 쓰기 시작했다.

"이거 놔. 니들이 뭐야?"

유미가 워낙 강하게 용을 쓰자, 미영은 팔을 놓치고는 달려들었 고, 세미와 미숙이 들러붙었다. 유미는 마침 옆을 지나가는 늙수그 레한 부부에게 매달렸다.

"아저씨, 얘들 좀 말려주세요. 얘들이 저를 납치하려 해요."

영감이 나서려 하자 아낙이 팔을 잡아끌었고, 세미가 나서서 방 글방글 웃으며 말했다.

"아니에요. 우린 같은 반 친구들인데, 장난치는 거예요. 어서 가 세요."

아낙이 남편 팔을 당기며 거들었다.

"맞아요. 교복이 같잖아, 어여 갑시다."

부부가 돌아서자, 유미는 소리를 지르려 했으나 미영이 달려들어 입을 틀어막으며 무릎으로 복부를 내질렀다. 유미가 숨이 컥 막혀 허리를 꺾자, 세미가 발길로 가슴을 걷어찼다. 유미는 벌러덩 나자빠지며 얼굴이 하얗게 핏기가 가셨다. 미영과 미숙이 달려들어 유미 상체를 일으켜 앉히고 등을 세게 치자, 유미는 숨이 터지고 얼굴에 핏기가 돌았다.

세미가 씹어 뱉었다.

"쌍년, 개지랄 뻗으면 너만 손해야. 어서 못 일어나?"

유미는 맥을 놓고 늘어지며 악을 썼다.

"못 일어난다. 죽이던 살리던 니들 맘대루 해."

유미가 그 자리에 아예 벌렁 누워버리자, 지나가던 사람 서넛이 들여다보았다. 세미는 사람들을 막아서며 서둘렀다.

"그냥 가세요, 얘가 지금 간질을 하는 중이에요. 금방 일어날 겁니다."

유미가 벌떡 일어나며 외쳤다.

"쌍년들아, 누가 간질이야! 아줌마, 저 좀 구해주세요. 얘들 깡패……."

유미는 말끝을 못 맺고 매타작을 당한다. 앉은 채 채이고 짓밟힌 유미는 세미와 미숙에게 껴잡혀 일어나 끌려간다. 축 늘어진 한 학생을 두 학생이 양쪽에서 껴 잡고 걸어도 지나가는 누구 한 사람 유심히 보지도 않는다. 더러는 힐끔 돌아보기도 하지만 말을 붙이는 사람은 없다.

이들은 30여 분을 걸어서 경미네 집에 들어갔다. 거실에는 사복을 입은 양미란이 식탁에 앉아 소주를 마시고 있었고, 경미는 들어서는 유미의 따귀를 냅다 갈기고는 엄포를 놓는다.

"개 같은 년이 배반을 해? 넌 오늘 죽었다."

유미는 독이 파랗게 올라 앙칼지게 대들었다.

"그래, 죽여라. 하지만 나도 그냥은 못 죽는다. 어디 해보자!"

이미 얼굴에 불콰하게 술이 오른 양미란이 의자에서 일어서며 늘어지게 이죽거린다.

"엇쭈, 제법 쓸 만한데. 죽이기는 아깝지. 평생 눈물을 씹으며, 후회하며 살게 해주지."

유미는 가슴이 서늘하고 오금이 저렸지만 악에 바쳐 소리친다.

"후회, 웃기구 자빠졌네. 네년들이야 말로 나 때문에 평생을 후회할 꺼다."

미영이 달려들려 하자. 유미는 벽에 붙어 서서 방어 자세를 취하며 악을 쓴다.

"덤벼라, 네년 목줄을 물어뜯어 주겠다."

유미가 워낙 독하게 대항하자, 미영이 엉거주춤했다.

뒤에서 까르르 웃던 미란이 소주병을 들어 나발을 불고는 이죽거린다.

"고년, 용기가 가상하구나."

미영을 밀치고 다가선 미란이 유미의 얼굴을 향해 소주를 확 뿌렸다. 눈에 소주가 들어간 유미는 눈을 감싸며 비명을 질렀고, 넷이 달려들어 팔다리를 잡고 입에 재갈을 물렸다. 이어 이들은 능숙한 솜씨로 유미의 팔목과 다리를 모아 포장용 테이프로 칭칭 감아 결박하여 앉혀놓고 일어섰다.

술잔을 홀짝이며 낄낄대던 미란이 말한다.

"그년 눈이 안 보일 게다. 맑은 물로 눈을 씻어 줘라. 두 눈으로 똑똑히 봐줘야 하니까."

경미와 미숙이 수돗물을 받아다가 유미의 벌겋게 충혈 된 눈을 씻어주었다. 이어 이들은 술판을 벌였다. 언제 준비했는지 안주는 족발이었다. 낄낄 깔깔대며 소주를 예닐곱 병이나 비운 이들은 한껏 기분이 좋아 떠들다가 미란이 말했다.

"원짱, 시작할까?"

미란과 미영이 의자에 나란히 앉으며 미영이 보스답게 명한다.

"아가릴 열어줘라."

미숙이 수건을 풀자, 미영이 잔뜩 거드름을 피우며 묻는다.

"마지막으로 묻겠다. 회비를 낼꺼니?"

유미는 일동을 일일이 노려보고는 단호히 거부한다.

"못 내!"

"한 번 더 물어주지. 낼꺼니?"

유미는 도끼눈으로 미영을 노려보며 독하게 대든다.

"못 내. 죽여라!"

미영이 같잖다는 듯 피식! 웃고는 능글거린다.

"날 강아지 범 모른다더니……. 좋다, 죽는 건 네 맘이야. 허나, 잘 들어라. 너가 조용히 자살이라도 해서 죽으면 다행이지만, 너로 인해 우리 조직이 드러나면 네 동생과 엄마는 쥐도 새도 모르게 죽어. 이 시간 이후부터 네 행위에 따라 그 모든 것이 결정된다. 최후로 묻는다. 낼 껴?"

유미는 소름이 돋도록 질려 끝내 소리죽여 흐느껴 울자, 잠시 울게 놔두었다가 미영이 재촉한다.

"속 시원하게 울었겠다. 이제 대답해."

유미는 얼굴에 눈물범벅이 되어 흐릿하게 보이는 미영에게 풀이 죽어 대꾸한다.

"낼 돈이 없어. 미안해."

"그럼 몸으로 해."

"할 수 없어."

미란이 벌떡 일어서며 일갈했다.

"시작해!"

유미가 놀라 어리뻥 하는 순간, 경미와 미숙이 달려들어 수건으로 재갈을 물리고는 치마를 벗기고 스타킹을 끌어내렸다. 팔목에 감긴 테─프를 풀고 미영과 세미가 달려들어 윗도리를 벗기고 브래지어마저 풀어냈다. 탱탱한 젖가슴이 퉁겨지듯이 드러나자 유미는 요동을 치지만, 손목에는 다시 테이프가 감기고, 팬티마저 벗겨져 발목에 걸쳐졌다.

유미는 온몸을 비틀며 요동치지만 세 여자에게 잡혀 옴나위도 할 수 없다.

미란이 다가와 앉으며 능글맞게 이죽거린다.

"요거 쌩아(숫처녀)구나. 아주 잘 빠졌다."

유미의 탐스런 몸매를 눈으로 즐기던 미란이 추상같이 명령했다.

"일으켜 앉히고, 너들도 벗어라!"

미영과 세미가 돌연 벌떡 일어나 윗도리를 벗어젖히고 브래지어마저 풀어 던진다. 두 여자의 풍만한 가슴이 드러나자, 미란이 엄숙하게 말한다.

"유미야, 원짱과 투짱 왼쪽 가슴을 보아라."

유미는 놀란 눈으로 눈앞에 다가오는 두 여자의 왼쪽 가슴을 보다가 틀어 막힌 입에서 탄식이 터졌다. '아!' 미영과 세미의 젖가슴과 겨드랑이 사이에 목도장만한 벌건 흉터가 있었다. 유미가 놀란 눈을 뚜릿거릴 때, 두 여자는 교복 치마의 단추를 풀어 흘려내렸다.

미란이 또 나지막이 엄숙하게 말한다.

"유미, 원짱과 투짱 오른쪽 사타구니를 보아라."

유미는 두 여자의 사타구니를 보고는 몸이 움찔하도록 놀라 그만 눈을 감아버린다.

미영이 벌건 몸으로 다가가서 유미의 뺨을 암팡지게 갈기고는 표독하게 내쏘았다.

"볼려면 똑똑히 봐둬. 나중에 후회되니까, 개X으로 빠진 개년아.”

유미는 따귀를 맞고 정신이 번쩍 들어 눈을 크게 뜨고 두 여자의 가슴과 사타구니를 보았다. 똑같은 흉터가 서혜부에 있었다. 유미가 반 넋이 나간 눈으로 멍해지자 미란이 서릿발처럼 외쳤다.

“어서 시작해.”

미란이 다가와 금방 불을 붙여 물고 벌겋게 빨아 당긴 담배를 미영에게 주며 턱짓을 한다. 미숙과 경미가 유미를 꺼잡아 눕히고 다리와 상체를 잡아 눌렀다. 미영이 담배를 받아 한 모금 빨고는 연기를 유미의 얼굴에 내 뿜으며 담뱃불을 유미의 왼쪽 젖가슴 자신의 흉터자리에 정확하게 눌러 지진다.

유미는 비명을 지르지만 들리느니 끙끙대는 신음일 뿐이다. 세미가 담배를 받아 역시 빨아 불을 돋우고는 유미의 서혜부 오른쪽 부분에 담뱃불을 들이댄다. 살이 타는 노린내와 함께 유미의 숨넘어가는 신음이 들리고, 벌거벗은 말 만한 세 여자의 광란을 지켜보는 미란의 자지러지는 웃음소리가 귀청을 찢었다.

이윽고 미영과 세미가 옷을 챙겨 입고는 경미가 내주는 소독약과 연고, 밴드로 유미의 상처를 능숙하게 치료하고는 팔목과 다리의 결박을 풀었다. 입에 물린 재갈도 풀렸지만 유미는 너무 기가 질리고 지쳐 쓰린 아픔도 느끼지 못한 채 정신을 잃고 말았다.

잠시 뒤 유미가 정신을 차리고 황급히 옷을 입자, 세미가 다가 앉아 안타까운 표정으로 위로한다.

“유미야, 미안해. 그렇게 몇 번이나 거듭 물었잖아.”

미영이 거들었다.

"고유미, 그게 바로 자업자득이다. 우릴 원망 말거라. 경미야, 목이 마를 테니 시원한 물이라도 한 잔 줘라."

유미는 목이 타도록 갈증이 심해 물 한 잔을 벌컥거리며 마셨다.

미란이 유미를 지켜보다가 다가서며 아주 엄숙하게 말한다.

"네가 두 친구에게 혹시라도 앙심을 먹을 까봐 내 몸도 보여준다. 이건 우리들의 경건한 의식이다. 잘 봐두어라."

미란은 돌아서서 거침없이 훌훌 옷을 벗어 던진다. 이윽고 팬티만 걸친 벌건 몸으로 벽에 기대앉은 유미의 앞에 앉으며 처연하게 말한다.

"유미, 내 가슴과 사타구니를 보아라."

유미는 미란의 가슴을 보았다. 늘어진 왼쪽 젖가슴 유두를 중앙으로 양쪽에 목도장만 한 흉터가 있고, 유두 밑에도 흉터가 있다. 유두를 중앙에 둔 역삼각형의 흉터였다. 사타구니를 보았다. 서혜부 양쪽에 나란히 두 점씩 네 점의 흉터가 있었다. 유미는 끝내 너무 놀라 얼굴이 하얗게 질렸다.

미란이 일어나며 단호히 경고했다.

"나두 처음에 너처럼 반항했다. 그러다 결국 이렇게 되었지. 원짱과 투짱도 마찬가지다. 너두 계속 반항하면 나처럼 일곱 개의 별을 달게 될 것이다."

유미는 이제 아무 말도, 생각도 할 수 없이 그저 아득하기만 했다. 깊은 수렁에 빠진 듯이 암흑이었다.

눈을 감고 벽에 기대앉아 하염없이 눈물을 흘리는 유미를 주시하던 다섯 여자는 서로 눈짓 턱짓을 하고는 미란이 엄하게 오금을 박았다.

"고유미, 눈을 뜨고 나를 봐라. 너는 다음 주부터 문화의 거리 뒷골목 중앙에 있는 파란나라에서 알바를 하게 된다. 토요일과 일요일 오후 네 시부터 열한 시까지 하는데, 보수는 없다. 그 대신 미미클럽의 회비는 면제된다. 너는 선택의 여지가 없다. 나머지 설명은 원짱이 해줄 것이다."

양미란은 사라졌다. 유미는 갑자기 주위가 텅빈 공간 같은 허전함이 느껴졌다. 이내 음습한 공간에 갇힌 듯 공포감이 엄습했다. 아무 생각도 할 수 없어 눈을 감아버렸다. 몸도 마음도 늘어뜨린 유미의 귀에 미영의 말소리가 이명처럼 들렸다.

문화의 거리 뒷골목 중앙에 '파란나라'라는 대형 식당이 있다. 양미란은 파란나라의 짱이며, 3년 전에 우리 학교를 졸업한 선배라고 미영은 말했다. 삼겹살과 돼지 목살고기가 주 메뉴인 그 고깃집은 늘 청소년들로 북적인다. 고깃값이 다른 식당의 절반가격인 1인분에 5천 원이다. 유미도 친구들과 몇 번 가본 적이 있는 집인데, 20여 명이 넘는 종업원이 모두 청소년들이었다는 것이 미영의 설명을 들으며 떠올랐다. 그중에 가출한 청소년들이 절반이라고 미영은 말했다.

파란나라에서는 30세 이상 어른 손님은 받지 않는다. 그러므로

주차장이 필요 없다. 10세 이하 어린이도 받지 않는다. 그러므로
마음껏 담배를 피우고 떠들어도 말리는 사람이 없다. 벽에는 미성
년자에게는 술을 팔지 않는다고 써 붙여놓았다. 그러므로 파란나
라에 들어가면 누구나 약관을 넘은 성인이 된다.

미영이 강조했다.

"결국 우리가 희생하여 한창 성장기에 접어든 친구들에게 싼값
으로 고기와 밥을 제공하고, 오갈 데 없는 불쌍한 아이들을 거두는
것이다. 정부에서도 못하는 것을 우리가 실행하는 것이니 얼마나
보람 있는 일이냐? 고유미, 이제 우리의 숭고한 뜻을 이해하겠지?"

유미는 너무 기가 막혀 아무 말도 하기 싫다. 아니, 할 수 없다.
세상에, 이 대명천지에 그것도 강북의 중심도시 중에서도 가장 번
화가라는 곳에 그러한 별천지 암흑세계가 있다는 것이 유미는 믿
어지지 않았다. 세미가 덧붙이는 말을 유미는 이제 건성으로 들으
면서도 때로는 그건 그럴 것이라는 동감도 생기는 것 또한 어쩔 수
없다.

유미는 미영과 세미에게 반강제로 끌려 파란나라에 갔다. 4월
25일 월요일 오후 여섯 시 반, 50여 평이 넘는 식당에 빈자리가 없
이 손님들이 바글거리는데, 남녀 모두가 젊은이들이다.

짙은 하늘색 티셔츠에 파란 모자를 쓰고, 파란 앞치마를 두르고
바삐 서빙을 하는 예쁜 여자들을 유미는 넋을 잃고 바라보며 생각
했다. '저들 중에 젖가슴과 사타구니에 담뱃불 지짐을 당한 애들은

과연 몇이나 될까?' 유미는 그들 중에서 파란 모자와 앞치마를 두른 자신의 모습을 상상해 보았다. 그러나 도무지 떠오르지 않는다. 세계 각국의 비속어가 통하는 온갖 시끄러움과 고기 굽는 냄새와 연기, 담배연기가 빠옥한 파란나라로 고유미는 속절없이 함몰되어 갔다.

사랑을 읽는 시간

금요일 오후 4시, 손자 재륜이는 오늘도 친구 다섯을 데리고 왔다. 5학년에 올라가서 네 번째다. 오늘은 여자아이 셋 남자아이 둘인데, 남자 하나 여자 하나가 처음 보는 얼굴이다. 세 아이는 작년부터 자주 오던 아이들이었다. 나는 궁금해서 물었다.

"재륜아, 성주와 지은이는 왜 빠졌니?"

"할아버지, 걔네들은 학원에 가기 때문에 금요일은 올 수 없게 되었어요. 토요일은 올 수 있는데, 데려와도 돼요?"

나는 잠시 멍해졌다. 주일에 한 번 애들 치다꺼리하기에도 이제는 부담이 되는데 연이틀을 하게 되면 며느리 눈치도 보게 되고 나도 썩 내키는 마음이 아니다. 그렇지만 녀석 친구들 앞에서 딱 잘라 말하기도 어려워 얼버무렸다.

"글쎄다. 뭐 두고 보자꾸나."

"얘들아 우리 할아버지께 인사드려."

두 아이가 소파에서 벌떡 일어나 남자아이가 먼저 꾸벅 인사를 한다.

"할아버지 안녕하세요. 전 나용수입니다."

"할아버지 전 홍나미예요."

"오냐, 그래. 모두 잘 왔다."

얌전하게 앉는 두 아이 얼굴이 판이하게 다르다. 여자아이는 동양계가 아니고, 남자아이는 동남아시아계 혼혈로 보이는데 우리 아이들 모습과 별로 다르지 않다. 나는 앞으로 자주 보게 될 두 아이의 부모혈통을 알아야 한다. 재륜이가 반지빠르게 소개를 해서 내가 편해졌다.

"할아버지, 용수 엄마는 베트남이고요, 나미 엄마는 우크라이나예요. 얘들하고 같이 놀아도 괜찮지요?"

"아무렴 괜찮지. 근데, 얘들도 너네 반이니?"

"아녜요. 얘네 둘은 2반이지만 학교에서는 같이 놀아요. 그래서 같이 왔어요."

"그래, 잘했다. 오늘은 무슨 공부 할 거니?"

엄마가 필리핀인 한제니가 냉큼 대답했다. 제니 엄마는 학원 영어 선생님이어서 제니 영어 실력은 미국인과 대화를 할 수준이다. 제니는 우리 집에 와서 공부하는 아이들의 영어 선생님이다.

"할아버지, 영어 공부 할 거예요."

"오냐, 잘 정했다. 오늘 간식은 할아버지가 뭘 사줄까?"

재륜이가 좋아라고 받았다.

"오늘도 피자 사주세요. 얘들아, 피자 좋지?"

녀석들은 모두 박수를 치며 좋아들 한다. 나는 아이들의 이런 모습이 참 보기에 좋다. 다복솔밭처럼 머리를 맞대고 모여앉아 재갈거리며 피자를 먹는 모습을 보면 마음이 흐뭇하고 즐겁다. 나는 이런 즐거움을 맛보기 위하여 일주일에 한 번씩 우리 집에 오는 다문화가정 아이들에게 피자, 튀김통닭, 자장면을 사주곤 한다. 나는 직장 연금과 국가유공자 보훈연금을 합하여 매월 5백여만 원이 통장으로 들어오기 때문에 노년에 돈이 궁하지는 않다. 늙어가며 돈을 내 마음대로 쓸 수 있다는 것은 큰 행복이다.

재륜이는 어려서부터 덩치가 크고 성격이 활달하고 사교적인 성격이었다. 유치원 때부터 아이들을 잘 사귀고 늘 대장 노릇을 했다. 초등학교에 들어가서도 역시 친구들을 잘 사귀고 또래의 리더가 되어 4학년까지 반장과 부반장을 번갈아 했다. 공부도 잘하지만 운동도 좋아해서 태권도를 배우고 축구도 잘했다. 또한 의협심도 강해서 아이들을 괴롭히는 못된 또래들뿐만 아니라 고학년 아이들에게까지 대들어 미움을 사기도 하지만 따르는 또래들이 많아 왕따를 당하거나 괴롭힘을 당하지도 않았다. 따라서 선생님들도 재륜이를 감싸고 힘을 보태주어 교내의 감찰부장이라는 무관의 감투가 씌워지기도 했다.

재륜이가 다문화가정 아이들을 집에 데려오기 시작한 건 3학년에 올라가면서부터였으니 3년째다. 봄방학이 끝나고 2주째 금요일 오후였다. 재륜이와 2학년인 손녀 예나가 학교에서 돌아올 시간이 되어 외출에서 막 집에 들어서는데 전화가 왔다. 5년 전부터 손자들을 돌보는 것이 집안에서의 내 임무였다.

"저기요, 할아버지. 친구들 셋을 데리고 가도 돼요?"

전에도 가끔 그랬었기에 좋다고 대답했다.

"할아버지, 근데요. 애들이 다문화가정 애들이에요. 그래도 되지요?"

나는 순간적으로 깜짝 놀랐다. 다문화가정이라는 말은 신문이나 TV에서 보고 듣고 그런 가정들의 사정을 그저 흥미롭게 보기는 했지만, 다문화가정의 아이들을 실제로 본 적은 없었다.

"다문화가정 아이들이라니? 네가 그 애들을 어떻게 알았어?"

"우리 반 애들이에요. 3학년 올라와서 그런 애들 셋이 우리 반 되었어요."

"그래, 알았다. 아무렴 데려와도 되지."

학교에서 우리 집까지는 걸어서 10여 분 거리다. 나는 괜스레 마음이 설레어서 소파와 의자를 만지고 탁자를 휴지로 닦는 등 수선을 떨었다. 현관문이 열리고 아이들 다섯이 들어섰다. 우리 손자 손녀와 그 아이들 셋이었다. 여자아이가 둘 남자아이가 하나였는데 역시 얼굴 모습이 우리 아이들과는 다르다. 옷 입성은 모두 단정하고 깨끔하다. 아이들은 현관에 나란히 서서 인사를 했다.

"할아버지 안녕하세요?"

"오냐, 잘들 왔다. 어서 들어와 앉거라."

아이들은 거실을 두리번거리다가 의자에 앉았다. 나는 상석 의자에 앉아 아이들을 보다가 얼굴이 하얀 서양계의 여자아이에게 물었다.

"넌 이름이 뭐니?"

"장소희에요."

"예쁜 이름이구나. 엄마는 어느 나라 사람이니?"

물으면서도 마음이 멈칫했는데, 아니나 다를까 아이의 표정이 굳어졌다. 둘러보니 두 아이의 표정도 그렇다. 뱉은 말을 어찌할 수도 없어 마음이 짠해지는데 아이가 침을 꿀꺽 삼키고 나서 대답했다.

"엄마는 러시아고요. 아빠는 북한이에요."

나는 머릿속이 화끈하도록 놀랐지만 드러낼 수는 없어 얼결에 아이의 손을 살며시 잡았다. 그래도 입이 떨어지지 않아 잠시 얼굴만 들여다보다가 말했다.

"그렇구나. 소희는 참 예쁘게 자라고 있구나."

금방 울음이 터질 것 같던 아이의 얼굴에 배시시 웃음이 번졌다.

옆에 앉은 여자아이에게도 물었다.

"너네 엄마는?"

아이는 입이 비죽비죽하다가 손등으로 눈물을 훔치고는 더듬거리며 대답했다.

"방글라데시요. 할아버지, 우리가 재륜이랑 놀아도 돼요?"

나는 가슴이 서늘해지다가 이내 먹먹해져서 아이의 손을 꼭 잡아주었다.

"그럼 놀아도 되지. 학교에서도 같이 놀고, 할아버지 집에도 자주 와서 놀아도 되지. 이름은 뭐니?"

"최지나에요."

아이 손을 놓고 옆에 남자아이를 돌아보자 녀석은 기다렸다는 듯 얼른 말했다.

"울엄마는 캄보디아요. 할아버지, 저도 얘들이랑 같이 놀아도 되지요?"

"그럼, 되구말구. 지금도 이렇게 같이 놀구 있잖아. 재륜아 이 친구들이랑 늘 친하게 놀아야 한다. 집에 자주 데려와도 괜찮아, 알겠지?

재륜이가 으쓱해서 말했다.

"것 봐, 우리 할아버지 참 좋다고 말했잖아. 할아버지, 우리 피자 사주세요. 배고파요."

나는 마음이 흐뭇해져서 시계를 보니 다섯 시다. 아이들이 배고플 시간이기도 하다. 피자를 시키고 아무래도 궁금해서 지나에게 물었다.

"지나야, 할아버지가 뭐 물어봐도 되겠니?"

아이는 잠시 뚱하다가 대답했다.

"할아버지, 뭔데요?"

말은 꺼냈지만 묻기는 참 난처하다. 잠시 생각하다가 말했다.

"누가 너희들을 다른 애들이랑 놀지 못하게 하니?"

지나는 금방 울상이 되며 대답했다.

"애들이 그래요. 우리 다문화 애들과 놀면 엄마한테 혼난다고요. 그래서 우릴 따돌리고 괴롭혀요."

나는 또 가슴이 먹먹해서 세 아이를 보다가 손자에게 물었다.

"재륜아, 지나 말이 사실이니?"

"그렇다니까요. 3학년 때도 다문화 애가 둘 있었는데요. 늘 왕따 당하고 얻어맞고 그랬어요. 그래서 제가 못 하게 말리고 애들하고 많이 싸웠잖아요. 이제부터 우리 학교에서 다문화 애들 괴롭히거나 왕따시키면 우리 반 전체 애들이 나서서 편들기로 했어요."

나는 마음이 훈훈하게 더워지며 다시 물었다.

"학교에 다문화가정 아이들이 몇이나 되니?"

"전교에 아마 40명이 넘을 것 같아요. 저학년에 더 많고, 4학년에만 9명, 5, 6학년에 10명쯤 돼요."

머리가 혼란스럽다. 베트남, 캄보디아, 필리핀 등에서 시집오는 여자들이 많다는 것은 알았지만 이렇게 내 주변에까지 와있을 줄은 몰랐다. 며칠 전 신문에서 전국에 다문화 학생이 12만여 명이고 이중 초등생이 9만3천여 명이라고 했다. 아빠가 북한, 엄마가 러시아라는 장소희에게 부쩍 관심이 가고 궁금하지만 대놓고 물을 수 없어 참기로 했다.

재륜이가 5학년이 되면서 우리 집에 데려와서 공부하고 놀기도 하는 다문화가정 아이들은 10여 명이다. 그 애들이 한꺼번에 오는 게 아니라 금요일 또는 토요일에 네댓 명씩 온다. 내가 장소희 부모의 내력을 안 것은 작년 겨울방학이었다. 북한 남자가 어떻게 러시아 여자를 만났는지 궁금했다. 1년이 넘게 우리 집에 오는 소희에게 어느 날 물었다.

"소희야, 네가 우리 집에 자주 오는 걸 아빠 엄마도 알고 있니?"

소희는 크고 맑은 눈을 반짝이며 대답했다.

"할아버지, 그럼요. 아빠가 고맙다는 말씀드리라는 걸 제가 할아버지께 말 못 했어요. 죄송해요."

그럴 것이다. 열두 살 여자아이가 아빠의 말을 전하기는 어려웠을 것이다. 내 전화번호를 적어주며 말했다.

"소희야, 아빠께 할아버지 전화번호를 드려라. 할 수 있니?"

"그럼요, 할아버지. 꼭 드릴 거예요."

이튿날 토요일 오후 3시, 장소희 아빠라는 남자가 전화를 했다. 전형적인 북한 말투에 굵은 목소리였는데, 나는 그 말투가 북한 어느 지역 말인지는 알지 못했다. 딸 소희를 늘 잘 보살펴 주서서 고맙다는 모습이 눈에 보일 만큼 정중한 인사였다. 전화로 길게 말할 수 없어 만날 수 있는지를 물었다.

그날 오후 6시, 아들 내외가 경영하는 식당 큰집설렁탕에서 만났다. 50대의 건장한 사내였는데 목소리에 비해 얼굴이 곱상하고 콧날이 우뚝하니 비교적 잘생기고 착해 보였다. 인사를 나누고 소주를 마시며 물었다. 나도 술을 즐기는 편이지만, 이름이 장택수라는 그도 술을 잘 먹는다고 자랑스레 말했다.

장택수는 북한 신의주 출신인데, 2004년 러시아에 벌목 노무자로 나갔다고 했다. 그 당시는 북한 노무자 단속이 그리 심하지 않아 가끔 외출도 했는데, 마을 여자를 만나 연애를 하다가 임신을 하게 되었다고 한다. 눈치가 빠르면 절에서도 새우젓 얻어먹는다더니, 한 달에 한두 번 잠깐 나갈 수 있는 외출에서 연애를 하고 임신을 시킨 것은 멀끔하게 생긴 얼굴 탓이었을 것이라고 여기며 나는 웃었다. 그 사실이 알려지면 본국으로 송환되어 총살이 아니면 강제수용소에 갈 것은 뻔하다고 했다. 그는 여자의 주선으로 2005년 10월에 한국으로 왔고, 이듬해 3월 딸 소희를 낳았다고 했다. 한국에 온 지 12년이 되어 이제 난방 배관 기능공이 되어 잘 살고 있다며 자랑했다. 장택수는 그 자리에서 내게 넙죽 절을 하며 아들이 되겠다고 했다. 몹시 난처했지만 대놓고 거절할 명분도 없어 얼결에 하늘에서 뚝 떨어진 아들 하나를 얻게 되었다. 우리 아들보다 네 살이나 더 먹은 50살 아들이다.

2018년 여름방학이 시작되고 일주일 뒤 토요일이었다. 그날은 재륜이가 다문화가정 애들 다섯 명을 비롯하여 일곱 명을 데리고 왔다. 아이들이 교육방송에서 방학 특집으로 편성된 중학교 영어 교육 프로로 두 시간 공부를 한 뒤에 재륜이가 점심으로 자장면을 먹자고 했다. 아이들은 늘 우리 집에 모여서 주로 영어 공부를 하는데, 초등학교 5학년이지만 중학교 수준의 영어 공부를 했다.

일흔 중반에 접어든 나도 자장면을 좋아한다. 시쳇말로 자장면이 싫어져야 어른이라고 하는데 나는 아직도 어른이 못되었나 보다. 우리 손자 둘과 나까지 자장면 열 그릇이 왔다. 식탁에 손자, 소희, 용수, 지나, 나까지 다섯이 앉고 다섯은 거실 탁자에 앉았다. 나는 자장면을 아이들과 머리를 맞대고 앉아 먹는 걸 좋아한다.

재륜이가 냉장고에서 깍두기를 대접에 수북하게 담아왔다. 손자는 나를 닮아 깍두기를 잘 먹는다. 아들이 운영하는 설렁탕과 소머리국밥 전문식당은 깍두기가 필수 반찬이다. 그러므로 우리 집은 깍두기가 떨어지지 않는다. 깍두기를 본 나용수가 좋다고 손뼉을 치며 오두방정을 떨고는 맨입에 깍두기를 정신없이 집어다 먹었다. 엄마가 베트남 여자인데, 깍두기를 잘 먹는 영수가 신기해서 지켜보았다. 한데 녀석은 깍두기를 뒤적거리며 반듯하게 네모진 것만 골라 먹고 있었다. 재륜이도 녀석을 잠시 보다가 후다닥 네모진 깍두기 세 개를 골라 자장면 그릇에 얹었다. 녀석도 덩달아 깍두기를 뒤적거리며 네모진 것 세 개를 골라 담고는 서로 바라보며 깔깔대고 웃었다. 여자아이들은 멋모르고 덩달아 웃는데, 나는 정신이 멍해져서 깍두기를 다투는 두 아이를 바라보았다.

문득 두 녀석 모습에서 예닐곱 살 적이던 내 모습이 보였다. 6·25전쟁이 한창 치열하던 어려운 시절이었다. 전쟁 통에 부모를 한꺼번에 잃은 우리 삼 남매는 숙부 집에 얹혀살았다. 고만고만한 사촌들 사 남매와 우리 셋, 숙부와 숙모 할머니까지 식구가 열이었다. 농토가 먹고살 만해서 배는 굶지 않지만 끼니때면 눈치와 반찬

투쟁으로 무언의 난장판이 벌어지곤 했다. 할머니와 숙부가 겸상을 받고, 숙모와 아이들 일곱이 두레상에 모여 앉는데 반찬을 두고 숟가락 전쟁이 벌어진다. 반찬이라야 김치에 깍두기, 된장찌개지만, 김치는 하얀 줄기, 깍두기는 잘생긴 네모진 가운데 도막, 된장찌개에 무쪽이나 감자 건더기를 두고 다투었다. 결국 숟가락을 들고 우는 건 네 살인 내 막내 여동생이었다. 기득권이 있는 사촌 넷이 합동작전으로 반찬을 퍼 나르고 나면 남는 것은 시퍼런 배춧잎과 된장찌개 국물뿐이었다.

나는 사촌들이 의기양양하게 먹는 크고 네모진 깍두기가 목구멍이 간지럽도록 먹고 싶어 환장할 지경이었다. 된장 국물에 밥을 말고, 시퍼렇게 질긴 김치를 씹으며 속으로 울었다. 내가 먹고 싶어 운 게 아니라 사촌들 턱 바라기를 하는 어린 동생 남매가 가여워서 속 눈물을 흘렸다. 나는 그렇게 1년간 숙부 집에 얹혀살았다.

어릴 적 그런 아픈 기억이 있어서 그랬던지 내 천성이 그랬는지 나는 자라면서 깍두기를 유별나게 좋아했고, 사근사근하게 씹히는 네모진 깍두기만 골라 먹곤 했었다. 그런데 참 운명적이었는지, 군대에서 제대한 뒤에 철도청 수원역이 직장이었는데, 하숙을 하며 단골로 밥 먹으러 다니던 소머리 곰탕집 딸과 결혼을 하여 깍두기를 그야말로 원 없이 먹었다.

철도청에서 35년을 근무하고 정년퇴직하여 아내의 권유로 2006년 4월 서울 노원구에 '큰집설렁탕' 간판을 걸고 처가의 비법을 전수받아 설렁탕, 곰탕 전문식당을 열었다. 내가 설렁탕집을 시작한

건 순전히 깍두기에 포원이 졌기 때문이라고 아내에게 농담 삼아 말하기도 했지만, 우리 식당의 깍두기 맛은 서울 강북에서 소문이 났을 만큼 지금도 유명하다.

수원 천변 시장 '천변곰탕집'은 처할머니와 처부모가 60년간 경영하던 식당이었는데, 그 비법을 아내가 전수받아 8년간 운영하다가 2014년에 아들에게 물려주어 지금까지 계속하고 있다. 부지 250평에 건물 150평, 주차장 100평인 대형식당이다. 나는 몸이 불편하여 집에서 손자들을 돌보지만 아내는 지금도 매일 식당에 나가 신경 써야 하는 온갖 잡도리를 마다하지 않는다.

어느 날 아침을 먹으면서 재륜이가 제 어미에게 물었다.

"엄마, 우리 식당에 아줌마 하나 더 쓰면 안 돼요?"

"뭐야, 얘가 이젠 별참견을 다 하네. 그걸 니가 왜 물어?"

녀석은 잠시 쭈뼛거리다가 대답했다.

"엄마, 그게 아니고. 나용수 엄마가 다니던 식당이 문을 닫아서 놀고 있데요. 용수 엄마가 일해서 먹고 사는데, 벌써 두 달째 놀고 있다면서 용수가 울면서 말했어요. 용수가 나한테 말한 그 뜻이 뭐겠어, 엄마."

나는 금방 밥맛이 떨어져 수저를 놓고 며느리를 보았다. 용수 아빠는 오른손 손가락 네 개가 없는 불구라고 했다. 게다가 나이도 육십이 넘어 직장이 없다는 것을 알고 있다. 중학교 3학년인 딸까지 네 식구란다.

아들에게 퉁바릴 먹인 며느리가 내 눈치를 힐긋 보고는 말했다.

"아직은 필요 없어. 그 여자 베트남이라면서?"

내가 끼어들었다. 24시간 영업을 하는 우리 식당에는 서빙 여종업원 열다섯 명이 만 티오다. 그중 한 명이 두어 달 전에 그만두었다는 것을 알고 있다. 그러나 아내는 하나 없어도 그런대로 돌아간다고 말했었다. 아내는 아침 8시에 수영장에 가서 운동을 하고 바로 식당에 출근하여 늘 조반을 함께 먹지 않는다.

"한 사람 빠졌다더니, 그래도 괜찮으냐?"

"아버님, 요즘 손님이 좀 뜸해요. 매출이 점점 줄고 있어요."

"여름엔 원체 그렇지 뭐."

더 할 말이 없어 입을 다물었지만 내가 사장이었다면 당장 채용했을 것이다. 펄펄 끓는 음식인 곰탕 설렁탕은 여름이 비철이긴 하다.

녀석이 제 엄마를 다시 물고 늘어졌다.

"엄마, 사람 더 쓸 거면 용수 엄마를 꼭 쓰시라 이거에요."

"알았어. 어서 밥 먹고 학교나 가."

내가 퉁바릴 먹은 듯이 마음이 뚱하여 식탁에서 일어섰다. 군에 입대하여 19개월간 베트남전쟁에 참전했던 나는 '베트남'이라는 말만 들어도 주눅이 들곤 하였다.

용수 엄마가 우리 식당에 취업이 된 것은 그로부터 한 달이 지난 7월 중순이었다. 우리 식당 직원들은 시간제가 아니라 하루 8

시간씩 3교대로 24시간 일하는데, 베트남 여자는 큰집설렁탕 정식 직원이 되었다.

장맛비가 끈질기게 내리던 날, 아침을 먹으며 내가 며느리에게 물었다.

"베트남 여자 일 잘하냐?"

중국교포 여자들은 늘 두셋씩 쓰지만 베트남 여자는 처음이라 궁금했다.

"예, 아주 약삭빠르고 일도 꼼꼼하게 잘해요. 너무 잘해서 다른 여자들이 눈총을 주기도 하지만 성격이 서글서글해서 잘도 받아넘기곤 해요."

그럴 것이다. 여자들이 많다 보면 서로 갈등도 생기고 편이 갈라지기도 하며 말썽이 생기는 경우도 있었다. 좀 유별난 여자는 따돌림을 당하기도 했다.

"근데요, 아버님. 그 여자 아버지가 베트남전쟁 때 한국군 군인이었대요."

나는 순간적으로 가슴이 툭 떨어졌다. 이내 가슴이 벌렁거리면서 머릿속에 잠재되어 있던 화사한 얼굴이 떠올랐다. 나는 밥숟가락을 놓고 눈을 감았다. 눈을 감아도 그 얼굴은 보였다. 내 표정에 놀란 며느리가 물었다.

"아버님, 왜 그러세요? 어디 불편하세요?"

"아니, 아니다. 괜찮아."

식탁에서 일어섰다. 내 방에 들어가 침대에 걸터앉아도 마음이

가라앉지 않았다. 아버지가 한국 군인이라는 베트남 여자. 라이따이한이라 불리는 그런 여자들이 한국에 더러 들어왔을 것이다. 베트남전쟁에 한국군은 8년간 연인원 35만여 명이 참전했었다. 그뿐만 아니라 한국 근로자들도 베트남에 많이 파견되었다. 베트남에 라이따이한이 5만여 명 있다는 말도 들었다. 그 여자도 5만여 명 중 하나일 것이다. 며느리가 내 방문 앞에서 말했다.

"아버님, 저 나가요."

나는 벌떡 일어나 문을 열었다. 몸이 달아 참고 있을 수 없을 지경이었다.

"베트남 여자 말이다. 나이가 몇 살인지 알고 있니?"

"이력서에 1969년 5월생이었어요. 아버님, 왜 그러세요?"

"아, 아니다. 어여 가거라."

며느리는 아무래도 이상하다는 듯이 머리를 갸웃거리며 나갔다. 손자 둘은 거실에 앉아 TV를 보고 나는 방으로 들어왔다. 1969년 5월생 라이따이한! 내가 사랑했던 월남 아가씨 브티 즈엉! 나는 1968년 10월에 귀국했다. 정신이 번쩍 들어 책장 맨 아래 서랍을 열고 월남에서 찍은 사진첩을 꺼냈다. 사진첩은 두 권이다. 2차 파월한 1968년도 것을 펼쳤다. 매캐한 책 곰팡이 냄새가 났다. 50년이 넘은 사진들은 빛바랜 것도 있지만 말짱한 것들도 많았다. 뒷부분에 브티 즈엉과 찍은 사진들이 있다. 50년 전 스물네 살 군인이던 내가 브티 즈엉과 찍은 사진이 열댓 장이나 있고, 즈엉의 어머니와 찍은 사진도 대여섯 장 보였다. 남 보기에 자매처럼 닮고 다

정하던 모녀는 참 아름다웠다. 참으로 오랜만에 50년 전으로 돌아가 추억을 더듬었다. 돌이켜보면 70대 중반인 내 인생에서 파월 19개월 그 시절이 가장 즐겁고 행복했었다. 군대 생활이 즐겁고 행복했다면 맞아 죽을 말이지만 난 그랬다.

그날 오후 3시, 아내는 한가한 시간에 쉬려고 집으로 오고, 나는 점심을 먹으러 우리 식당으로 갔다. 3시면 손님이 뜸해서 직원들이 점심을 먹는 시간이다. 그래도 한꺼번에 먹을 수 없어 반씩 나누어 식사를 해야한다. 비빔밥 점심상을 차리는 며느리에게 은근히 물었다.

"용수 엄마가 누구냐?"

며느리는 의아한 눈으로 내 표정을 보다가 손가락으로 가리켰다. 우리 식당 단체복인 하늘색 티셔츠에 짧은 앞치마를 두른 여자가 주방에서 나오다가 나와 눈이 마주쳤다.

"아!"

짧은 탄식이 나도 모르게 터져 나왔다. 여자도 우뚝 서서 나를 바라보았다. 며느리가 아무래도 이상하다는 듯 두리번거리다가 손짓으로 불렀다.

"용수야 이리와 봐요."

우리 직원들은 서로 자식들 이름을 부른다. 용수야, 상준아, 미라야. 열댓 명 여직원들 모두 나이가 엇비슷하므로 그게 편하다. 여자가 내 얼굴에서 눈을 떼지 못한 채 다가와 허리를 숙여 인사를 했다.

"안녕하세요. 용수 엄마입니다. 용수를 늘 손자처럼 대해주셔서 참 고맙습니다. 인사를 드리러 간다고 벼르면서도 못했습니다. 죄송합니다."

우리말을 또렷하게 잘하는 베트남 여자를 바라보며 나는 입이 열리지 않는데, 가슴은 왜 그리도 뛰는지! 여자의 얼굴에 브티 즈엉의 모습이 겹쳤다. 얼결에 여자의 두 손을 모아 잡았다. 비로소 정신이 들었다. 냉정해야 한다. 직원들이 모두 우리 두 사람을 보고 있었다. 손을 놓고 의자에 앉으니 입이 터졌다.

"반가워요. 우리말을 아주 잘하네요. 그리 앉아요."

일을 하는 직원도 식사 준비를 하던 직원들도 여전히 힐금힐금 우리를 보았다.

"어서들 점심 먹어요."

낮에 일하는 직원이 아들 부부와 남자 주방장까지 열다섯이다. 내 상을 따로 차리지만 오늘은 말렸다. 아들 내외와 주방장, 용수 엄마가 내 식탁에 앉았다. 일어서는 것을 내가 잡아 앉혔다.

"용수 엄마, 일이 힘들지 않아요?"

"힘들지 않아요. 즐겁게 일하고 있어요. 고맙습니다."

나는 눈을 떼지 않은 채 또 물었다.

"이런 식당에서 일한 적 있어요?"

"이렇게 큰 식당은 첨입니다. 그래서 힘이 덜 드는 것 같습니다."

"다행이네요. 아, 어서들 식사해요."

모두 나 때문에 숟가락을 들지 못하고 있었다. 아들이 밥을 먹으며 뚱하게 물었다.

"오늘은 어찌 나오셨어요?"

"그냥 갑갑해서 나왔지."

직원들이 어려워해서 나는 좀체 나오지 않다가 두어 달 만에 나왔다. 점심은 모두 비빔밥인데 용수 엄마는 진한 설렁탕을 먹었다. 직원들은 하루종일 고깃국 냄새를 맡아서 질린다며 자장면이나 짬뽕을 시켜 먹기도 하는데, 용수 엄마는 아직 안 질린 모양이다. 나는 베트남 여자가 먹는 모습을 눈여겨보았다. 깍두기만 한 접시 담아 놓고 암팡지게 먹는다. 먹는 모습이 복스럽다. 먹을 거 다 먹으면서도 깨지락거리는 사람들도 많다. 우리 며느리가 그런 타입이다.

"깍두기 잘 먹네요. 맛있어요?"

여자는 좀 열없는지 배시시 웃으며 대답했다.

"네, 깍두기 엄청 맛있어요. 시집오자마자 시어머니가 맨 첨에 깍두기, 김치 담는 방법부터 배워주셨어요."

그랬을 것이다. 용수는 아버지 고향이 강원도 원주 신림이라고 했었다. 산골 사람들은 김치와 깍두기가 반 양식이다. 그도 그렇지만 여자는 네모진 깍두기만 골라 담아온 듯싶었다. 저 버릇을 직원들이 알면 밉보이기 십상일 터이다. 그러나 사실은 눈여겨보지 않으면 알아채지 못한다.

점심을 먹고 친구 노상우를 불러냈다. 월남전에서 나와 함께 부상을 입고 상이 제대한 전우다. 벌건 대낮부터 술을 마실 수 없어 극장에 갔다. 한국영화 '군함도'를 보고 나니 일곱 시, 딱 술시다. 조용히 할 얘기가 많아 중국식당으로 갔다. 해삼전복탕 안주에 연태고량주를 시켜놓고 마셨다. 친구와 내가 좋아하는 술과 안주다. 친구가 고량주를 꼴깍 마시고 물었다.

"느닷없이 얘기 좀 하자니, 하자는 얘기가 뭐야."

나도 친구처럼 고량주를 그렇게 마시고 느긋하게 해삼안주를 먹고는 대답했다.

"베트남 여자가 우리 식당에 있다."

"베트남 여자? 그런데⋯⋯, 베트남 여자가 서울에 한둘이냐?"

"그건 그렇지만, 그게 아니니까 그렇지. 배배 꼬지마, 넌 항상 그게 탈이야."

녀석은 같잖다는 듯 피시식 웃으며 대꾸했다.

"니 말이 웃기잖어. 베트남 여잔데 그게 아니라니, 뭔 말이 그래?"

나는 녀석의 잔과 내 잔을 채우고 대답했다. 내가 해놓고 봐도 빙충맞은 말이긴 하다.

"야, 그 여자가 브티 즈엉을 닮았다."

"뭐, 브티 즈엉? 취수장 군납 집 딸 말이냐?"

"그렇다니까. 빼다 박은 듯이 닮았어."

당시 우리는 군수품 밀매하는 집을 '군납 집'이라고 불렀다. 급수차 운전병이던 노상우와 나는 술자리에서 가끔 그 시절의 추억을 더듬고는 했었다. 그는 시큰둥한 표정으로 술을 마시고 잠시 멍하더니 말했다.

"가만…… 그 여자, 니 애인이었잖아"

"그러니까 하는 말이지. 뭔가 예감이 이상해. 그 얼굴에 내 모습도 보이더라니까."

"이게 시방 뭔 소릴 하는 게야. 니 모습이 보이면, 니 딸이라는 말이니?"

녀석의 '니 딸'이라는 말이 가슴에 쿡 박혔다. 내 딸이라니! 내 입으로 차마 표현할 수 없던 그 말에 가슴과 얼굴이 화끈하게 달아올랐다. 독한 고량주 탓만은 아니다. 더운 속에 시원한 술을 부었다. 그런데 말이 나오지 않았다.

"이게 벙어리가 마빡을 쳤나, 왜 말을 하다 말어. 답답해 죽겠다."

"아무래도 그런 예감이 들어. 즈엉이 그때 임신을 했을 수도 있어. 제대가 두 달 남았을 무렵부터 관계를 했었거든. 그 여자가 69년 5월생이야."

마침내 녀석이 나보다 더 몸달아 대들었다.

"우리가 본국으로 후송된 게 68년 10월이잖아. 69년 5월생이면 그럴 확률이 있네. 근데, 너 제정신 맞아? 눈앞에 있는 사람인데 대놓고 물어보면 되잖아, 그걸 왜 못하고 골머릴 앓고 있냐?"

나는 잠시 생각을 궁굴리다가 대꾸했다.

"내가 너처럼 돌대가리냐? 그게 고량주 한잔 홀짝 마시듯이 그렇게 간단하냔 말이다. 집안에 풍파가 일어날 수도 있어."

녀석은 한참 뒷머리를 긁적거리고 나서 혼잣말하듯이 중얼거렸다.

"허 그 참, 그건 그러네. 골머리 아프게 생겼구나."

"니 머리에서 해결책이 나올 턱이 없으니 술이나 마시자."

나는 1967년 1월 월남전에 파병되어 십자성부대 제1단 239수송자동차대대 831중대에 배치되었다. 십자성부대는 전투사단 맹호부대의 군수품과 전투장비, 탄약을 보급 지원하는 군수지원부대였다. 수송자동차대대는 6개 중대가 있다. 본부중대와 근무 중대, 자동차중대 4개 중대가 있다. 1개 중대에 4톤 GMC트럭 40대. 구난차 2대. 급수차 2대. 연료수송차량 1대. 중대장과 소대장 지프 5대 등 차량 50대가 있다.

나는 831중대에 배치되면서 배차계로 임명되었다. 사수배차계의 귀국이 10일 남았지만, 파월 전에 병기탄약사령부 제3창 수송부에서 배차계 조수로 4개월 근무한 경험이 있으므로 쉽게 업무를 인수받았다.

중대에서는 매일 트럭 25대 이상과 구난차 2대, 지휘용 지프 5대, 급수차 2대 등 차량 34대가 출동한다. 트럭은 맹호부대 작전지역에 탄약과 보급품을 수송하고, 지프는 중대장과 소대장의 칸보이 차량이다. 급수차 2대는 오전 2회 취수장에서 물을 공급받아 대대취사장과 본부중대, 근무중대 샤워장 물탱크에 급수하고, 오후 2회는 중대 샤워장 물탱크에 물을 공급한다. 4개 중대 8대의 급수차가 하루 4회씩 물을 공급하는 것이다.

운전병 중에서 급수차 운전병이 가장 안전하고 편하고, 수입도 좋다. 급수차 운전병이 귀국하면 그 사리를 탐내는 운전병들이 중대장에게 아부를 하기도 하고 배차계에 매달려 아첨을 떨었다. 대대에서 취수장까지 거리는 27km인데, 월남 민간인 차량과 월남군 군용차량도 많이 운행하는 국도이므로 적들의 지뢰매설이 없는 가장 안전한 도로이다. 반면에 전투부대 주둔지역 도로는 거의 비포장이라 길도 험하고 베트콩들이 대전차지뢰를 매설하여 하루에 1~2건씩 지뢰 폭발사고가 발생했다. 그중 한 달에 2~3건은 차량 운행횟수가 많은 우리 자동차대대 차량에서 발생했다.

중량 0.5톤인 지휘 차량 지프는 대전차지뢰를 밟고 지나도 터지지 않는다. 그러나 4톤 GMC 트럭은 파괴되면서 홀렁 뒤집힌다. 운전병과 적재함에 기관총을 잡고 탑승한 사수와 경계병은 중상 아니면 전사다. 지뢰 폭발로 끝나면 다행이지만 사고로 운행대열이 정차하면 매복하고 있던 베트콩이 기습을 감행했다. 비전투원인 운전병들은 그대로 당하는 수밖에 방법이 없다. 내가 월남전에 참전한 19개월 동안 우리 대대에서만 대전차지뢰폭발 사고가 10건이 있었다. 그에 따른 적의 기습으로 우리 대대 운전병 23명이 전사하고, 소대장 2명이 전사했다. 지뢰탐색 특수부대 요원들이 매일 도로를 탐색하고 경계를 해도 베트콩들은 귀신같이 지뢰를 매설했다.

급수차 운전병이 특과 중의 특과로 서로 탐내는 이유가 또 하나 있다. 부수입이 짭짤하게 생기기 때문이다. 각 중대의 보급계들이 군수품을 빼돌려 월남 민간인들에게 파는 루트가 급수차다. 부대 정문에 위병이 있어 급수차가 부대에서 나갈 때마다 위병이 차를 세우고 검사를 하지만 형식적일 뿐이다. 그렇게 빠져나가는 군수품은 C레션, B레이션, 스프레이 모기약, 바르는 모기약, 캔맥주, 일인용 침대 모기장, 오렌지, 사과, 소시지 등이다.

빈딘성 챤바이 취수장은 수량이 많고 면적도 넓다. 한국군 맹호부대, 십자성부대, 미군부대, 월남군도 챤바이 취수장 물을 이용하므로 항상 군용차량과 군인들로 북적였다. 급수차 운전병들은 각자 거래하는 단골 상인이 있다. 상인들은 거의 맥주나 음료수를 파는 카페를 운영하는데, 급수차가 그 앞에서 서행하면 젊은이 두셋이 번개처럼 차에 올라타 물건을 내리면 차는 통과한다. 급수를 받고 귀대할 때, 그 앞을 서행으로 지나가며 운전병이 팔을 내밀면 손에 달러가 든 봉투가 쥐어진다. 단 1달러도 틀리는 경우가 없이 정확하다. 그 금액 중에서 운전병이 20%를 먹는데, 절반 정도는 배차계 몫이다. 군인들이 모여들면 자연스레 상인들이 들끓고 따라서 매춘 아지트가 생기고, 돈으로 흥청거린다. 단속하는 헌병이 있지만 그들 역시 전쟁터의 군인이다.

내가 취수장에 처음 나간 것은 파월 6개월만인 7월 중순경이었다. 한국군 외출 인가지역인 퀴논시 판디아에 나가서 맥주를 마시고 영화를 보기는 했지만, 취수장은 그야말로 별천지였다. 바에서 맥주, 양주를 마시며 프랑스 요리를 먹을 수 있고, 월남 꽁까이들을 데리고 놀 수도 있었다.

배차계 한 달 부수입은 병장 전투수당의 2곱절인 100달러가 넘는다. 나는 일주일에 한 번씩 오전 10시에 2회차 급수차를 타고 취수장에 나가서 놀다가 오후 4시 4회차 급수차를 타고 귀대하곤 했다. 그렇게 4개월이 지나 파월 10개월째인 10월 중순경 브티 즈엉을 알게 되었다. 스물세 살 나와 동갑인 그녀는 우리 중대 급수차 두 대가 밀반출한 군수품을 거래하는 상인의 딸이었다. 알고 보니 그 상인은 한국군 급수차와 미군부대 급수차등 대여섯 대와 거래를 하는 제법 큰 장사꾼이었다.

그 집은 취수장이 5백 미터쯤 앞에 있는 도로변의 가정집이었다. 두 번째 취수장에 나가던 날, 나는 그 집 앞에서 월남 젊은이들이 차에 올라와 물건을 던지고 뛰어내릴 때 조수석에서 같이 내렸다. 난데 없이 한국군이 집안으로 쑥 들어가자 안주인인 듯싶은 중년의 여자가 기겁을 하며 뭐라고 외쳤다. 안채에서 주인이 나오고, 내가 딱 한 번 차에서 스치듯 얼굴을 본 아가씨가 뒤따라 나왔다. 나는 사실 그 아가씨를 보기 위해 차에서 내렸던 터였다.

철모만 썼을 뿐 비무장인 나를 경계하지는 않았지만 많이 놀랐을 것은 뻔하다. 그러나 말이 통하지 않으니 서로 답답한데, 뜻밖에 주인이 우리말을 더듬거렸다.

"느, 무야?"

와락 반가워 얼결에 손을 잡으며 나도 더듬거렸다.

"나, 배차계. 에잇 쓰리 원 배차계!"

예쁜 아가씨는 없어지고 젊은이 둘과 부부가 나를 에워싸고 눈을 부라렸다. 이들이 831은 알아들었겠지만 '배차계'는 알 턱이 없다. 나는 금방 묘안이 떠올랐다. 나이든 월남 남자들은 한문을 잘 안다는 것을 알고 있었다. 윗주머니에 꽂힌 볼펜을 뽑아 쌓아놓은 물건 박스에 썼다. '831-3110 配車係' 831은 우리 중대 고유번호, 3110은 지금 내가 타고 나온 급수차 차량번호다. 이들은 차량번호를 적어두었다가 물건값을 계산해서 준다. 주인이 알아보았는지 얼굴이 풀어지며 손을 내밀어 악수를 청했다.

마침내 안심을 했는지 안주인이 나를 안채 집안으로 안내했다. 프랑스식으로 지은 안채는 넓고 정갈했다. 소파에 앉자 캔 오렌지 주스가 나오고 주인과 손짓 발짓 육필로 대화를 했다. 이름이 '브티 친나우'라는 주인은 54세이고, 일하는 젊은이 여섯 중에 둘은 아들이라고 했다. 젊은이들의 실력은 대단했다. 집 앞에서 급수차가 서행하면 세 명이 번개같이 뛰어올라 물건 30여 박스를 던지면, 밑에 있는 세 명이 그야말로 눈 깜박할 사이에 물건을 거두어들였다. 한국, 미국, 월남군 헌병들이 단속을 한다지만 건성인 것은 역시 뒷거래가 있을 것이다.

나는 그다음 주 금요일에 또 그 집 앞에 내렸다. 군수품 밀반출은 주로 매주 금요일에 있다. 그날 지난주에 보지 못했던 그 집 딸을 만났다. 나이는 23세. 우리 나이로 24세인 나와 동갑나기였고,

이름은 '브티 즈엉'이라고 했다. 스치듯 눈이 마주친 적은 두 번 있었지만, 마주 앉아 얼굴을 보기는 처음이었다. 예상했던 대로 흔히 보는 월남 아가씨들과 달리 얼굴이 희고 눈이 큰 미인이었다. 얼굴이 흰 것은 나다니지 않았기 때문일 것이지만 부모를 닮아서 키도 컸다. 우리 대대 취사반에 월남 여성 노무자들이 15명 있지만 이런 여자는 없다.

그 뒤에 브티 즈엉을 세 번 더 만나고 나는 귀국했다. 마지막 만나던 날, 그녀에게 250달러짜리 손목시계를 선물하고 단도직입적으로 사랑을 고백했다. 한 달간 익힌 월남 말과 영어, 손짓 발짓으로 사랑을 표현했다.

"브티 즈엉, 당신을 사랑한다. 귀국해서 3개월 후에 재파월 하겠다. 재파월 하면 원대 복귀한다. 그리고 68년 11월경 현지 제대하여 당신과 결혼하겠다."

당시 월남에서 복무 중에 만기제대가 가능한 사병이나 하사관은 현지 제대하여 한국 회사인 한진상사에 취업이 보장되는 제도가 있었다. 한진상사는 당시 월남에서 건설, 무역, 운송 등 다양한 분야의 사업을 하고 있었는데, 현지 제대가 가능한 한국군은 100% 취업이 보장되었다.

나는 그날, 브티 즈엉을 안고 긴 시간, 참으로 긴 시간 입맞춤을 했다. 그녀의 방이었지만 더 이상의 진전은 없었다. 오후 4시면 급수차가 온다. 즈엉은 내 품에 안겨 말없이 울었다. 품에 안겨 운다는 것은 사랑을 받아들인다는 뜻이 분명했다.

1967년 11월 10일, 나는 파월 10개월 만에 귀국했다. 전쟁터인 월남에서 귀국했지만 한국에 나를 반겨줄 가족은 없다. 고모가 서울에 살지만 우리 집은 아니다. 그래도 갈 곳은 아버지 동생인 고모네 집뿐이었다. 고모는 나를 끌어안고 서럽게 울었고, 나도 그렇게 울었다. 고모와 나는 내 유년으로 돌아가 진하게 울었다.

6·25전쟁 때 여섯 살인 나를 두고 죽은 아버지는 고모와 두 살 터울이다. 할머니는 아들이 다섯 살, 딸이 세 살 때 급성 전염병으로 타계하셨다고 들었다. 홀아비 할아버지는 1년 뒤에 재취를 하여 이듬해 아들을 낳았다. 우리 삼남매가 졸지에 부모를 잃고 1년간 얹혀살았던 그 숙부였다.

숙부는 배다른 큰형님 어린 조카들을 애초부터 맡아 키울 생각이 없었다. 고모에게 떠넘겼는데, 고모 역시 시부모하에 어린 자식이 셋이라 우리를 받아들일 수 없었다. 결국 우리 삼 남매는 고모부의 주선으로 고아원에 들어갔다. 내가 여덟 살, 연년생인 남동생, 다섯 살인 여동생이었다.

고아원에 들어간 지 5개월만인 1952년 8월, 동생 둘이 한꺼번에 미국인에게 입양되어 미국으로 갔다. 나는 피눈물이 나도록 울었지만, 앞에 닥친 현실이 감당 못 하게 버겁던 터라 오히려 다행이다 싶었고, 몸과 마음을 옥죄던 사슬이 풀린 듯 시원하기도 했다.

나는 고아원에서 중학교를 졸업하고 1961년, 용산에 있던 교통고등학교에 들어갔다. 학비가 면제되고 취업이 보장되는 교통고등학교에는 당시 고아원 출신들이 많았다. 철도고등학교의 전신인 교통고등학교는 1962년 철도청에서 서울시로 이관되었고, 1963년에 용산공업고등학교로 개칭되었다.

1964년 3월, 우수한 성적으로 졸업한 나는 첫 직장으로 수원역을 선택했다. 성적이 우수한 졸업생에게는 원하는 직장과 지역을 선택할 특권이 있었다. 내가 더 좋은 지역과 직책을 마다하고 수원역을 택한 것은 이유가 있었다. 숙부네 집이 평택이었는데, 이태 전에 수원시로 이사했다는 것을 알고 있었다.

나는 수원역 개찰구에서 승객들의 차표를 개찰하는 힘든 일을 선택했다. 예상대로 사흘 만에 숙부와 숙모가 대전행 기차표를 들고 내 앞에 섰다. 철도원 정복을 입은 나를 알아보고 반색을 했지만, 뒤에 승객들이 줄지어 섰으므로 말을 할 겨를도 없거니와 나는 아는 체도 하지 않았다.

며칠 뒤에 나만큼 자란 사촌들이 만나러 왔지만 나는 아는 척만 하고 외면했다. 스무 살이 되었을 쌍둥이 계집애 둘은 반갑다고 팔팔 뛰었지만 냉정하게 돌아섰다. 기차를 타려면 나를 거치지 않을 수 없으므로 숙부네 식구들을 자주 보지만 나는 여전히 과장되게 허세를 부리며 본체만체했다. 그런데 이상한 것이, 날이 갈수록 숙부네 식구들 대하기가 버거워졌다. 고아원에 버려졌던 내가 이만큼 성공하여 숙부네 식구들 앞에서 뽐내보려던 오기가 결국 치기였음을 비로소 깨닫기 시작했다.

나는 당시 일곱 살이었지만 숙부가 우리 삼 남매를 거둘 수 없음을 알았다. 자기 자식들이 넷이었으니, 어려운 전쟁 통에 고만고만한 아이들 일곱을 키운다는 것은 누가 봐도 어려운 일이었다. 번연히 알면서도 내가 성인이 되어서까지 이가 갈리는 것은 비록 짧은 세월이었지만 그 모진 학대와 잔인한 손찌검이었다. 숙모는 이유도 없이 내 동생 둘을 꼬집고 때렸다. 그래도 그것은 참을 수 있었다. 숙모는 걸핏하면 찢어지게 눈을 흘기며 뇌까렸다.

"지긋지긋한 빨갱이 새끼들, 요새 귀신들은 뭘 먹구 사나 몰러."

그뿐만 아니었다. 나와 동갑인 사촌 남동생과 그 밑의 두 쌍둥이 계집애는 끼니때가 되어 밥상이 차려지면 내 동생들 밥그릇에 침을 뱉었다. 내가 침이 묻은 밥을 덜어내면 또 뱉었다. 동생들은 배가 고프니 훌쩍이며 그냥 먹었다. 동갑이지만 키가 작은 사촌은 나를 어려워하지만, 동생들에게는 가혹할 만치 잔혹했다. 때리고, 꼬집고, 할퀴고 내가 없으면 엎어놓고 밟기도 했다. 두 아이 몸뚱이는 늘 멍투성이고 꼬집어 비튼 상처가 아물 날이 없었다. 숙부와 숙모는 번연히 보면서도 말리기는커녕 히죽히죽 웃으며 즐겼다. 나는 그 모습에 더 애간장이 찢어지고 치가 떨렸다.

평소에는 그저 잊고 살지만 그 집식구들을 볼 때마다 아픈 기억이 되살아나서 괴로웠다. 나는 결국 반년 만에 개찰원을 포기하고 매표원으로 들어앉았다. 그렇게 2년간 수원역에서 근무하던 나는 66년 2월 군에 입대했다.

나는 계획대로 1968년 3월 20일 재 파월되었다. 재 파월은 본인이 원하면 먼저 근무하던 부대로 복귀할 수 있다. 당연히 831중대에 복귀했지만 배차계를 다시 볼 수는 없었다. 3개월 동안 행정반 요원들이 절반 이상 바뀌고 소대장도 두 명이 갈렸지만 중대장은 그대로 있었다. 불과 석 달 전에 10개월이나 근무했던 부대였지만 껄끄럽고 서먹했는데, 그나마 중대장이 있어 다행이었다. 여윳돈으로 가끔 맥주 값을 보태주곤 했던 중대장과 나는 좋은 관계였다. 중대장이 나를 불렀다.

"운전을 안 해봤는데, 할 수 있겠나?"

나는 이미 계획했던 일이었기에 대답했다.

"할 수 있습니다. 중대장님, 급수차를 타고 싶습니다. 꼭 배려해 주십시오."

"급수차? 가만있자, 11호차 운전병이 곧 귀국하잖아."

"그렇습니다. 1개월 남았습니다."

"알았어. 내가 5월에 귀국이니까 배려해 줄게."

나는 벌떡 일어나 거수경례를 하며 감사했다.

"단결! 중대장님, 고맙습니다."

원대 복귀한 지 나흘 만이었다. 며칠 뒤면 내가 타게 될 3111호 급수차를 타고 취수장에 나갔다. 귀국이 25일 남은 운전병은 나와 군번이 비슷해서 친구였다. 10시 40분, 브티 즈엉 집 앞에서 내려 안으로 들어갔다. 물건을 정리하던 즈엉 어머니가 마치 아들 반기

듯이 나를 맞이했다. 안채로 들어가자, 즈엉은 어머니가 있는데도 내 품에 달려들었다. 내가 민망스러워 떼어놓고 소파에 앉았다. 즈엉과는 어느 정도 대화가 되었는데, 아버지는 외출했다고 했다.

즈엉은 나를 끌다시피 자기 방으로 갔다. 들어가자마자 우리는 한 몸이 되었다. 이내 입술이 포개지고 오래된 사랑의 갈증을 풀었다. 즈엉은 이성이 냉정했다. 입맞춤과 진한 포옹 외에 더이상 허락하지 않았다. 밖으로 나와 종려나무 밑에 있는 대나무 의자에 앉아 온갖 수단으로 대화를 나누었다. 우리는 사랑을 확인하고 결혼을 약속했다.

12시경에 즈엉의 아버지가 외출에서 돌아왔다. 반가워하며 와락 껴안고 등을 두드리며 잘 돌아왔다고 했다. 점심상이 차려졌다. 군부대에서 나온 소고기로 스테이크를 굽고, 넉맘과 굴 소스에 비빈 쌀국수가 나왔다. 이 집에서 점심을 먹은 건 세 번째인데 오늘은 특히 융숭했다.

식사를 끝내고 커피를 마시며 나는 즈엉과 결혼하겠다고 정중하게 말했다. 아버지와는 주로 한문 필담이었고, 즈엉이 옆에서 거들어 충분한 의사가 전달되었다. 이들 부부는 이미 짐작하고 있던 터라 반대하지 않았고, 아버지는 일어나 나를 끌어안고 오래도록 등을 두드리며 애정을 표했다.

나는 너무 기뻐 장인 장모가 될 이들 부부에게 우리 식으로 큰절을 올렸다. 즈엉이 깜짝 놀라 나를 일으켰고, 나는 큰절의 의미를 알리고 온 식구가 한바탕 웃었다. 즈엉의 아버지가 내 제대 일자를 궁금해 해서 자세히 설명했다.

1968년 10월 말경이 군복무 35개월 내 제대일정이다. 그러나 월남 복무기간이 10개월 이므로 12월 15일까지 군에서 나갈 수 없다. 12월 15일 오전 9시, 중대장과 함께 대대장 CP에 가서 현지 제대 신고를 하고, 제대증을 받으면 나는 민간인이다. 10시경이면 한진 상사 퀴논 지사에서 온 차가 나를 픽업하여 한진상사 총무과로 간다. 거기서 입사 신고를 하면 그날부터 정식 사원이 된다. 결혼하기 전에는 기숙사에 있지만, 현지 여성과 결혼을 하면 회사에서 사택이 제공된다. 한국군 출신이나 민간인 근로자도 월남 여성과 결혼을 하면 즉시 국적을 월남으로 바꾸어야 한다. 월남 여성을 데리고 한국으로 나갈 수는 없다. 내 설명을 들은 이들 가족은 나를 사위로 인정하며 축하해 주었다.

나는 별 직책도 없이 열흘간 빈둥대다가 3월 1일, 831–3111호 급수차 운전병으로 정식 임명되었다. 11호 급수차를 노리던 운전병 두 명은 대놓고 나를 시기했지만, 그들은 나보다 7, 8개월 졸병이었다. 그때부터 내 군대 생활은 평탄하고 행복했다. 내가 현지 제대하여 찬바이 취수장 근처의 월남 아가씨와 결혼한다는 소문이 대대에 퍼져 부러움과 시기의 대상이 되기도 했다.

매일 브티 즈엉을 만나 사랑을 확인하고 정은 깊어졌다. 내 월 수입은 병장 전투수당 57달러와 부수입 2백여 달러를 합쳐 2백5십 여 달러가 넘었다. 나는 그 돈을 모두 브티 즈엉 아버지에게 맡겼다. 당시 우리나라 5급 공무원 봉급이 1만5천 원 남짓이었다. 당시 환율이 달러 당 2백8십 원이었으니, 2백5십 달러면 한국 돈 7만 원이었다.

꿈같은 세월이 7개월이 지난 9월 중순경, 나는 처음으로 브티 즈엉과 깊은 사랑을 나누었다. 급수 3회차 오후 2시에 즈엉의 집에 들어갔는데 집안이 조용했다. 안채로 들어가자 그녀가 반갑게 맞이했다. 가볍게 안아주고 물었더니 부모는 친구들 모임에 나갔고, 두 동생은 퀴논시에 나갔는데 밤에 올 것이라고 했다.

나는 마음이 들떴다. 지금까지 이런 기회가 없었다. 가슴을 애무하는 등 스킨십은 있었지만 더이상은 할 수 없었다. 우리는 자연스럽게 서로 마음을 열고 사랑의 행위를 시작했다. 스물네 살 그녀의 몸은 난숙했다. 160cm의 키에 날씬한 몸매, 풍만한 가슴은 황홀했다. 즈엉은 놀랍게도 순결을 간직하고 있었다. 나는 입대 전에 홀몸으로 좋은 직장을 가졌으므로 생활이 내 멋대로였고 많은 여자도 상대했었다.

우리 사랑은 날이 갈수록 뜨겁게 깊어졌다. 즈엉의 집은 내 집이나 마찬가지로 임의롭게 드나들었다. 꿈같은 세월이 흘러 10월 29일자로 나는 군복무 35개월 5일로 만기제대가 되었다. 제대날짜와 동시에 나는 보직이 해지되었다. 그러나 월남 복무기간 10개월이 45일 남았으므로 군인 신분은 변함없다.

나와 같은 경우가 우리 대대 사병 9백여 명 중에 6명이 있었는데 모두 한진상사에 취업이 되어있었다. 그중 2명은 중사였다. 우리는 보직이 없지만 외출은 할 수 없다. 현지에서 제대한 병사는 만약의 사고에 대비해 더욱 단속이 심했다. 남은 복무기간이 각각 이지만 내가 45일로 가장 길었다. 외출이 금지되어 브티 즈엉을 맘 대로 만날 수 없는 남은 세월이 지루한 감옥이었다.

15일간 PX에서 매일 맥주만 마시며 빈둥대던 나는 하도 갑갑해서 11월 15일, 우리 1소대 보급수송 작전에 자원하여 출동하기로 했다. 트럭 8대와 소대장 칸보이 지프, 구난차 1대 등 차량 10대가 탄약과 군수품을 싣고 맹호 26연대 주둔지 송카우로 나가는 작전이었다. 선두에 소대장 칸보이 지프가 서고, 1번차 적재함에 LMG 기관총을 장착하고 사수와 경계병이 타고, 조수석에 선임자가 탑승했다. 늘 소대 선임하사가 타지만, 그날은 선임하사관 하태우 중사가 귀국 일자가 임박하여 월남 고참병인 내가 자원하여 출동했다.

송카우는 내가 네 번째로 가보는 작전도로였다. 밀림이 우거진 포장도로를 한 시간쯤 지나면 키 작은 나무와 풀숲이 무성한 개활지가 나오는데 도로는 평탄하지만, 늪지대라서 비포장이다. 비포장도로를 20분쯤 달리던 내가 탄 1번 차가 대전차지뢰 폭음과 함께 훌렁 뒤집혔다. 연이어 요란한 기관총 소리를 아련히 들으며 나는 정신을 잃었다.

내가 깨어난 곳은 병원이었다. 눈을 떠보니 밖은 어둠이 짙었는데, 양팔과 양다리가 침대에 묶여있고, 가슴에도 벨트가 채워져 꼼짝을 할 수가 없었다. 정신이 아득한데 복부와 왼쪽 정강이에 둔중한 통증이 왔다. 말이 나오지 않아 끙끙거리자 하얀 가운을 입은 위생병이 달려왔다.

"정신이 드냐?"

안간힘을 쓰다가 말이 터졌지만 혀가 잘 돌아가지 않았다.

"내 내, 내가 어떻게 된 겁니까?"

위생병은 내 입에 체온계를 쑤셔 넣고 대답했다.

"어떻게 되긴, 살아났지."

나는 길게 숨을 내쉬었다. '살아났다!' 그럼 내가 죽었었나? 다른 위생병이 와서 내 오른쪽 팔뚝에 주사바늘을 푹 꽂았다. 위생병이 내 이마를 짚어보며 말했다.

"자는 게 약이다."

차차 정신이 들자 귀가 열렸다. 여기저기서 비명이 들리고 고통의 신음소리가 들렸다. 근데, 나는 왜 고통스럽지 않은가? 아무렇지도 않은가? 몸을 움직이니 심한 통증이 왔다. 숨이 턱 막히는 통증이다. '어떻게 되긴, 살아났지.' 죽을 만큼 몸뚱이가 박살 났음이 분명했다. 그런데, 어디가 어떻게 되었는지 나는 알 수가 없었다. 눈을 크게 떠보니 링거 줄 두 가닥이 내 몸뚱이 어딘가에 꽂혀 있다. '하아' 긴 숨이 터지고 정신이 아득했다.

잠에서 깨어보니 창밖은 부옇한데 스콜이 무섭게 쏟아지고 있었다. 몇 시인지는 알 수 없는데 조용했다. 귀여겨 들어보니 끙끙대는 소리와 신음소리가 들렸다. 어젯밤이 생각났다. 나는 진통제과 수면제를 맞고 잠들었을 것이다. 정신이 들자 이내 통증이 엄습했다. 온몸이 우리한 통증이다. 팔다리를 움직여 보지만 여전히 침대에 묶여있다. 대체 왜 사지를 묶어놓은 것일까? 두통은 심하지만 정신이 말짱한 것으로 봐서 죽지는 않을 것 같은데 대체 내 몸뚱이가 어떻게 된 것일까? 차가 대전차지뢰를 밟았다는 걸 느끼며 순간적으로 정신을 잃었다. 그렇다면 나는 죽었어야 했다. 정신은 말짱하지만 육신은 살아도 살아갈 육신이 못 될 것이다.

울컥 울음이 터졌다. 오장육부가 뒤틀리고 머릿속이 마구 뒤엉키는 두려움이 엄습했다. 두려움과 고통, 슬픔이 한꺼번에 치밀어 통곡소리가 미처 나오지 않고 '끅끅끅……!' 이내 정신이 아득해졌다. 시커먼 죽음의 장벽이 앞을 가로막았다.

"어떤 개새끼여, 뒈지려면 조용히 뒈져라!"

가슴이 열리며 길게 숨이 터지고 저절로 흐느낌이 나왔다.

"어 흐흐흐……."

위생병 둘이 달려오고, 입이 더러운 놈이 다시 외쳤다.

"조용히 뒈지라고 했다, 개새끼야. 언놈 울 줄 몰라 안 우냐, 씹쌔끼야."

여자가 영어로 뭐라고 말하며 내 눈을 까본다. 간호장교다. 위생병이 내 겨드랑이에 체온계를 찌르고는 팔뚝에 주사를 놓았다. 간호장교가 말했다. 목소리가 참 곱다.

"이상운 병장, 안정을 해야 한다. 이제 곧 귀국한다. 가서 부모

형제를 만나야지. 안정이다, 안정! 알겠지?"

왈칵 눈물이 쏟아졌다. 여자의 따뜻한 말이 가슴에 스며들었다. '부모 형제!' 머리를 짚는 여자의 손을 만지려고 했지만 내 손은 없다. 뜨거운 눈물이 왈칵 터졌다. 간호장교가 내 가슴을 다독이고는 천천히 걸어갔다. 아름다운 뒷모습을 보다가 저절로 눈이 감겼다.

잠인지 혼수상태인지도 모르게 몇 번이나 깨어나기를 반복했다. 물 한 모금 마시지 않았지만 갈증도 배고픔도 느끼지 못했다. 팔다리가 있는 것은 분명한데 여전히 움직일 수는 없다. 차차 정신이 들며 감각으로 내 아랫도리는 발가벗겨졌고 기저귀가 채워져 있음을 알 수 있었다. 눈을 굴려보니 창밖은 햇살이 찬란했다. 햇살로 보아 아침이 분명했다. 대체 나는 며칠째 병실에 있는 것일까? 밑이 간지럽도록 궁금했다. 군의관과 간호장교, 위생병 둘이 내 침대 앞에 왔다. 와락 반갑다. 군의관이 물었다.

"이상운 병장, 정신 들었나?"

마음이 안정되며 말이 터졌다.

"넷, 정신이 돌아왔습니다. 군의관님, 제가 대체 어떻게 된 겁니까?"

"괜찮아, 너는 살았으니까. 오늘부터 식사를 할 수 있다."

"넷, 감사합니다."

내 몸에 덮였던 시트가 벗겨졌다. 순간적으로 왼쪽 정강이가 섬뜩하다. 오른쪽 아랫배에 감긴 붕대를 뜯는 느낌이 있고, 시원하면

서도 쓰리고 아프다. 왼쪽 정강이에 이상한 감각이 느껴졌다. 감긴
붕대를 풀어내는 것 같다.

"아—아!"

내 입에서 탄식이 터져 나오고 가슴이 꽉 막히며 울음이 터졌
다. 내 상체가 저절로 들썩거리자 위생병이 어깨를 잡아 눌렀다.
간호장교가 말했다.

"진정하라! 진정해."

내 팔뚝에 주삿바늘이 꽂히며 나는 몽롱하게 정신을 잃었다.

눈을 떴다. 밖은 어둠침침한데 스콜이 쏟아졌다. 병실은 가끔
끙끙대는 소리와 고통의 신음소리만 들릴 뿐 조용하다. 드레싱을
받다가 마취제를 맞고 정신을 잃었다. 묶여있는 왼쪽 다리를 움직
여 보았다. 정강이에 통증이 오고 허전했다. 눈물이 솟구치며 저절
로 말이 터졌다.

"이런 빌어먹을……, 발이 없어졌잖아!"

가슴이 쿵쿵 뛰고 서러움이 북받쳤다. 내 발이 없어지다니……!
천지간 혼자 몸뚱이에 병신까지 되었다. 허탈해서 울음도 나오지
않았다. 이런 몸뚱이로 브티 즈엉과 살 수 있을까? 아니다! 그녀는
이국의 여자다. 죽음보다 더한 고통이겠지만 나는 그녀를 포기해
야 한다.

나는 부상을 당한지 8일 만에 미군 수송기편으로 한국 서울 수

도육군병원으로 후송되었다. 왼쪽 정강이 절반이 잘려나갔고, 배꼽에서 오른쪽 복부와 옆구리에 파편이 박혀 한 뼘 길이의 수술 자국이 있다. 가슴과 넓적다리에 크고 작은 파편 상처는 셀 수도 없다. 오른쪽 대퇴부에 총알이 뚫고 나갔지만 뼈는 다치지 않았다. 그야말로 만신창이가 되었다. 나는 아무 생각도 하지 않았다. 이렇게나마 살아남은 게 다행인지 불행인지도 생각하기 싫었다. 다만 내 운명이고 숙명이라고 생각하지만, 걱정을 해주고 슬퍼할 가족이 없고, 따라서 병신 몸으로 부양해야 할 가족이 없다는 것이 다행이라고 생각했다. 단 한 사람 브티 즈엉이 있지만, 그녀는 내 상황을 알 턱이 없다. 나는 이미 귀국 처리되었으니 다시 월남에 갈 수도 없다. 평생 치유할 수 없는 고통이겠지만 그녀를 잊어야 했다.

나는 육군병원에서 두 달 만에 퇴원과 동시에 제대가 되었고, 화랑무공훈장을 받았다. 서울시 종로구 소격동 수도육군병원 정문을 나섰지만 갈 곳이 없다. 목발을 짚고 서서 매서운 겨울바람을 온몸으로 받으며 멍하니 하늘을 보았다. 하늘은 맑고 해가 눈부시다. 아, 이 막막함이라니! 대체 어디로 가야 하나! 뜨거운 눈물이 볼에 흘렀다. 눈물이 볼에서 싸느랗게 식지만 목발을 잡고 가방을 들었으니 닦을 손이 없다. 비로소 병신이 되었다는 사실을 실감했다. 감정을 억누르지만, 눈물은 이제 흐느낌이 되었다.

정말 어디로 가야하나! 서울 창신동에 있는 고모네 집이 생각나지만, 지금까지 알리지 않았으니, 목발을 짚고 불쑥 찾아갈 수는 없다. 고모는 지금쯤 내가 월남 아가씨와 결혼하여 잘 살고 있는 줄 알고 있을 것이다.

그래도 고향이나 다름없는 수원으로 가려고 서울역 대합실에 앉아 곰곰이 생각해보았다. 그런데 아니다. 퇴원은 했지만 일주일에 한 번씩 육군병원에 가야 하고, 의족을 맞추려면 병원을 수없이 드나들어야 하므로 서울에 있어야 했다. 나는 돈은 있다. 1년간 모은 전투수당이 있고, 1급 상이군인 보상금까지 40여만 원이 넘는다. 그 돈이면 서울 변두리에 작은 집 한 채는 살 수 있었다.

내가 서울에서 아는 동네라고는 고모네 집이 있는 창신동뿐이다. 고아원이 있고 철도고등학교가 있던 용산 쪽은 쳐다보기도 싫었다. 고모네 집은 창신동 산마루 마을이다. 마을로 들어가는 도로 옆에 있는 여관에 들어가 짐을 풀었다. 짐이라야 옷가지 두서너 벌이 든 가방 하나다. 내가 월남에서 쓰던 소지품은 병원으로 왔지만, 병원 보관소에 맡겨두었다. 거처가 정해지면 옮겨올 것이다. 손목시계를 보니 열두 시가 넘었다. 여관방을 썰렁하지만 군병원 병실보다는 아늑하고 편하다는 느낌이 들었다. 요를 깔고 이불을 덮고 누웠다. 참 오랜만에 맨바닥에 요를 깔고 이불을 덮어봤다. 병원에서는 물론 월남에서도 침대만 썼다. 등이 따뜻해지며 스르르 잠이 왔다. 늘어지게 기지개를 켜고 눈을 감았다.

기분 좋게 잠에서 깨어났다. 참으로 오랜만에 깊은 잠을 잤다. 조용한 온돌방에서 혼자 자보기는 오랜만이다. 시계를 보니 오후

세 시가 넘었다. 배가 고팠다. 여관에 들어올 때 식당을 봐두었다. 여관은 3층인데 나는 1층 5호실을 잡았다. 방을 정할 때 열흘간 쓰겠다고 하자 주인 여자가 맨 끝 한적한 방을 주었다.

식당 몇 군데를 기웃거리다가 냄새가 구수한 순댓국집으로 들어갔다. 순댓국! 입대 전 수원 천변시장에 오래된 순댓국집이 있어서 자주 먹었다. 우선 머리 고기를 시키고 소주 30도짜리 삼학을 주문했다. 월남에서는 양주와 월남 전통주 럼주를 즐겨 마셨다. 모두 40도가 넘는 술이다. 배가 고프던 차에 고기맛과 술맛이 꿀맛이다. 다리 한쪽이 없는 젊은이가 목발을 짚고 들어와 고기를 아구아구 먹으며 소주 두 병을 비우자, 주인인 듯싶은 중노인이 앞에 앉으며 말했다.

"참 맛있게도 먹는구려. 한데, 젊은이가 어쩌다 이리 되었수?"

나는 소주를 홀짝 마시고 중노인을 잠시 보다가 말했다.

"영감님, 불쌍해 보입니까?"

"그럼 아닐까. 그 잘생긴 얼굴에……. 한데, 몸두 성하지 않은데 소주를 그리 먹어도 괜찮을까?"

참 오랜만에 들어보는 다정한 말이다. 지금까지 이렇게 따뜻한 말을 들어본 적이 없었다. 눈물을 감추려고 잠시 천정을 쳐다보다가 대답했다. 나는 이제 걸핏하면 눈물이 난다.

"괜찮습니다. 저 뒤에 있는 수도여관을 잡아두었거든요, 영감님, 제가 왜 이리되었는지 궁금하시죠? 군대에서 오늘 제대했습니다. 그러니 상인군인이죠."

영감이 내 손을 덥석 잡았고, 손님 대여섯이 모여들었다. 주인 또래의 영감이 큰 소리로 말했다.

"월남 갔다 왔구먼. 저런 쯧쯧⋯⋯."

이내 손님 여남은 명이 내 주위에 몰려들었다. 1969년 1월이었다. 월남전이 한창이고 매일 TV에서 월남 뉴스와 전투장면이 나오니 당연한 광경이었다. 별별 말과 질문이 쏟아졌다. 나는 귀찮아졌다. 소주 한 병을 더 마시고 싶지만 목발을 짚고 나왔다. 별의별 말들을 뒤에 두고 뚜벅뚜벅 걸었다. 해는 아직 지지 않았다. 골목 구멍가게에서 삼학소주 두 병을 사고 안주거리를 찾는데, 진열대 구석에 C레이션 깡통 몇 개가 있었다. 와락 반가워 주인 아낙에게 물었더니 미제 장사꾼이 가끔 가져온다고 했다. 세상에, 월남에서 내가 팔아먹던 전투식량이 서울 변두리 구멍가게에 나보다 먼저 와 있었다. 아무려나 너무 반가워 20여 개의 크고 작은 통조림 깡통을 모조리 샀다. 그리고 당부했다. 이런 거 나오면 감춰두었다가 나를 달라고 했다.

퇴원한 지 한 달 만에 의족이 나왔다. 착용하고 걸어보니 아파서 걸을 수가 없었다. 적어도 반년은 목발 신세를 져야 할 것이다. 하지만 바짓가랑이가 덜렁거리지 않아 병신이 감춰지기는 해서 다행이었다.

나는 상이군인의 특전으로 입대 전에 근무하던 수원역으로 발령이 났다. 3년 만에 수원역에 다시 왔지만, 아는 사람은 하나도 없었다. 역에서 가까운 집에 하숙을 정하고 1969년 3월 1일부터 정식으로 출근했다. 나는 서서 일할 수 없으므로 매표원이 직책이다. 숙부네 식구들을 가끔 보지만 서로 소가 닭 보듯 했다. 하지만 내 마음도 그렇거니와 그들 마음도 편치는 않을 것이다.

잠은 하숙집에서 자지만 식사는 매식을 했다. 집주인이 육순이 넘은 노인인데 해주는 음식이 입에 맞지 않았다. 두어 달 지나다 보니 내 입에 맞는 식당을 찾아내고 단골을 정했다. 그중에 내가 퇴근하여 저녁을 먹으러 가는 집이 천변시장 변두리에 있는 '천변곰탕' 집이었다. 나는 어려서 고기에 포원이 저서 고기를 잘 먹는다. 소머리를 가마솥에 푹고은 진한 국물에 머리 고기를 듬뿍 넣은 소머리곰탕은 그야말로 천하의 별미였다.

천변곰탕집은 여든 살인 안노인이 40년 전에 시작한 곰탕집이라고 했다. 시작부터 지금까지 오직 설렁탕과 소머리곰탕 전문이라고 했다. 이제는 육순 중반의 아들 내외가 운영하는데, 스물세 살이라는 딸이 카운터에 앉아 있다. 한옥을 개조한 30여 평의 식당에 아침부터 밤 10시까지 손님이 바글거리지만 팔순 노인은 매장을 늘리지 않는다고 했다.

나는 늘 퇴근을 그 집으로 했다. 혼자 가기도 하지만 직장동료들을 데리고 가서 계산은 거의 내가 했다. 나는 상이 1급 2항 국가유공자 보훈 수당에 무공훈장 수당까지 내 봉급의 곱절이 매달 나왔다. 나는 그야말로 돈을 물 쓰듯이 펑펑 썼다. 빳빳한 5백 원짜리 지폐로 카운터 아가씨에게 계산할 때마다 기분이 우쭐하지만,

그것이 내 열등감임을 모르지는 않았다.

한 해가 넘도록 그 집에 거의 매일 가다시피 하는데, 혼자 가는 날은 손님이 많아 내실에 들어가 술과 고기를 먹고는 했다. 어느 날 저녁, 그날도 혼자 갔는데 손님이 꽉 찼다. 카운터 아가씨가 내실로 들어가라고 했다. 혼자 소머리 수육에 삼학소주를 마시는데, 사장이 소주 한 병을 들고 들어와서 마주 앉았다. 예순다섯이라는 주인도 술을 잘 먹었다. 자기 먹을 술병을 들고 온 주인과 대작을 하다가 주인이 불쑥 말했다.

"자네가 아들 같아서 한마디 하겠네. 괜찮겠는가?"

나는 잠시 멍하다가 대답했다.

"네, 사장님. 말씀하세요."

"자네가 홀몸이라는 건 아네만, 그럴수록 돈을 절약해야지 그렇게 마구 쓰면 안 되네. 이제 장가도 들고 집 장만도 할 생각을 해야지."

가슴이 뭉클했다. 벌떡 일어나 넙죽 절을 했다.

"사장님, 고맙습니다. 정신이 번쩍 드는 말씀 명심하겠습니다."

사장은 꿇어앉은 나를 아버지 같은 눈으로 바라보며 은근하게 웃고 있었다. 지금까지 이렇게 따뜻한 말을 들어보지 못했다. 내게 늘 술을 얻어먹는 직장 상사도, 내 주위의 누구도 이런 충고를 해주는 사람은 없었다. 나는 자신을 안다. 기를 펴지 못하여 잔뜩 움츠리고 온갖 눈치를 봐야 했던 유년시절, 자유롭지 못한 환경에서 욕먹고 얻어맞으며 자란 고아원에서의 성장기는 사회에 대한 불만과 잘 사는 사람들에 대한 증오였다. 하고 싶은 짓 마음대로 하고, 돈을 마음대로 펑펑 쓰며 살고 싶은 것이 꿈이고 희망이었다. 나는 지금 무의식적으로 그걸 하고 있었던 것이다. 그게 잘못된 짓이었고 방종이었다는 것을 나는 지금 순간적으로 알았다.

사장은 여전히 인자하게 웃으며 말했다.

"내 말을 알아주니 고마워서 한마디 더 하겠네. 자넨 술이 너무 과해. 아직은 젊어서 모르지만 나이 들면 몸을 버리게 되지."

가슴이 우리하게 저렸다. 내 장래까지 걱정해주는 어른! 지금까지 내가 방종한 것은 일종의 자학이었다. 자라온 환경, 병신이 된 현재의 상황. 내게는 희망이 없다. 가정을 꾸려 자식을 낳고 오순도순 살아갈 희망도 없다. 외다리 병신에다 내 몸뚱이는 여자가 보면 기절을 할 흉측한 흉터투성이다. 어른 말씀은 참 고맙지만 나는 맨정신으로 긴긴밤을 지새울 자신이 없다. 나는 누구를 위하여 살아야 할 의무가 없다. 고마운 말이지만 그 말은 받아들일 수 없겠다고 생각했다. 그렇다면 어른의 고마운 말을 생각해서라도 이제부터 이 집에서는 술을 마실 수 없겠다고 생각하며 말했다.

"고맙습니다. 앞으로 조심하겠습니다."

그로부터 두 달이 지난 일요일 저녁 천변곰탕집에 갔다. 일절 발길을 끊었더니, 사장이 직장동료를 통해 나를 만나고 싶다는 말을 듣고서도 며칠이 지난 뒤였다. 나도 사실은 그 집 딸인 카운터 아가씨가 보고 싶어 안달이 나던 참이었다. 이름이 '사명희'라는 딸은 그다지 예쁘지는 않지만 눈이 크고 오목조목 복스럽게 생긴 처녀였다. '사'씨는 우리나라에서 희성이다. 이름이 부르기도 좋은 사명희 씨는 내게 늘 친절하고 정감 어린 눈길을 주기도 했었다.

나를 본 사명희는 금방 안길 듯이 반기며 말했다.

"뭐예요. 그동안 왜 안 왔어요?"

눈을 흘기는 모습이 참 예쁘다.

"미안해요. 어쩌다 그리 되었네요."

사장이 주방에서 나오며 반색을 했다. 예순 중반이 넘은 사장은 아직도 주방장이다. 그래서 곰탕 맛이 한결같을 것이다. 손님이 많기도 하지만 내실로 안내했다. 잠시 뒤에 명희가 쟁반에 음식을 들고 들어왔다. 물어보나 마나 소머리 수육인데 오늘은 양이 푸짐하고 고기도 맛있는 부위다. 명희가 상을 차리며 은근하게 말했다.

"어디로 전근 간 줄 알았잖아요. 어찌 그럴 수가 있어요?"

눈길이며 말에 깊은 뜻이 함축되었음을 느낄 수 있었다. 나는 짐짓 능청스레 물었다.

"왜요. 내가 보고 싶었어요?"

나를 쥐어박는 시늉을 하며 받았다.

"피—이, 그럼 아닐까. 맨날 오던 사람이 안 오니 걱정도 되잖아요."

"걱정하게 해서 미안해요. 이제 맨날 올게요."

사장이 소주 두 병을 들고 들어와서 마주 앉았다. 명희가 고운 눈웃음을 주며 나갔다. 저 웃음! 왠지 가슴이 벌렁벌렁했다.

사장이 술병을 따고 말했다.

"자, 한 잔 하세."

나는 얼른 병을 받아 어른의 잔에 따랐다. 술잔에 입매만 한 어른이 말했다.

"그동안 왜 안 왔는가?"

나는 할 말이 없다. 그렇다면 곧이곧대로 말해야한다.

"술을 삼가라는 사장님 앞에서 술을 먹을 수 없었습니다."

"내 그럴 줄 알았네. 내 말은 술을 차차 줄이라는 말이었지. 그 말이 고까웠나?"

눈이 마주쳤다. 그윽이 건너다보는 눈에 애잔함과 정이 느껴졌다. 나는 사람들의 눈길에 민감하다. 철이 들면서부터 오직 눈치로 살았다. 상대방 눈길에 따라 내가 행동할 방향을 정해야 후환이 없다는 것을 어려서부터 알았다. 그런데 저런 눈길에는 대응할 방법이 없다. 난생처음 받아보니까 그렇다.

"아닙니다. 사장님 말씀을 어찌 모르겠습니까. 너무 고마운 말씀에 거역하는 거 같아서 차마 오지 못했습니다."

소주 한 병이 비었다. 어른은 안타깝다는 듯이 바라보다가 말했다.

"자네가 술이 더 취하기 전에 물어봄세. 자네, 우리 딸 명희를 어떻게 생각하는가?"

정신이 번쩍 들었다. 이내 머리를 둔기로 맞은 듯이 멍하다. 이게 무슨 말인가! 대체 감을 잡을 수 없다.

"사장님, 그게 무슨 말씀이신지?"

"이 사람아, 무슨 말이긴. 우리 명희가 좋은가 싫은가 그 말일세."

대답이 금방 나온 것으로 보아 작정을 하고 있었던 게 틀림없다. 그렇다면 큰일이다. 젊은 남녀 간에 아물 수 없는 상처기가 남을 큰일이다. 소주를 마시고 대답했다.

"사장님, 제가 불구자라는 거 아시잖아요. 왼쪽 발이 없는 병신입니다."

감정이 격해지며 왈칵 눈물이 쏟아졌다. 마음속에는 명희를 처음 보는 순간부터 내 아내였다. 술에 취해 자면서도 명희를 안아주는 꿈을 꾸곤 했었다. 그러나 병신 주제에 언감생심이었다.

"알고 있었네. 그래서 내가 더 조심스러웠어. 어서 대답해 보게."

"사장님 뜻은 알겠습니다. 그러나 명희 씨 생각이 중요하겠지요."

"이 사람아, 이건 내 생각이 아니라 명희 생각일세. 자네 의중만 말하게."

조금 전 명희의 은근한 눈길과 웃음이 떠올랐다. 오금이 저리다. 명희는 내 몸뚱이를 보면 기절을 할 것이다. 대답을 하긴 해야 하는데 어떻게 하나! 에라, 모르겠다. 망설일 일이 아니다.

"사장님 말씀도, 명희 씨 생각도 고맙습니다. 하지만 저는 명희 씨와 결혼 할 수 없습니다."

어른의 얼굴이 의아하다는 듯 굳어지며 말했다.

"우리 명희가 싫은가, 아니면 애인이 있는가?"

한꺼번에 묻는 어른이 야속했다. '병신 주제에 내 딸을 마다해'

라는 내심이 엿보이는 말이다. 나는 울고 싶었다.

"아닙니다. 저는 제 몸뚱이가 싫습니다. 제 몸뚱이를 제가 죽이고 싶도록 싫습니다. 제가 싫은 몸뚱이를 어느 여자가 좋아하겠습니까."

어른은 눈이 커지며 물었다.

"제 몸뚱이가 싫다니, 대체 그게 무슨 말인가?"

"사장님, 제 몸뚱이는 파편과 총알에 맞아 만신창이가 되었습니다. 어느 여자건 제 몸을 보는 순간 기절을 할 겁니다."

나는 눈치를 보는 데는 도사다. 어른의 얼굴이 참담하게 일그러졌다. 저 모습은 연민이다. 나는 일어섰다. 더 앉아 있을 용기가 없다.

"사장님, 참 고맙습니다. 명희 씨 마음도 고맙습니다. 사장님 고마운 말씀 평생 가슴에 품고 살겠습니다."

돌아서는 나를 어른이 질책했다.

"이리 와 앉게. 가는 게 그리 급한가."

나는 잠시 멍하니 섰다가 돌아서며 대답했다.

"시장님 앞에 앉아 있는 게 괴롭습니다. 저를 보내주십시오."

"알았어, 그러니 이리 앉어."

마지못해 엉거주춤 발뒤꿈치를 깔고 앉았다.

"편히 앉게."

"사장님, 저 술 좀 마시겠습니다."

"알았네, 내가 가져오지."

나는 참담했다. 이런 일이 생길 줄은 몰랐다. 이제 남은 말은 분명하다. '미안하네, 그런 줄은 몰랐었네'일 것이다. 어른이 삼학소주 두 병을 들고 와서 앉았다. 내 잔과 자기 잔에 따르고 말했다.

"술을 마셔야겠지. 그 말하기가 어디 그리 쉬웠겠나."

나도 어른도 거푸 두 잔을 마셨다. 수육 안주는 싸느랗게 식었다. 그래도 나는 먹어야 했다. 눈앞에 먹는 걸 두고는 참지 못하지만 배가 고팠다. 먹는 걸 지켜보던 어른이 말했다.

"쇠뿔은 단김에 뺀다고 했네. 난 자네 몸을 보고 싶네. 보여줄 수 있겠는가?"

나는 멍해졌다. 세상에 이런 경우가 있다니! 병원에서 퇴원 후 남에게 몸뚱이를 보여준 적이 없었다. 그것은 죽을 때까지 그럴 것이다. 그런데, 보겠다고 한다. 나는 그럴 수 없다.

"죄송합니다. 못하겠습니다."

"자네 심정 아네. 자네가 아들처럼 여겨져서 부탁을 하네. 보여주게. 내가 봐서 마음에 들면 명희도 그럴 것일세."

나는 단호히 거절했다.

"못하겠습니다. 용서해 주세요."

어른은 잠시 애틋한 눈으로 어루더듬다가 말했다.

"자네가 천애 고아라는 거 알고 있네. 지금부터 내가 자네 아부지가 되겠네. 나를 믿게나. 자식 흉을 보는 아비가 어디 있겠나. 내 진심일세."

이런 경우의 저런 눈빛을 나는 처음 보았다. 그래서 갈피를 잡을 수 없다. '아부지!' 태어나서 한 번도 입에 담은 적이 없는 말이다. 어릴 때는 수없이 불렀겠지만 부모 얼굴이 기억나지 않듯이 그런 기억도 없다. 점점 마음이 약해졌다. '아부지' 때문일까? 그렇더라도 나는 이제 와서 아부지를 두고 싶은 생각은 없다. 묵묵히 술잔만 비우는 나를 말 없이 지켜보다가 단호히 말했다.

"보여주게. 내 딸은 자네를 사랑하고 있어. 자네를 사위 삼으라고 재촉한 딸이라네."

나도 그건 안다. 눈빛과 표정으로 알아차렸다. 그래서 늘 더 괴로웠다.

"저도 명희 씨를 사랑합니다. 그러나 이룰 수는 없는 사랑입니다. 평생 제 마음으로만 사랑하겠습니다."

"나두 자네 마음 진작부터 알았다네. 그래서 더 안타까워. 자네가 끝내 거절하면 할 수 없겠지만, 나도 명희도 평생 한으로 남을 걸세."

술 기분일까? 점차 마음이 동했다. 저런 마음이라면 딸을 설득할 수도 있을지 모른다. 실낱같은 희망을 걸고 마침내 결심이 섰다. 스스로 용기를 돋우며 말했다.

"죽을 만큼 싫지만, 벗어보겠습니다."

일어섰다. 스웨터를 벗고 바지를 내렸다. 요즘 부쩍 추워져서 내복을 입었다. 잠시 멈추고 어른 표정을 보았다. 잔뜩 긴장해 있음이 분명했다. 내복 윗도리를 벗었다.

"아니, 저런……!"

내가 죽이고 싶은 몸뚱이다. 배꼽에서부터 오른쪽 옆구리로 한 뼘 길이의 흉터가 있고, 양쪽 가슴과 배에도 크고 작은 흉터가 많다. 아랫도리를 내렸다. 왼쪽 정강이 절반이 의족에다 오른쪽 넓적다리에도 10cm 길이의 흉터가 있다. 육군병원에서 급하게 마구 꿰맨 상처는 울퉁불퉁하고 1년 반이 지났어도 상처가 벌겋다. 나는 주섬주섬 옷을 입었다.

어른이 일어나 나를 안고 등을 두드리며 말했다.

"참혹해, 너무 참혹해! 잘생긴 젊은 몸뚱이가 어찌 그리되었는가!"

나는 격한 감정이 치밀지만 이젠 울지 않았다. 그러나 남에게 처음 보인 몸뚱이가 부끄러워 눈물이 났다. 내 평생 다시는 이런 일 없을 것이다. 어른은 내 손을 끌어 상 앞에 앉혔지만 나는 일어섰다. 어른이 손을 잡았다.

"어찌 그냥 가는가. 우리 술 더 먹세. 나두 취하고 싶구먼."

안주가 다시 들어오고 술병이 비어갔다. 식당을 오래 한 어른도 나만큼 술이 세다. 우리는 그저 말없이 술만 마셨다.

그로부터 나흘째 되는 날, 천변곰탕집 사장이 직장으로 전화를 해서 할 말이 있으니 저녁에 오라고 했다. 나는 눈이 빠지게 기다리던 터였기에 가겠다고 했다. 마침내 오늘 결판이 날 것이다. 곰탕집 사위가 되지 못하면 나는 수원을 떠나야 한다.

식당 문을 열고 들어갔다. 카운터에 안주인이 앉아 있다가 일어서며 말했다.

"어서 와요. 안으로 들어가요."

여전히 손님이 많았다. 내가 아는 사람들도 서너 팀 보였다. 서로 오라고 부르지만 갈 수 없었다. 내실에서 어른과 마주 앉았다. 그날 이후 처음이다. 술상이 차려지고 서로 서너 순배 돌았다. 묵묵히 술만 마시던 어른이 마침내 입을 열었다.

"그 흉터 말일세. 병원에서 성형수술을 하면 몰라보게 고칠 수 있다던데, 알고 있었는가?"

나는 마음이 놓였다. 한 가닥 희망이 보였다. 물론 나도 알고는 있었다. 육군병원에서는 불가능하고, 성형외과에서 할 수 있다지만 흉터 크기를 좀 줄일 뿐이지 없앨 수는 없다고 했다. 그렇다면 이미 포기한 내 몸뚱이에 다시는 칼을 대고 싶은 생각이 없었다. 그런데, 대체 왜 그걸 물을까? 감을 잡을 수 없다. 사위로 삼을 수는 없지만 그런 방법이 있으니 생각해 보라는 빈말, 에멜무지로 해보는 말일 수도 있다.

"알고 있었습니다. 그렇지만 저는 이미 포기한 제 몸뚱이에 다시 칼을 대고 싶은 생각이 없었습니다."

"아닐세, 해보게. 앞날이 구만리 같은 젊은 사람이 왜 그리 생각하는가. 이건 내 생각이 아니라 명희 생각일세. 당장 시작해 보세."

가슴 속에서 희망이 부글부글 끓어올랐다. '명희 생각!' 게다가 '해보게'가 아니라 '해보세'라고 말했다. 글자 한 자에 엄청 다른 의미가 있다. 어른 말씀에 따르겠다고 결심했다.

"고맙습니다. 말씀에 따르겠습니다."

"잘 생각했네. 만약 돈이 모자라면 내가 보태줌세."

"사장님, 고맙습니다. 저도 그만한 돈은 있습니다."

그날 밤 나는 명희를 보지 못하고 돌아왔다. 내 방에 돌아와서 많은 생각을 했다. 대체 사명희는 왜 다리 병신인 나를 선택한 것일까? 오빠 둘은 대학을 나와 고등학교 교사라고 했다. 명희는 수원여상을 졸업하고 지금까지 집안일을 돕고 있다. 비록 식당을 하지만 돈도 많이 벌었을 터이고 집안도 좋다. 인물도 그만하면 어디 내놔도 빠지지 않는다. 그런데 왜 나를 택했을까? 하긴 나도 허우대는 멀쩡하다. 175cm의 키에 중·고등학교 때부터 유도를 해서 몸도 좋다. 하지만 그것이 다리 한쪽에 가름하지는 못한다. 결혼 조건으로 내게 한 가지 장점이 있다면, 서 발 막대를 휘둘러도 걸리는 것이 없다는 점이다. 봉양해야 할 시부모가 없고, 옆에서 걸리적거리는 형제도 없다. 정년까지 직장이 보장되고, 봉급보다 많은 보훈연금이 나온다. 1급 상이자 보훈연금은 본인이 죽어도 배우자가 연금의 70%를 죽을 때까지 타 먹는다. 식당을 오래 하면서 많은 사람을 상대한 명희 아버지는 그걸 알았을 것이다. 그리하여 딸을 설득했을 수도 있다. 그 집 식구들은 나흘 동안 내 몸뚱이를 두고 많은 논의를 했을 것이다. 그래서 얻은 결론이 성형수술일 것이다. 명희 외삼촌이 서울에서 알아주는 성형외과병원 원장이라고 했다. 아무려나 나는 좋아하던 여자에게 장가를 들게 되었으니 그야말로 복덩이가 굴러들어온 것이다. 나는 이제 행복하게 살아갈 자신이 있다.

내 몸의 흉터 성형수술은 1년에 걸쳐 계속되었다. 그것은 부상
당했을 때 보다 더 큰 고통이고 치욕이었다. 그렇게 1970년이 가
고, 1971년 10월 나는 천변곰탕집 딸 사명희와 결혼했다. 내가 스
물일곱, 명희가 스물다섯 살이었다. 우리는 결혼 날짜를 한 달 남
겨두고 사랑을 나누었다. 명희는 몸도 마음도 아름다운 여자였다.
내 왼쪽 다리와 몸의 흉터를 어루만지며 오래도록 서럽게 울었다.
흉터는 수술 전보다 2/3가 작아졌고, 작은 흉터는 보이지 않을 정
도였다.

수원시 장안동에 집을 사고 신혼살림을 차렸다. 명희는 친정 식
당에 나가 일을 하다가 이듬해 아들을 낳으면서 그만두었다. 나는
수원역에서 대전역, 서울역, 천안역을 거치며 일을 하다가 1978년
6월에 조치원역장으로 진급했다. 그 뒤부터 내 직장생활은 평탄했
고, 가정도 평안하여 첫아들과 밑으로 딸 둘을 두었다. 2005년 나
는 서울역 여객과장을 끝으로 정년퇴임 했다.

퇴임하는 날, 나는 참으로 오랜만에 문득 브티 즈엉을 생각했
다. 그 여자도 이제 예순 살, 초로의 노인이 되었을 것이다. 좋은
가정에 그만한 얼굴이면 시집도 잘 갔을 것이다. 내가 행복한 만큼
그녀도 행복할 것이라고 스스로 위안을 삼았다.

며칠을 두고 고민하던 나는 마침내 결심을 하고 용수 엄마에게

전화를 했다. A팀이었는데, 점심을 먹고 오후 3시에 퇴근하는 날이었다. 탐엔 탐스 커피점에 마주 앉았다.

"바쁜데 미안해요."

여자가 환하게 웃으며 말했다. 저 웃음! 기억에 남아있다.

"회장님, 저 바쁘지 않습니다."

사촌 처남과 처조카가 운영하는 체인점이 서울에 있어 나를 회장으로 불렀다.

"고마워요. 근데 이름이 뭐예요?"

용수 엄마는 눈을 동그랗게 뜨고 잠시 나를 보았다. 나는 그 눈동자에서 브티 즈엉을 보았다.

"브티 호아입니다."

"아!"

가슴이 툭 떨어졌다. 그러리라고 짐작했으면서도 가슴이 벌렁거리고 정신마저 혼미해졌다. 카피를 두어 모금 마시고 말했다.

"브티 호아! 예쁜 이름이군요. 고향이 베트남 어딘가요?"

호아는 눈을 가늘게 뜨고 잠시 생각하다가 대답했다.

"태어나기는 퀴논시 빈딘성이었지만 네 살부터 푸옌에서 자랐습니다.

네 살이면 기억에 없을 것이다. 1969년생에 네 살이면 1973년 월남이 패망하던 해다.

"아버지가 한국 군인이었다면서요?"

"그렇습니다. 엄마는 제가 세 살 때 결혼하여 저는 외할머니에게서 자랐습니다."

세 살 때면 월남이 패망하기 전이다. 브티 즈엉은 딸이 젖을 뗄 무렵 결혼했을 것이다.

"그럼 브티는 엄마 성을 따른 것이군요."

"그런 거는 모르지만 할아버지 이름이 브티 친나우였습니다."

브티 친나우! 떨어진 가슴에 덜컥 덧 얹히는 무형의 무게! 즈엉의 아버지 이름이다. 더이상 물어볼 것이 없다. 그렇다면, 결혼한 즈엉은 어떻게 되었을까? 그걸 알아야 했다.

"그럼, 결혼한 엄마는 어떻게 되었나요?"

호아는 금방 눈물이 글썽해졌다. 큰 눈에 가득한 눈물이 볼을 타고 흘렀다. 나는 고개를 들어 천정을 보았다. 저 눈물을 내가 닦아주어야 하는데……. 가슴이 아프다. 호아를 차마 볼 수 없어 눈을 감았다. 눈꼬리에 물기가 느껴졌다. 꾹 눌러 참아도 그렇다.

"저는 엄마 얼굴을 모릅니다. 세 살인 저를 두고 간 엄마를 다시 보지 못했습니다. 제가 일곱 살 때 할머니가 말해주었습니다. 엄마는 꽝남으로 시집갔는데 죽었다고 했습니다."

아! 브티 즈엉을 내가 죽였구나. 가슴에 한이 맺힌 여자를……. 나는 일어섰다. 호아 앞에서 눈물을 보일 수는 없다.

밖에 나가 마음을 가라앉히고 다시 마주 앉았다.

"그래서 외할머니 손에서 자랐군요. 예쁘게 잘 자랐으니 다행이네요."

"할머니와 둘이 살았습니다. 월남이 패망하자, 할아버지와 삼촌

270

둘은 미국과 한국군 군수품 밀매를 했다고 잡혀가서 돌아오지 않았답니다. 그래서 저는 할아버지 얼굴도 모릅니다."

이럴 수가! 전쟁은 참으로 모질고, 끈질기고, 잔혹하다. 내게 전쟁은 숙명인가? 나는 아직도 전쟁중에 있다. 내가 죽어야 끝나는 전쟁! 전쟁으로 태어난 브티 호아를 내 품에 안으면 내 전쟁이 끝날까? 아니다. 또 다른 전쟁이 시작될지도 모른다.

호아가 말을 이었다.

"할아버지와 삼촌들이 잡혀가고, 반역자 재산을 몰수한다면서 집과 살림살이까지 빼앗겼답니다. 그래서 할머니는 저를 데리고 푸옌으로 갔습니다."

저런, 저런! 그랬을 것이다. 망한 나라의 잘 살던 국민. 점령군은 잔혹했을 것이다. 베트남이 통일되고 남부월남 국민들 30여만 명을 처형했다고 한다. 그뿐만 아니라 수십만 명이 조각배를 타고 조국을 탈출하여 소위 보트피플 난민이 되었다. 무일푼 맨몸으로 떠돌며 어린 외손녀를 키웠을 즈엉의 어머니 모습이 선명하게 그려졌다.

"혹시, 엄마나 할머니 사진이라도 간직하고 있나요?"

호아는 금방 눈을 반짝이며 대답했다.

"있어요. 제가 태어나서 찍은 가족사진도 있고요. 한국군 아버지와 엄마가 함께 찍은 사진도 있어요."

나는 얼결에 얼른 일어섰다. 호아가 사진을 기억하고 나를 알아볼 수도 있다. 잠시 바람을 쏘이고 와서 다시 앉았다.

호아가 좀 이상하다는 표정으로 나를 보다가 말했다.

"할머니는 한국에 가서 아버지를 찾으라면서 저를 한국에 가라고 했습니다. 나이도 많고 오른손 손가락이 없는 한국 남자가 저는 싫었지만, 할머니와 둘이 사는 것도 너무 힘들고 그래서 한국에 왔습니다."

가슴이 저리고 먹먹하다. 그러나 물어야 했다.

"그래서 아버지를 찾았나요?"

호아는 고개를 숙이고 울다가 대답했다.

"어떻게 찾아야 하는지 몰라서……. 남편에게 말했지만, 돈이 엄청 많이 있어야 한다고 했어요."

그랬을 것이다. 감히 엄두도 낼 수 없었을 것이다.

"그럼, 할머니는 살아계시나요?"

"저를 한국에 보내고 연락이 없어졌습니다. 지금까지도 모릅니다."

아! 이 모두가 나로 인해서 일어난 참상이다. 이제 일어서야 한다. 전쟁에서처럼 치밀한 작전이 필요하다.

"그만 나갈까요? 바쁜 시간 빼앗아서 미안해요."

내가 일어서자, 호아는 앉은 체 아기똥한 눈으로 쳐다보며 일어섰다.

"회장님, 저 바쁘지 않아요. 맛있는 커피 잘 먹었습니다."

하고 싶은 이야기가 많은 듯 미적거리는 호아의 등을 가볍게 두드려주었다.

호아는 허리를 깊숙이 숙이며 인사를 했다.

"회장님, 안녕히 가세요."

걸어가는 뒷모습에 브티 즈엉이 보인다. 콧잔등이 시큰해졌다.

콩엿

바보 태식이 맏아들 개똥이는 일곱 살에 콩엿을 먹고 죽었다.

엄태식이는 우리 큰댁 머슴이었다. 그는 좀 어리숙하고 말을 주책없이 함부로 해서 '바보'라는 별명이 붙었지, 제 앞가림도 못 하는 멍청한 바보는 아니었다. 게다가 체구도 큼직하고 힘이 장사여서 못하는 농사일이 없을 정도로 우직했다. 콩엿을 너무 많이 먹고 배가 터져 죽은 태식이 아들을 말하기 전에 그가 장가를 들게 된 동기부터 말하는 것이 순서일 것이다.

태식이는 큰아버지 친구의 아들이었다. 우리 이웃 마을에 살던 태식이 아버지 엄석운과 큰아버지는 왜정 때 소학교를 함께 다닌 동창이었다. 밥술깨나 먹던 집안의 외아들이던 엄석운은 좀 배웠다고 거들먹거리는 반건달에 주정뱅이에다 노름꾼이었다. 쉰세 살이던 1935년 홀어머니가 죽고 이듬해 아내마저 죽자 그는 완전히 타락한 주정뱅이가 되어서 2년 뒤에 죽었다. 그가 죽을 때는 많은 농토를 모조리 팔아먹고 사는 집이 남은 재산 전부였다. 그때 태식이가 열 살, 누나 태순이가 열다섯 살이었다. 그 두 남매를 우리 큰아버지가 거두었다. 이듬해 태순이는 열여섯에 큰아버지 친구 아들에게 시집을 보내고 태식이는 열한 살에 큰댁 머슴이 되었다.

태식이가 장가를 들던 1953년 10월 나는 아홉 살이어서 기억이 또렷하다. 당시는 6·25전쟁이 휴전된 직후라서 세상이 어수선하고 사람들 삶이 말이 아니었다. 전쟁에 과부가 된 여자들도 많았다. 그녀들은 가족들을 먹여 살리기 위하여 생필품을 이고 지고 시골 오지를 걸어 다니며 장사를 하는 여자들이 많았는데, 여자들 생필품 바늘, 실, 머리빗, 버선, 동동구리무 등을 파는 여자를 방물장수라고 했다.

추경 추수가 끝난 가을 어느 날 동네에 방물장수 아낙이 들어왔다. 당시 방물장수들은 곡식으로 물물교환을 했는데, 추수가 끝난 늦가을과 초겨울이 전성기였다. 우리 큰어머니는 좀 젊은 방물장수를 일부러 잡아 사랑방에 재우고는 했다. 그 이유가 바로 방물장수 여자를 달래서 태식이와 짝을 맺어주려는 의도였다.

그날 큰댁에서 하루를 묵게 된 방물장수 아낙은 여자다운 곱살미라고는 눈곱만치도 없이 너부데데한 얼굴에다 코가 뭉툭한 들창코에 눈이 치 째진 남상 지른 얼굴이었다. 게다가 몸피 역시 얼굴에 못지않게 두루뭉술하니 튼실했는데 나이가 서른 살이라고 했다. 그때 태식이는 스물여섯 살이었으니 네 살이 위였다. 큰어머니와 우리 어머니는 태식이가 서른 살 동갑이라 속이고 그를 안방에 불러들여 맞선을 보게 했다.

장가가고 싶어 환장을 하던 태식이는 입이 함지박만큼 벌어져 무작정 좋다고 하였고, 여자는 뜨악했으나 집이 있고 끼니 걱정 없다는 큰어머니 말에 솔깃했다. 그날 밤 당장 방물장수 여자는 큰댁 행랑채 태식이 방에서 합방을 하였다. 이런 날을 위하여 큰어머니는 새 이부자리를 마련해 두었었는데, 두 남녀는 포근한 이부자리 속에서 밤새도록 사랑을 나누더라는 말을 나중에 들었다.

한 이레가 지난 뒤에 이름이 김옥분이라는 여자는 전라도 남원 인월에 있다는 집에 다녀오겠다며 갔는데 열흘이 넘도록 종무소식이었다. 남편이 전쟁에 나가서 죽고 여섯 살짜리 딸이 있다던 과부였으니 영영 오지 않을 수도 있는 여자였다. 안절부절못하던 태식이가 털어놓았는데, 여자에게 꿍쳐두었던 돈 오천 원을 주었다고 했다. 오천 원은 당시 쌀 세 가마 값이었고, 태식이 일년 치 새경이었으니 큰돈이었다.

추경추수로 한창 바쁜 농사철에 태식이는 일손을 놓고 멀거니 행길만 내다보곤 하여 큰아버지 속을 뒤집어놓았다. 그렇게 보름째 되던 날 여자가 돌아왔다. 큰댁은 새 며느리라도 본 듯이 경사가 났다. 큰아버지는 이웃 마을에 있던 태식이 집을 팔아 큰댁 옆집을 사주고 그 집 마당에서 혼례를 치르었다. 엄태식이와 김옥분이는 찰떡궁합이었다. 여자는 시원스레 일도 잘하여 부부가 우리 큰댁 일꾼이었다. 그 이듬해 10월에 이들 부부에게서 아들이 태어났는데 이름이 개똥이었다. 제 아비가 '개똥이'는 명이 길고 복이 많다고 해여 붙인 이름이지만 호적 이름은 큰아버지가 지어준 '엄상문'이었다.

태식이 색시는 전라도 여자라서 음식 맛이 강원도와는 판이하게 달라 나는 그 맛에 반해 저녁은 매일 태식이네 집에서 얻어먹었던 기억이 생생하다. 같은 푸성귀 재료라도 무치거나 볶는 솜씨에 따라 얼마든지 맛을 달리할 수 있다는 것을 그때 알았다.

태식이 역시 오랜 머슴살이에서 독립하여 아내에게서 밥상을 받게 되자, 자랑삼아 나를 밥상머리에 불러 앉히고는 했을 것이다. 남상 지른 얼굴에다 서른이 넘은 중씰한 태식이 색시는 나를 '되련님'이라고 부르며 극진하게 대했다. 그에 따라 나는 그 색시에게 대충 얼버무려 '아주머이'라고 부르곤 했었다.

이들 부부는 우리 집안의 불안과 걱정과는 달리 화목하게 잘살았다. 태식이는 더 부지런하게 일을 하였고, 그 아낙도 잠만 자기들 집에서 잘 뿐 매일 큰댁과 우리 집 일을 거들고는 했었다.

태어날 때부터 그야말로 떡두꺼비 같던 개똥이는 무럭무럭 잘자라 아이가 없던 큰댁과 우리 집안의 귀염둥이 손자였다. 개똥이는 자랄수록 부모의 좋은 점만 빼닮았는지 사내답게 튼튼하고 훤하게 잘생겼고, 아비를 닮아 바보가 아닐까 했던 우려를 말끔히 지

울 만큼 똑똑했다. 상문이가 두 돌이 되었을 때, 태식이는 또 아들을 보았다.

내가 어려서부터 태식이를 졸졸 따라다녔듯이, 상문이도 영락없는 그때의 나처럼 내 뒤를 졸졸 따라다니며, '성아, 성아!' 하고 귀찮게 했지만, 동생이 없던 나는 동생처럼 귀여워하고 돌봐주었다. 그 상문이가 지금부터 꼭 60년 전이 되는 1961년 음력 섣달 스무아흐렛날 새벽에 죽었다. 나는 지금도 일곱 살이던 상문이가 숨을 거두던 끔찍한 광경을 똑똑히 기억한다.

그러니까 그날이 섣달 스무여드레였다. 종갓집이던 우리 큰댁은 명절 준비가 유난하고 대단했다. 마침 그날은 엿을 고는 날이었다. 강원도는 엿을 옥수수로 고는데, 유난히 시커메서 '갱엿'이라고 한다. 엿물이 갱엿으로 고아지기 전의 무름한 상태일 때, 제사에 쓰는 편청과 떡을 찍어먹는 조청을 뜨고, 좀 더 꾸덕하고 알맞게 고아졌을 때 그릇에 퍼담아 식히면 갱엿이 된다. 엿을 푸고 나면 엿 누룽지가 솥 바닥에 남게 마련이다. 그 엿 누룽지를 알뜰히 긁어내는 방법으로 콩엿을 만든다. 서리태를 볶아 엿 솥에 넣고 엿 누룽지와 버무리면 곧 콩엿이 되는 것이다. 콩엿은 아이들에게 한 해 한번 먹을 수 있는 최고의 주전부리였다.

그날 나는 어머니가 콩엿을 버무릴 때, 나이가 이미 열여섯이었으면서도 상문이와 둘이 옆에 붙어 있다가 상문이 주먹만 한 콩엿을 한 덩이씩 얻어먹었다. 어머니는 동글동글하게 콩엿을 뭉쳐 버들 소쿠리에 담아 나에게 주며 큰댁 대청 뒤주 위에 얹어 놓으라고 했다. 나는 콩엿 두 덩이를 슬쩍 주머니에 넣고는 엿 소쿠리를 뒤주 위에 올려놓고 집으로 돌아가며 상문이에게 한 덩이를 주었다.

그 뒤에 집안이 발칵 뒤집힌 것은 자정이 가까웠을 무렵이었다. 큰댁에서 설음식 장만을 끝내고 집으로 갔던 태식이 처가 큰댁으로 헐레벌떡 뛰어와 상문이가 죽어간다고 아우성을 쳤다. 중학생이던 나는 공부를 끝내고 막 잠자리에 들었다가, 소란의 내막을 듣고는 어른들 뒤를 따라 태식이네 집으로 달려갔다.

상문이는 안방 아랫목에 누워있었는데, 배가 말들이 바가지를 엎어 놓은 듯이 툭 불거져 있었다. 아이는 거친 숨을 이따금 색색 몰아쉴 뿐 이미 의식이 없었다. 어른들은 발만 동동 구르며, 초저녁까지 멀쩡하던 아이가 왜 저 지경이 되었냐고 탄식만 할 뿐이었다. 그때, 이웃 동네에 한의원을 부르러 갔던 태식이가 의원을 대동하고 들이닥쳐 곡지통을 쏟았다.

한의원은 아이를 진맥하고 눈알을 까뒤집어보고는 고개를 절레절레 흔들었다. 그때, 내 뇌리를 스친 것이 콩엿이었다. 나는 방에서 뛰쳐나가 큰댁으로 뛰었다. 조금 전까지 낱개 눈발이 흩날리던 날씨는 그새 함박눈이 되어 펑펑 쏟아지고 있었다. 논배미와 논두렁을 가로질러 뛰어간 나는 큰댁 대청으로 올라가 뒤주 위를 보았다. 아니나 다를까, 콩엿 소쿠리가 없었다. 집을 지키던 큰어머니에게 콩엿 소쿠리를 치웠느냐고 물었더니, 그게 대체 어디 있었더냐고 되물었다.

나는 큰어머니가 챙겨주는 왕소금과 엿길금 가루 봉지를 들고 태식이네 집으로 뛰었다. 아이 엄마에게 소금물과 엿길금 물을 풀게 하고는 콩엿 소쿠리를 찾아보았다. 안방 벽장 위에 소쿠리가 있었는데, 반말들이 소쿠리에 굴먹하던 콩엿이 여남은 덩이만 남아 있었다. 그제서 상황을 판단한 어른들이 정신을 잃은 아이 입을 벌리고 엿길금 물을 먹였지만, 이미 먹이는 것이 아니라 들이붓는 격이었고. 한 모금도 넘어가지 않았다.

음식을 삭히는 길금물과 짠 소금물을 마시면 토하게 마련이지만, 아이는 이미 마시고 토하는 기능을 잃은 뒤였다. 이따금 거친 숨을 쌕쌕 몰아쉬던 아이는 새로 두 시가 넘으면서 끝내 숨을 거두었다. 나는 일곱 살배기 상문이의 죽음을 지켜보며 태어나서 처음으로 목이 쉬고 눈이 붓도록 울었다.

숨이 끊어진 아이의 수족을 거둔 뒤에 눈물 콧물을 훌쩍이며 태식이가 털어놓는 푸념은 이러했다. 아내가 주인댁의 설음식 장만에 갔으므로 둘째 아들 상연이는 아비 차지였다. 태식이는 저녁을 먹은 뒤에 아이를 업고 구장네 집으로 라디오를 들으러 갔다. 그때는 라디오도 귀해서 밥술이나 먹는 집만 있었는데, 정부에서 동네마다 구장네 집에 한 대씩 주어 공동으로 듣게 해서 겨울밤이면 구장네 사랑방이 미어터질 지경이 되곤 했었다.

태식이가 라디오를 듣다가 집에 와보니, 상문이는 아랫목에서 색색 잠들어 있더라고 했다. 등에서 잠든 상연이를 내려 큰아이 옆에 눕히자 자는 줄 알았던 상문이가 눈을 감은 채, '아부지 물' 하더란다. 자다가 목이 마른가보다, 하고 물 한 대접을 떠다 반을 마

282

시고 주었더니, 벌컥 마시고는 또, '아부지 물' 해서 떠다 주었는데, 그제서 보니 벽에 기대앉아 물 대접을 받는 아이의 배가 남산만 하더란다. 오랜만에 떡이며 부침개 쪼가리를 너무 많이 먹어 갈증이 나서 물을 켜나보다 하고 지켜보았더니, 벽에 기대앉았던 아이가 옆으로 픽 쓰러져 이내 색색 잠이 들더라고 했다.

그제서 안심을 하고 아이들 옆에 누웠는데, 녀석이 가느다란 목소리로 또 물을 찾더란다. 울컥 짜증이 나서 누운 채로, '이눔시키야, 자다가 물 키면 오줌 싸!' 했더니, 녀석이 부스스 일어나 엉금엉금 기어나가는데, 어쩌나 보려고 따라 일어나 보았더니, 부엌까지 강아지처럼 엉금엉금 기어간 아이가 부뚜막에 놓인 물동이에 머리를 처박고는 벌컥벌컥 물을 들이켜더라고 했다. 기겁을 하고는 아이를 안고 들어와 눕히고 보니 배가 점점 불러 북통이 되었더란다.

그 얘기를 들으며 어른들은 모두 탄식했다. 아이 아비는 역시 바보라고! 그때만 큰댁으로 달려와 알렸더라면 상문이는 살렸을 것이다. 그저 미련한 생각으로, 짠 것을 너무 많이 먹어 물을 켜는 줄만 알고는 정신을 잃어가는 아이를 일으켜 오줌을 싸라고 볼기짝을 때렸다는 것이다.

태식이의 바보 같은 말을 들으며 나는 발을 동동 굴렀다. 일곱 살 먹은 아이가 달달 볶아 엿에 버무린 달콤한 콩엿을 한 되 분량을 먹은 턱이어서 콩만으로도 이미 배가 터질 지경이었을 터였다. 그런데다 엿에 버무린 볶은 콩엿이었으니 그 갈증이 오죽했으랴! 물은 한없이 먹히고, 뱃속의 볶은 콩은 물을 먹는 대로 불어나고,

갈증은 한없이 계속되었을 것이다. 어린 위장은 늘어나고 부풀어 오장육부를 조일대로 조이다가 끝내 숨통을 막았는지 위장이 터졌는지 아이는 죽고 말았다.

바보 태식이의 맏아들 주상문이는 그렇게 죽었고, 나는 아이의 죽음이 내 탓이라고 자책하며 청년기를 보냈다. 그 뒤부터 나는 60년이 지난 지금까지 콩엿을 먹지 않는다. 지금도 눈에 선하다. 상문이는 내가 주는 콩엿 한 덩이를 받아들고 뒤를 힐금힐금 돌아보며 집 쪽으로 갔었다.

큰댁 대문에서 왼쪽으로 옆옆 집이 태식이네 집이었고, 우리 집은 오른쪽으로 돌아가야 했다. 꾀가 말짱한 상문이는 내가 간 것을 확인하고 되돌아와서, 큰댁 대청 뒤주 위에 있던 콩엿 소쿠리를 통째로 내려 들고 집으로 갔을 것이다. 아비가 없는 빈방에서 콩엿 소쿠리를 끼고 앉아, 맛있는 고소하고 달달한 콩엿을 정신없이 먹었을 터였다.

배가 부르도록 먹은 녀석은 남은 콩엿을 감춰두고 먹으려 했던 듯이 삼베 밥보자기에 싸서 벽장 귀퉁이에 숨겨 두었다. 나는 아이의 발치에 있던 개다리 밥상을 보고는 키 작은 아이가 밥상을 놓고 벽장에 올라간 것을 알았다.

생때같은 첫아들을 어이없이 잃은 태식이는 이듬해부터 연년생으로 자식을 낳기 시작하여 내가 고등학교를 졸업하고 원주 대학에 갈 때까지 사 남매를 낳았다. 그 뒤에도 자식 셋을 더 낳아 칠

남매를 두었다는 소문은 들었다. 나는 그 뒤부터 바보 태식이를 보지 못했지만, 그의 맏아들 일곱 살 엄상문이는 아직도 내 가슴에 있다.

어른이 동화
어린이와 아이들

초판 1쇄인쇄 2022년 8월 16일
초판 1쇄발행 2022년 8월 22일

저   자 박충훈
발행인 박지연
발행처 도서출판 도화
등   록 2013년 11월 19일 제2013 - 000124호
주   소 서울시 송파구 중대로34길 9 - 3
전   화 02) 3012 - 1030
팩   스 02) 3012 - 1031
전자우편 dohwa1030@daum.net
인   쇄 유진보라

ISBN │ 979 - 11 - 90526 - 87 - 6 *03810
정가 13,000원

도화道化, fool는
고정적인 질서에 대한 익살맞은 비판자,
고정화된 사고의 틀을 해체한다는 뜻입니다.